何家好媳婦

3

風文創 902

不歸客 著

目錄

第二十一章 005
第二十二章 037
第二十三章 065
第二十四章 095
第二十五章 123
第二十六章 151
第二十七章 185
第二十八章 215
第二十九章 247
第三十章 275

第二十一章

宜妃宮內，柱國侯老夫人顫巍巍的拜下，宜妃急忙親手把老夫人扶起來。

「娘快坐下，今日怎麼腳程這麼快？我還想著您給太后娘娘請過安還要一會兒才能到呢，我吩咐了小廚房給您煮了天麻鴿子湯，還要一下下才好，您先坐下歇歇。」

宜妃三十多歲年紀，瓜子臉，一雙彎月似的眼睛笑起來有種說不出的味道。

「太后娘娘宮人說娘娘今日鳳體略有不適，便沒有見老身。娘娘近來可好？」老夫人先是上下打量了宜妃娘娘，看這宮內宮人伺候還算殷勤，擺設富麗堂皇，跟以前並無不同，心內稍稍鬆了一口氣。

柱國侯府近幾代在官場都毫無有實權的子弟出仕，一家子全憑藉女兒在宮內的聖寵過活。聖上已經年老，若是過幾年明王殿下登基，那麼宜妃便成了太妃，太妃有何臉面可言？所以柱國侯近幾年才這麼慌忙地撈銀子。如今出了事情，實在從別處打聽不到消息了，才想著來宜妃這裡探聽探聽，說不定給皇上吹吹枕邊風能得到點幫助呢？

跟著老夫人一起來的宮人宣了太后口諭，宜妃愣怔了片刻，隨即立刻躬身稱是。

進宮二十年，宜妃也算是熬出來了，不管心裡怎麼想，面上倒是笑盈盈的，還吩咐宮人給了賞賜，只是平白無故的，太后為何要懲戒自己？

送走太后宮內的人，宜妃坐在榻上，努力的擠出一個笑容。

「娘此次進宮可是有事？」若是宜妃所猜不錯，自己和五公主近來並沒有作出什麼讓太后惱怒的事情來，問題定是出在柱國侯府。

老夫人使了眼色，宜妃清退了下人，只留下一個自小跟在身邊的侍女。

「娘娘，妳哥哥實在是無法了，才讓老身來宮裡找娘娘拿個主意。娘娘在宮內可聽到近來前朝有什麼大事發生？」

「最近前朝事多，皇上已經許久不踏入後宮了，我倒是隱隱約約的聽皇上身邊的人說了一句彷彿是有什麼大事，到底是怎麼回事？難不成哥哥又闖禍了？」宜妃急切的問。

這些年打從自己位分升了妃位，家裡出了各種收拾不了的爛攤子便要來找自己，宮中是個吃人的地方，自己膝下又沒有皇子，只得一位五公主，幸好近些年公主漸漸大了，倒也得了皇上幾分喜愛。熬了這麼些年，如今才算是在宮裡站住了腳，可是這背地裡吃了多少暗虧、咽下了多少辛酸有誰知道！

老夫人湊近宜妃，放輕了聲音說道：「皇上在查軍需案，妳哥哥在裡面跟著戶部的王大人插了一手，如今得了消息，王大人的府上已經被控制了，倒是不知道是不是因為軍需之事。妳哥哥使了許多人扔了許多銀子也打聽不出，這才來找妳，若是真的因為軍需一案，恐怕咱們侯府就要大難臨頭了，娘娘能不能想法子在皇上面前探探口風，咱們也好早做準備……」

宜妃聞得此言，覺得天都要塌了。「娘！哥哥這是要做什麼！我雖整日待在後宮，卻也知道前幾年打仗軍需如何重要，哥哥如何敢往軍需裡面伸手？若是查出來，這是多重的罪過您知道嗎？家裡現今是侯爵，吃喝不愁，他還有什麼不知足的？現在出了事情倒是想起找我來了，難道不知若是此事敗露，我和公主也要受牽連！」

老夫人看著驚慌失措的宜妃，嘴角挑起一個鋒利的弧度。「為了什麼妳不知道嗎？妳雖然升了妃位，可在宮裡妳一年的俸祿才多少？家裡一年給妳送多少銀子讓妳打點，妳心裡沒數嗎？若是沒有家裡的銀子支持，妳在這宮裡如何能使喚動那麼多奴才？妳哥哥做這些還不都是為了妳，妳在宮裡好了，家裡才能更好！」

宜妃的心彷彿被苦汁子泡過一般，苦得麻木。

自己花一樣的年紀便被送入宮內，從秀女一步步熬到如今的妃位。自小便知道，家裡女孩多，只有哥哥一個男孩兒，家裡所有的姊妹嫁人都是為了給侯府、給哥哥鋪路去的，自己還算是命好，其餘姊妹們有嫁去做填房的，有甚至去做小妾的，滿京城誰不知道柱國侯府都是憑著女人的裙帶關係往上爬！

宜妃閉上眼睛，把眼淚狠狠的憋回去。

「女兒知道了，娘先回吧。我儘量想法子在皇上面前周旋一二，您回去告訴哥哥，若此事能有轉圜的餘地，以後切莫再做如此錯事了。如今公主大了，皇上也極少踏入後宮，我這裡也沒有多少要用銀子的地方，以後也不用再給我送銀子。我只等著公主找個駙馬，好好過日子，我便再也沒有什麼別的心願了。」

提起五公主，老夫人渾濁的雙眼轉了一轉，問道：「公主也到年紀該找婆家了，娘看妳姪子如何？子明是咱們侯府的獨苗苗，跟公主又是表親，公主若嫁入了咱們侯府，跟在自己家裡是一樣的，定不讓她受了委屈。」

宜妃聽到此話，雙眼彷彿要噴出火來！自己一個人還不夠嗎？竟還想要讓自己的女兒繼續給柱國侯府填火坑！

李子明雖說是自己姪子，但文不成武不就，還沒成婚屋子裡就烏煙瘴氣，滿京城提起他來都要搖頭的人物，竟還肖想做駙馬！自己就這麼一個女兒，貼心貼肉的養大，是自己唯一的指望和依靠，怎麼能再把她扔回柱國侯府那個火坑？

柱國侯老夫人打的好主意，侯府再傳一代便要降爵了，若是李子明成了駙馬，所生的孩子按律是有爵位的，至少還能保侯府兩代的榮華。只是宜妃把女兒看得跟眼珠子一樣，怎可能還會讓唯一的女兒走自己的老路！

宜妃咬咬牙，此時還不能跟侯府扯破臉，剛剛受到太后娘娘的懲戒，若是今日在宮內和母親爭吵傳出去，怕是連女兒都要受到牽連。

於是扯出一個溫順的笑。「此事不能著急，皇上對公主還算上心，這親事即便是我這裡同意了也還得讓聖上點頭，再說還有皇后和太后呢，宮裡公主本就不多，只剩下一個五公主還未找駙馬，怎麼著也不是我說了便能算的，找個機會我先和皇上提一提，娘回府等消息吧。」

得了女兒的答覆，老夫人還算滿意。「妳放心上些，侯府好，妳在宮裡的日子才能好。若是娘家敗了，宮裡都是些拜高踩低的，妳能有什麼好處呢？」

送走了柱國侯老夫人，宜妃關上門砸了一套茶具，貼身侍女看著宜妃面上的怒容和地上一片狼藉，嘆了口氣默默收拾。她是從小伺候著宜妃娘娘，跟著一起進宮的，知道柱國侯府到底是什麼樣子，娘娘好不容易熬到這個地步，還是要被娘家拖累。

想了想，仍是輕聲勸道：「娘娘，聽奴婢一句勸吧。您如今好不容易到了這個位分上，侯府只會給您扯後腿，半點光您也沾不上，如今府裡出了大事，才想起您了。此事非同小可，您萬不可因此惹怒了皇上，咱們五公主還沒找駙馬，若是皇上厭棄了咱們，連累了公主如何是好？難不成，您還真想把五公主嫁到柱國侯府去？」

保養得宜的指甲狠狠掐入掌中，水蔥似的指甲受不住力道，齊根而斷。

不能連累到女兒，無論如何也要讓女兒平安順遂的過一生。千萬不要像自己一般，受人擺布一輩子，再沒有片刻是為了自己而活。

「去皇后宮裡稟報一聲，就說我潛心為太后禮佛，從今日起茹素念經，若是無事，再不出這宮門一步。只是五公主到了年紀，還望皇后看顧一二，給公主尋個妥當的駙馬。」

到如今地步，只能順勢而為了。太后既然說讓自己為她禮佛，那便誠心一些，如今柱國侯府還未事發，先把五公主託付給皇后娘娘，但願看在自己安分守己不爭不搶的分上，能給女兒找個好歸宿吧！

侍女擦擦眼淚，低頭應了，帶上一二點心，急忙往皇后宮裡去了。

坤寧宮內，明王恰巧也在，正和皇后下棋，聽到宜妃貼身侍女稟報，皇后點頭應下。

「告訴宜妃，本宮知道了。難得她對太后娘娘一片孝心，本宮定會為五公主好好打算。」說罷賞了幾部經書，侍女謝恩退下。

明王冷哼出聲。「宜妃倒是個聰明的，怕是已經得了風聲，柱國侯府已經保不住了，給我五妹妹找退路呢！」

皇后嘆了口氣。「她在宮內還算安分，五公主也是個好孩子，嬌怯怯一個女孩，你父皇平時也算疼她，宜妃這是想給五公主找個靠山，可憐天下父母心，都是為了孩子。本宮這一生無所出，除了親手把你養大，這滿宮的孩子說起來都算是我的兒女，一個公主而已，本宮還能照拂一二。」

明王應了句。「母后慈母心腸，兒臣多虧有母后親自教養，才能知理明事。母后放心，五公主也是我妹妹，此事乃是柱國侯的過錯，與五妹妹並不相干。」

皇后點了點頭。「皇兒能如此想便好，你是以後的一國之君，心思定要行得正。這世上女子都是可憐人，自己做不得自己的主，有時候本宮想，做這一國之母也沒什麼意思，還不如天空中的鳥兒，至少能去任何想去的地方。」

明王看皇后滿面的倦怠，不由得想逗母后開心，於是想起何思遠家的小娘子，聽睿侯提起過是個有意思的，於是跟皇后講了講四娘的事情。

皇后聽完面露讚嘆之色。「之前聽太后娘娘提起過幾句，倒是沒有這麼仔細，現下聽皇兒說起來，是個有想法的姑娘，難為她自己能立業，還能幫許多貧苦人家的姑娘。宮內最近換了面脂水粉，是她那芳華閣的吧？不錯，這世上原來還有這麼有韌勁的女孩兒，本宮甚是欣慰！」

此時的何府，四娘並不知道明王不經意的幫她在皇后面前刷了一波好感。她正瞧著涂婆婆對著單子點嫁妝呢，厚厚一沓，直看得她頭暈眼花。

無聊的透過雕花窗子看著院外來來往往的下人們，還有幾家京城有名商鋪的掌櫃在院裡等著涂婆婆接見。

涂婆婆給唯一的女兒備嫁妝，手筆那不是一般的大，京中各大商鋪的掌櫃得了消息紛紛都聚到何府。再稍稍一打聽，不得了，這家小娘子原是芳華的東家。

芳華誰不知道啊，在大越朝赫赫有名！各地都有芳華的鋪子不說，前些日子還被選入了皇商，如今後宮娘娘們用的全是芳華的東西。這樣的人家定嫁妝，多少銀子都不嫌貴的。

四娘正百無聊賴，鶯歌推門拿著一個紙包進來了。

「姑娘，大少爺讓人送回來的，說是龍門大街口那家的糖炒栗子，味道最是香甜，讓姑娘當零嘴吃。」

四娘接過紙包，打開瞅了一眼，一股香甜的味道撲鼻而來。

「他不是在忙公務嗎，都幾天早出晚歸了，連回來用飯都沒時間，怎麼還有空買這些東西？」

涂婆婆連一個眼神都沒給四娘。「別得了便宜還賣乖，女婿近來公務繁忙，還記得給妳捎零嘴，妳也對女婿上心一些。」

如今小倆口好了，瞧著蜜裡調油的，女婿雖近日忙得不著家，但總時不時的讓人捎些零食小玩意的送回來，四娘雖嘴裡抱怨，臉上的甜蜜卻掩不住。

捏碎一顆栗子，剝去那層薄衣，放進口中一嚼滿嘴香甜。

「廚下有做好的胡辣湯，鶯歌，找個瓦罐外面包上棉衣，給大少爺送去。天冷，吃點熱呼的也好抵禦寒風，娘可別說我待他不上心，瞧您這心都偏得沒邊了！」

涂婆婆懶得理她，手下算盤響個不停，冷不防的，嘴裡被四娘塞進來一顆剝了皮的栗子。

屋外寒風陣陣，屋內歲月靜好。

杜國侯府，杜國侯看到領頭的何思遠帶著人長驅而入，不由得面如死灰。

「侯爺，奉皇上旨意，軍需一案杜國侯參與其中，證據齊全，有勞杜國侯跟下官一起去牢裡走一遭了。來人啊！去後院帶其他人，聖上有令，若遇反抗，就地格殺！」

何思遠揮揮手便有如狼似虎的官兵往後院去了，看這陣仗，是要抄家的節奏。

杜國侯彎著腰不住的哀求。「何大人，能不能看在同朝為官的分上，幫老夫往宮裡給宜妃娘娘傳個信？」一邊說邊拿出一張銀票往何思遠袖子裡塞。

何思遠一把扯出那張銀票看了看，五千兩的面值，杜國侯還真是出手闊綽！

「侯爺，下官勸你還是莫要打旁的主意了，既然聖上下旨抄家，那必定是已經板上釘釘了。看在您這五千兩的分上，我告訴您一件事情，宮裡宜妃娘娘已經自請封宮了，把五公主託給了皇后娘娘撫養，自己發願要吃齋念佛替太后娘娘祈福祝禱。您如今還是老老實實的把事情都交代清楚了，說不定看在你表現良好的分兒上，聖上還能從輕發落！」

官兵從後院扯著柱國侯夫人出來，侯夫人尖利的嗓音驚飛了雪地裡覓食的幾隻鳥雀。

「你們敢碰我，小心你們的腦袋！李賢書，王八蛋！定是你惹的禍事！我從嫁給你便沒有過過一天安生日子，給你千辛萬苦生了兒子，如今臨老卻又遭此禍事，我要跟你和離！」

柱國侯心有餘而力不足，只能看著老妻狀若瘋婦，衣衫凌亂，連平日裡梳得整整齊齊的髮髻都散亂不堪。

此時官兵來報，侯府的老夫人死活不從，此刻拿著根金簪子抵著喉嚨坐在房內僵持著呢，口口聲聲說自己乃是宜妃之母，不能受此屈辱。

何思遠似笑非笑的看向柱國侯。「侯爺，您看是您去勸勸老夫人，還是下官去？」

柱國侯想起那句「若遇反抗，就地格殺」的話，嚇得一個激靈。

「老夫去，老夫去，何大人稍等！」

半盞茶後，不知道柱國侯是如何勸說老夫人的，老夫人面帶憤慨和柱國侯一起出現在前院。

點一點人齊了，便使人把侯府大小主子送入天牢，剩下侯府裡的財物還需要慢慢清點。

柱國侯還在慶幸兒子李子明逃過一劫，想著侯府被抄家的消息傳出去，好歹兒子還能找個地方躲一躲。

誰知剛踏出侯府大門，便看到李子明死狗一般的上了枷鎖，被人押著，不知道這幾日遭受了什麼折磨，瘦得都快要脫了形，面色青灰，柱國侯心裡一聲長嘆：全家覆沒！

近日京城處處人心惶惶，因軍需一案爆發，大大小小被抄家的官員有十幾戶，白日裡經常見到五城兵馬司的人帶著官兵四處抓人，接著便是數不清的財物被裝箱一車車的運出去。

大家不停地議論紛紛，怪不得被抄家下獄，瞅這些金銀財物，這是貪了多少銀子啊！

直到臘月初八，所有涉案人等都被抓捕歸案，何思遠終於有時間在家歇息兩日。

眼看著就要過年，涂婆婆這邊還沒忙完四娘的嫁妝，那邊還要準備過年的各項事宜，索性便把家事一股腦的都扔給四娘處理，反正以後這家裡也得她掌管，如今正好熟悉熟悉。

四娘對著厚厚的帳本子發愁，雖說何思遠只是一個四品官，滿京城裡並不顯眼，但之前打仗歸朝時聖上賞了莊子和不少的田地，年底了，要給佃戶們發些節禮，還有許多的同僚們，按著關係遠近，都得備上一份年禮。

何府近幾年才發家，莊子上的事情還好說，但這些同僚們走禮的事情並沒有先例，四娘都快把筆桿子咬禿了仍沒有絲毫頭緒，看來還是要問一問何思遠，把關係好和關係一般的分別列出來，然後再商量著刪減東西。

還沒把這些理清，何思遠又送來了一張單子。

「這些是之前跟著我在突厥打仗戰亡的兄弟們，都是我一手帶出來的兵。他們為國捐軀，雖朝中也有撫恤，但身後留下的都是大大小小一家子人，死去的又都是家裡頂門立戶的漢子，靠著朝廷那些補貼，日子過得緊緊巴巴，我想著能不能從莊子上的出產裡拿些銀子出來，也算是我的一點心意。」

四娘接過看了一眼，密密麻麻的少說也有幾十個，不禁嘆了口氣。

「何思遠，你知不知道你快窮死了？你那莊子上的帳本你是不是從來沒看過？莊子到你手裡的時候，上一季的出產都已經入了皇庫，這一季的小麥種下，如今才剛發芽，想看見銀子還得等到明年，你一年的俸祿才多少？這幾十戶人家，每家貼補二十兩銀子，便是一千多兩銀子，你有多少存銀夠貼補的？」

何思遠撓撓頭，竟然是這樣嗎？莊子到了手裡，他從來沒有去瞧過，正好後來岳母和四娘來了，他便一股腦兒的把帳本子都交給了四娘，連帶著近幾年打仗時得的外快還有聖上的賞賜都交了出去，只知道吃穿住行都有府裡安排，裝銀子的荷包也從來沒有空過就是了。

在何思遠心裡，自己是頂天立地一個大男人，雖娘子能賺錢，但家還是要自己來養的，不過如今聽四娘這麼一算，自己還真是個窮光蛋啊！

想起前幾日杜國侯塞的那張銀票也交給了岳母，想著讓岳母瞧著給四娘多打幾套頭面首飾。四娘平日裡裝扮簡單，頂多一根釵，好看是好看，但太素淨了些，前幾日忙著抄家的時候，看到人家大戶的小姐妝奩裡都是一套一套的華麗首飾，自家娘子如此好看，別人有的，娘子也一定要有！

就是沒想到今日便被現實狠狠打了臉，早知道，就自己先留下個一千兩應急了。

四娘在心裡盤算了幾番，對何思遠說：「這樣吧，這些戰亡弟兄的家人撫恤今年就先從我這裡的私帳上走，不過這些都是一大家子人，便是年年都給，又能幫得了多少？

我看帳本，聖上賞了你不少田地，咱們還沒來得及去視察，我隨著這次年禮附上書信一封，若是那些子弟中家裡有實在日子不好過的，年後可以來京到咱們的莊子上幫忙。芳華工廠建起來了，我準備開花田，還有果園，他們來了咱們給蓋房子，只需要他們給咱們幹活，我就照給工錢。家裡若是有年輕女孩子的，還可以到我芳華的工廠裡去做工，授人以魚不如授人以漁，如此一來，他們也可以有個長久的進項，否則若是只靠著你一年二十兩的銀子，怎麼能貼補他們一輩子？」

何思遠瞧著四娘亮晶晶的小眼神，越看越愛，不由得伸出長臂一把從身後攬住四娘的腰。

「得此賢妻，夫復何求！」

四娘嚇了一跳，慌忙拍何思遠的手。「快放開！成什麼樣子？我跟你說何思遠，今年是我先幫你墊付的，以後你可是要還給我，別想讓我貼補你一輩子！」

何思遠貼住四娘的臉頰，用密密的鬍渣蹭著四娘嬌嫩的肌膚。

「我的都是妳的，以後這些都要交給妳管，咱們還分什麼妳我，這家裡都是妳說了算，為夫吃穿都要靠娘子安排，娘子以後可莫要虧待了為夫！」

「你快閉嘴吧！吃軟飯倒還挺有底氣的！我可告訴你，以後別惹我，若是讓我知道你做了什麼對不起我的事，我讓你天天啃饅頭喝涼水去！」四娘一邊往外推何思遠的臉，一邊笑罵。

兩人正鬧得歡，房門被敲響了。

四娘一把推開何思遠，理了理自己被蹭亂的髮絲。

何思遠平復了下心緒，喊了聲「進來」。

來的是張虎，剛才在門外便聽到了書房裡的笑鬧聲，明知道此時打擾人家兩口子有點不厚道，但確實有事。頂著何思遠要吃人的目光，張虎遞上一疊紙。

何思遠拿起看了看，問道：「這是戶部王侍郎那外室的證詞？這不是都交代得清清楚楚嗎？可是還有哪裡不妥？」

「大人請看這外室的戶籍還有父母。」張虎說罷還瞄了一眼四娘。

四娘也有些莫名其妙，探頭也去看。

那證詞上面寫著「黃二娘，祖籍楊城，父黃有才，母李氏。」

四娘的腦子瞬間就炸了！這是二姊?!

一把從何思遠手中搶過證詞，細細的看了起來。

原來當年黃有才來京考中了進士後，李氏帶著兩個女兒和兒子一起來到京城與黃有才會合。黃有才授官得了個小縣的通判之職，但那縣城位於一個荒僻不已的地界，窮山惡水的，聽說還常有土匪出沒。

黃有才得人指點，到處找人送禮，想調換個好一些的地方，可黃家這些年為了供他讀書，本就沒什麼存銀，如今又要到哪裡去找銀子跑門路？

後來經同僚引薦，找到了戶部侍郎王大人。那同僚跟他講，聽說王大人愛美人，他家裡不是正好有一對罕見的雙胞姊妹花正是好年華？若是將女兒嫁給了王大人，那黃有才也算是王大人的岳父了，王大人還能不上心不成？

黃有才為了官位，哪裡有什麼不捨得的，如今反正有了兒子，女兒值什麼？若是把女兒送出去能助自己換個好地方當官，那算是賺了。

於是引著王大人見了一回自己的一雙女兒，王大人當場捏著鬍子大加讚揚。當夜黃有才便讓李氏扯了幾尺紅布，把兩個女兒裝扮一新，一抬小轎送到了王大人的外宅。

黃有才倒是如願以償的得了京城幾十里外的一個小縣城的官位，不算什麼很富裕的縣城，但總歸平穩，李氏帶著兒子歡歡喜喜的跟著黃有才上任去了。

可憐二娘和三娘落入虎口，那王侍郎根本就是把兩人當作玩物一樣對待。那宅子便是王侍郎談一些見不得人的事的地方，順帶著招待一些達官貴人。

剛開始的半年，王侍郎還對二娘和三娘這一對姊妹感到新鮮，後來過了那個勁頭，又有新鮮的美人兒送來，二娘和三娘的日子便不好過了。到最後，若是有看上二人的美貌者，王侍郎便讓姊妹二人去伺候。

剛開始姊妹也反抗過，這樣沒有一點廉恥的事情，好人家的女兒哪裡能做得出來。可王侍郎用盡手段，把姊妹二人折磨得死去活來，二娘眼看妹妹被剝光了衣服吊在院子裡，來往的下人小廝不住的指指點點，三娘差點就要咬舌自盡了。

無奈，二娘只得答應。從此以後，二人便淪為王侍郎招待那些大人物的玩物。

後來二娘恰好遇到了前去尋找帳本的何思遠，得了何思遠的幫忙，把她所知道的王侍郎的罪證一一道來，姊妹二人如今終於才算脫離苦海，現被安置在五城兵馬司後的一個院子裡。

何思遠如何也沒想到，機緣巧合，當日他親眼看到犯罪殺人的那個女子竟然是自己的大姨子。

四娘看完供詞渾身如墜冰窟，怎麼也想不到，二姊和三姊跟著母親來京城會落到如此地步。黃有才和李氏狼心狗肺，自私至極，為了官位榮華，連自己的親骨肉都能犧牲，簡直不配為人父母！

揮退了張虎，何思遠看著臉色煞白的四娘，心裡暗暗心疼。

有這樣的父母，可想而知四娘從小生活在怎樣的環境，若不是四娘當時大著膽子自薦入了何家，恐怕下場也不比二娘三娘好多少。

握住四娘冰冷的小手，何思遠輕聲問道：「要不要去看看妳姊姊，她們受了不少苦，好在如今被救了出來，再也不用回那骯髒地方去了。」

四娘眼中大顆的眼淚不停的落下，牙齒緊緊咬住嘴唇，眼看著唇上溢出一顆血珠。

何思遠無法，只得把四娘摟在懷裡，不住的輕拍四娘的後背。

良久，一聲哭泣終於從何思遠懷中傳了出來。哭出來就好了，想哭便讓她痛快的哭一場吧。何思遠心想。

鶯歌早就在門外急得團團轉，好好的，姑娘這是又受了什麼委屈不成？也沒聽到姑娘跟大少爺吵架啊。

聽到四娘哭聲傳出，鶯歌咬咬牙，轉身去找涂婆婆了。

涂婆婆放下手中的嫁妝單子，跟著鶯歌急匆匆的趕到，四娘此刻已經哭得直抽抽。

她想起自己小時候受的那些苦、二姊三姊曾經對自己的好。她們一家姊妹四個，大姊好歹如今過得不錯，姊夫人好、吳婆婆也從不折磨兒媳婦。原想著二姊三姊跟著父母在外做官，好歹也能得個好姻緣，平平安安的過一輩子，誰料到，竟然落得如此下場！

黃有才！李氏！豬狗不如的東西！四娘恨得心裡都要滴出血來！

四娘好不容易止住了哭聲，何思遠也在一旁把事情和岳母說了，涂婆婆聽完簡直要被黃有才李氏兩口子的神操作給氣死。

早聽說李氏當初把四娘賣了，還想著畢竟當時黃有才不在家，若是親爹在家，說不定四娘還不至於得拚了命給自己找買家，好歹是個讀書人，不至於做出這種事情。可如今看看二娘和三娘的下場，幸好四娘早早離開了黃家，不然以四娘如今的美貌模樣，說不定也得做了黃有才往上爬的梯子，入了哪家大人的後宅做小！

涂婆婆看著眼睛腫得跟核桃兒一般的四娘，放輕了語氣勸道：「老天有眼，如今是把妳兩個姊姊救出來了，又讓妳得了消息。等妳情緒好一些，就去把姊姊們接回來吧，她們還年輕呢，過個幾年，對外只說死了夫君，守上三年，好好地再給她們找個人家也就是了。」

四娘咬牙切齒。「難不成就這樣算了？把我兩個好好的姊姊害成這樣，二姊三姊多溫柔的人，如今看看這供詞，二姊都敢殺人了！這得是受了多大的屈辱！」

何思遠開口道：「那戶部的王侍郎現今已入了獄，聽睿侯提起，軍需案裡他算主謀，至少也是個殺頭的下場，沒幾天好活了，再不然我和牢裡的兄弟們交代一聲，讓他在牢裡的日子也不好過，如何？」

四娘眼裡射出一道光來。「王侍郎罪有應得，死了便死了，可黃有才李氏兩人害了我姊姊，難道就只能這麼算了不成?!他們還好好的當官發財過日子，可我兩個姊姊都毀了！可恨我奈何不得他們，否則我真想好好問問，女兒對他們來說難不成還不如一隻貓狗？」

四娘恨極了黃有才夫妻，竟是連爹娘都不叫了。這樣的兩口子，的確也不配為人父母。

何思遠想了想，道：「妳也莫急，既然他的官位是因為王侍郎才得了的，如今王侍郎入獄，給他送過禮的相關人等都要查處。雖然不是重罪，但我想他這官也是做不長久了。」

也只能如此了，古代極重孝道，父母殺子不用坐牢，但子女若忤逆父母，是要挨板子的。

四娘再次忍不住在心裡暗罵，這吃人的時代！

打起精神，四娘喊鶯歌收拾一些衣物吃食，如今天氣寒冷，滴水成冰。姊姊雖有住的地方，但那畢竟是五城兵馬司府衙的後院，平日裡少有人住，不比家裡暖和。

再者也不知兩個姊姊有沒有受到那王侍郎等人的打罵，身上有無帶傷，她想想還是得趕緊帶了厚衣服把人接回來得好，在家裡先給兩個姊姊養養身子再做打算。

看著四娘有條不紊的吩咐鶯歌，涂婆婆和何思遠不由得鬆了口氣。

何思遠騎馬親自帶著四娘去五城兵馬司接人，怕四娘一會兒見到兩個姊姊會再受到打擊情緒過於激動，何思遠覺得還是得提前給四娘說清楚。

「妳二姊是還好，她一心想要救妹妹出來，心裡有口氣撐著，所以除了人瘦些，其餘應是無礙。只是妳三姊，已經有些精神恍惚，許是在那宅子受盡折磨，據說除了妳二姊，她不大認得其他人。」

四娘坐在馬車裡，心如刀絞。往日一家人還在一起生活的時候，四娘便知道三娘膽子小，從來不敢違逆李氏，總是唯唯諾諾的只求個安生。二娘則是有時面上聽話，但有些事情自己也能做些主。在那王侍郎的外宅，三娘不知道受了多少磨難，竟然變成這副模樣。

不想何思遠再為了自己擔憂，挑起簾子，四娘強擠出一個笑。「我知道了，何思遠，多謝你。」

何思遠對著四娘不贊同的搖搖頭。「妳我夫妻，做什麼說這些見外的話。妳姊姊也是我大姨子，都是一家人，我做這些也都是應當應分的。只是妳別再難受了，我瞧著心裡怪不舒服的。咱們把妳兩個姊姊接回家，岳母說得對，慢慢養好身子，過些日子也就好了。」

五城兵馬司後院，門突然被推開，三娘如同驚弓之鳥般把頭扎進二娘懷裡，渾身發抖。二娘緊緊抱住三娘，不停的安撫。

門口的衙役對著何思遠說：「大人，這姊妹倆昨日搬過來的，聽到一點點動靜那妹妹便是如此反應，實在不是屬下們故意為之。」

何思遠點點頭，揮手讓衙役退下。

「妳去吧，我在門口守著。我一個外男，別再驚著妳姊姊，妳試試看她還能不能認出妳來。」

四娘接過鶯歌手裡的包袱，輕輕邁進屋內。

二娘抬頭看著來人，一身櫻桃紅綢緞衣裙，髮上簡單的插著根簪子，上面的一顆南珠熠熠生輝。

「您是哪位？不知有何事？」二娘禮貌的出聲問道。

四娘還未開口，眼淚便奪眶而出，強忍著哭腔，一聲「二姊」叫出口。

二娘瞪大了眼睛，遲疑的叫了聲。「四娘？」

四娘再也忍不住，撲到二娘身邊，像小時候那般，揪住二娘的衣袖。

「四娘，果真是妳，妳怎麼知道我和三娘在此？快讓姊姊看看，妳如今可好？」二娘一連串的話問出來，多年不見，這個最小的妹妹已經長這麼大了。

二娘極瘦，瘦骨嶙峋的一雙手腕，衣服穿在身上都顯得空空蕩蕩。在她懷裡的三娘悄悄抬起頭看向四娘，臉上帶著驚惶與害怕。

四娘看著三娘那雙沒有神采的雙眼，抱住二娘腰的雙臂露出來的肌膚上滿是一道一道的鞭痕，青青紫紫。

「三妹，我是四妹妹，妳還認不認得我？」四娘壓住哭腔輕聲問道。

三娘對上四娘的眼睛，瑟縮了一下，再次把頭扎進二娘的懷裡，二娘露出一個苦澀的笑。「三娘被那群畜生打怕了，如今除了我，再也不讓外人碰的。四娘，妳如何知道我們在此？看妳這模樣定是過得很好，妳怎麼來了京城？」

四娘見兩個姊姊穿得單薄，屋裡雖燃著炭盆，卻因久沒住人有些濕冷，立時從包袱裡拿出兩件厚厚的披風給二娘。

「我這次來是帶妳倆離開的，快披上衣服咱們回家，到了家咱們暖暖和和的再說。」

二娘聞言也不再問，三娘身上有傷，如今又是這個模樣，得趕緊找大夫來看。她給三娘繫上披風，自己也披好，便站起身來攬住三娘往外走。

在門口看見了何思遠，二娘不由得愣了一下。

四娘開口介紹。「這是我夫君，二姊想來已經見過了。」

何思遠露出一個笑。「此地不是說話的地方，馬車在門外等著，咱們回家吧。」

二娘點點頭，一行人上了馬車。

四娘挑起車簾對騎馬跟在外頭的何思遠說：「叫人請個大夫來吧，三妹身上許多傷，估計得上些藥。若是有女醫更好，她對男人十分抗拒。」

何思遠幫四娘理了理鬢邊被寒風吹散的髮絲邊說：「放心吧，我這便使人去請，外面冷，快坐進去。」

一路上四娘先是大概的解釋了一下自己進何家後的際遇，也一併提到何思遠當年並沒有死，後來又復歸重逢的事情。

二娘嘆氣。「如今看來，姊妹幾個，妳是過得最好的。妳當時進了何家守寡，我走的時候還想著若是能帶上妳就好了。現在想起來，辛虧妳沒跟著來京城，不然姊妹三個，都要被爹娘給賣了！」

四娘不想再讓二娘傷心，於是揀了些開心的事情來說：「對了，大姊如今在夷陵呢，生了個男孩，已經三歲多了，叫小酒兒，長得胖乎乎的可好玩了，姊夫家的酒坊如今生意極好，在夷陵也打出了名號，明年開春，我讓人把大姊和小酒兒接來，咱們好好團聚。」

二娘的臉上露出一個笑來。「那可好，沒想到我們四個還有團聚的一日。若是能治好三娘的病，我便再也沒有什麼心願了。」

說話間何府到了，四娘小心的扶著三娘下馬車，或許是三娘腦海裡還對四娘有些許的記憶，並沒有對四娘十分抗拒。

四娘心裡知道，或許幼時在楊城數年的時光雖然過得窮苦，但已算是三娘記憶裡最開心的一段日子了。

涂婆婆已經把房間準備好了，燒熱了炕，點了兩個小丫頭在房裡伺候。

剛進屋坐下，請的大夫也來了，聽說是給府上女眷看身上的傷，果然還帶了個女醫。

先打來熱熱的水給姊妹二人洗漱，然後二娘哄著三娘讓大夫把脈。

把完脈大夫思考良久，對著四娘說：「小娘子這病不是一日兩日了吧，我聽說身上還有傷，若是方便，到裡間讓女醫好好檢查一番，我再開方子。」

裡間的火炕燒得極暖，隨著二娘幫三娘緩緩退去裡衣，四娘用手掩住嘴，牙齒狠狠的咬住手背才能忍住沒有喊叫出聲。

三娘全身幾乎沒有一處好地方，陳舊的鞭痕夾雜著新鮮的傷口，密密麻麻像是一條條蟲子般疊印。三娘害怕地緊閉著眼，二娘不住的哄著。「莫怕，咱們讓女醫瞧一瞧上些藥就好了，不會弄疼妳。」

三娘卻用雙手緊緊的護住小腹，不肯挪開，一旁的女醫眼中也流露出一絲不忍。

二娘見此情形開口對女醫道：「讓您見笑了，我妹妹曾經小產過，後來受了刺激腦筋一直不清楚，以為孩子還在她肚子裡。」

女醫微微點頭，大概查看了幾處嚴重一些的傷勢，然後示意可以了，讓三娘把衣服穿上。

四娘已經被二娘話中的內容震驚得無以復加，三姊曾經有過身孕?!

女醫來到外間跟大夫交代了三娘身上傷的情況，大夫斟酌著開了一副方子。

「娘子小產過後沒有及時治療，如今看來身子吃了虧空，身上的傷雖看著嚴重，卻沒有大礙，上一段時間藥慢慢就會好。只是她這受了刺激，腦子渾沌，我建議三天針灸一次，一個月後看看有無好轉，期間萬萬不可再受刺激，若是她待的環境舒適，說不定自己能慢慢轉好也未可知。」

四娘謝過大夫，使了丫鬟帶大夫把診金結了，又叫小廝跟著大夫去拿藥。

忙活一通天色已經變暗，三娘吃過藥才睡著，二娘稍稍的鬆了一口氣。

晚飯涂婆婆讓人送到二娘的房裡，讓四娘陪著姊姊聊一聊。

如今三娘看了大夫，兩人脫離了虎口，有了安全的住處，看著房裡處處妥貼的擺設，二娘恍若隔世。

四娘招呼著二姊吃飯，府裡專門燉了野雞湯，並幾個味道清淡的小菜，滿滿當當擺了一桌子。

「二姊快吃，三姊的飯廚房留著呢，什麼時候醒了招呼一聲就能送來。瞧妳瘦的，如今到家了，安心養身子便是。」

姊妹倆用了飯，丫鬟把盤子撤下，上了兩盞茶。

二娘對著冒著裊裊熱氣的茶盞出神，四娘憋了半晌，張了又張嘴，還是沒能問出口。

還是二娘開口道：「妳是想問三娘到底為何成了這樣吧？」

四娘點頭，若不是受了極大的刺激，三姊姊溫順的性格萬不會變得如此瘋癲。

二娘憶起往事，眼中恨得彷彿要滴出血來。

「不怕妳笑話，我和三娘被送進那宅子，剛開始倒是被那王大人稀罕過半年，我們還算得寵，除了不能光明正大的去侍郎府做個正經姨娘，但日子卻也過得去。半年後，王大人接待了個大人物，那人看上了我們姊妹。那畜生給我和三娘灌了藥，半夜送到了那人房裡。第二日醒來我和三娘已經受辱，我滿心憤慨的去找那畜生理論，誰料到他卻說，我們本就是不入流的外室，爹娘既然把我們送與他，吃穿所用都是拜他所賜，他要如何便如何，這只是個開頭，以後這樣的事情多著呢。我們怎麼肯受此侮辱，拚死反抗，可是那畜生卻使出了萬般手段逼迫，見我不從，便把三娘剝光了吊在院裡用蘸了鹽水的鞭子打。後來逼不得已，我只能咬牙從了，反正入了虎口，身不由己，只求活著罷了。」

憶起往事，二娘握住茶盞的手抖個不停。

「後來，我們也已經麻木了，幫著那畜生討好了許多的男人，跟青樓裡的女子比起來，還要不如。有一天三娘找到我，悄悄跟我說她月事已經兩個月未來了，估摸著是有了身孕，可是不知道是哪個的骨肉。我被這消息也嚇住了，那畜生定是不讓我們留住這孩子的。可三娘哭著跟我說她想生下來，畢竟是她肚子裡的一塊肉。我們商議好了暫且瞞住，再慢慢想法子，可三娘孕吐十分厲害，幾乎吃不下什麼東西，更遑論還要陪著他們飲酒取樂，後來終於還是被那畜生發現了。被發現後我被打了一頓，三娘則被逼著喝墮胎藥，三娘不從，哭著把藥打翻了，誰知、誰知那畜生見三娘反抗，活生生的，把三娘打得落了胎……」

二娘講到此處泣不成聲，四娘也聽得遍體生寒，指甲深深的刺入掌心。

「受此刺激，三娘便變得瘋瘋癲癲。見三娘如此，那畜生便拿三娘做威脅，若我有半點不從，便使男僕去欺辱三娘。無奈之下，我便咬牙撐著，盼著他能有一絲絲良心，讓三娘每日有藥醫治。那日我實在不堪其辱，殺了那個意圖辱我的男人，正好被妹夫撞上，再後來的事情，妳也知道了。」

屋內良久無聲，只傳來燭芯的嗶啵聲，還有內室三娘偶爾的翻身響動。

四娘慢慢平復了情緒，開口道：「好在如今那畜生已經入獄，聽何思遠說，他乃是軍需案的主謀，殺頭之罪是免不了的。妳和三姊以後便住在這裡，當自己家一樣。現下家裡不缺銀子，不管什麼貴重的藥材，只要能治好三姊的病，都可買來用。等三姊慢慢養好了，以後再做打算，實在不行，我養她一輩子也是無礙的。」

「四娘，我們都住在這裡，妹夫可會不喜？畢竟我和三娘在那骯髒地界待了幾年，我瞧妹夫如今官做得不小，會不會對妹夫仕途有礙？」二娘實在是擔心她和三娘影響了四娘的日子，如今四娘也算是官夫人了，看起來妹夫對她也極好。若是因為她們姊妹讓四娘和妹夫之間起了間隙，那可真是罪過。

「二姊放心吧，妳妹夫雖是官，但咱們並不靠他的俸祿過活。我這幾年做生意開了鋪子，生意做得還算大，等妳養好了，我帶妳去鋪子裡瞧一瞧，連宮裡娘娘用的都是我的東西。再說了，妳妹夫剛剛和家人團聚，我倆婚事還沒辦，他若是敢嫌棄我親姊姊，大不了一拍兩散，咱們姊妹一起作伴過日子去！」說起何思遠，四娘語氣中帶上了連她自己都沒有察覺到的絲絲甜蜜。

二娘欣慰的看著四娘神采飛揚的小臉。「我的四娘如今可真厲害，二姊也沒想到，姊妹四個，如今妳倒成了咱們的主心骨。妳如此說二姊便放心了，若是三娘能好起來，讓我絞了頭髮做姑子我也是願意的。」

四娘拉住二娘的手。「二姊莫要如此說，我乾娘都說了，對外只說妳們是守了寡的，過個兩、三年，若是有合適的，咱們再說上一門親事。這次咱們定要大大方方的去做正頭娘子，以前的事情便只當被狗咬了一口罷了。」

二娘不好拂了四娘的好意，只在心裡苦笑。她們兩個還能有什麼以後呢？撇開三娘不說，自己這輩子算是對男人死了心。前有親爹那般不顧自己骨肉一心只想升官發財的男人，後有王侍郎這般拿女人當玩物的畜生，這世上還有什麼男人能給自己一個安穩的生活？這般奢望，她想都不敢想，暗地裡打定主意，等三娘好一些後，姊妹倆還是搬出去，不管是做什麼營生，湊合著過完這輩子也就罷了。

四娘並不知二姊心裡的這些想法，看天色不早了，便讓二姊去睡下，等明日醒來兩人再一起說話。

夜已深，四娘回到房裡，坐在臨窗的妝檯邊怔怔的出神，手邊一碗燕窩粥已經失了熱氣，燭光映在四娘的臉上，黑長的羽睫在眼下投出一片陰影。

鶯歌在一旁勸道：「姑娘快去睡吧，明日還要照看三姑娘呢，您若是沒休息好，怎麼會有精神呢？」

四娘嘆了口氣，對鶯歌交代。「這幾日妳勤照看著些姊姊房裡，若是缺了什麼不必跟我說，府裡有便立刻送上，若是沒有，直接在帳上支了銀子去買便是。府裡若是有那背後嚼舌根的下人，直接家法處置。」

「姑娘放心，夫人御下極嚴，咱們府裡還沒那般沒規矩的下人，快睡吧，這些瑣碎的事情都交給我，定讓兩位姑娘像在自己家裡一般。」鶯歌一邊說，一邊手腳麻利的幫四娘鋪好被子。

第二十二章

第二日是個久違的晴天，雖太陽極好，但外面依舊乾冷。

四娘早早便醒來去了廚下，顧及三娘在病中，便想著做一份小時候經常在楊城家裡吃的一道早點。

楊城口味偏清淡，早上大家都愛吃熱湯米粉，昨天交代廚子燜了一罐子牛肉，小火煨了一夜，如今軟爛濃香。

砂鍋煮開了水，抓一把乾米粉進去，熱氣翻滾，米粉慢慢變軟。瓷碗裡放上五香粉、蝦皮和蔥花，舀一勺雞湯把佐料化開，再用筷子將煮好的米粉挑到碗裡。

幾棵小青菜用筷子挾著在滾水裡過兩個來回，放到米粉邊。

木勺舀出燜牛肉放在米粉上，牛肉肥瘦相間，大段的蔥白已經燉得化了，裡面還加了黃酒和枸杞，冬天吃起來暖心暖胃。四娘一邊往外舀一邊咽口水，這香味實在是太誘人了啊！

最後再撒一把香菜放到堆尖的牛肉上，一碗道地的牛肉米粉便做好了。

四娘解下腰間的圍裙，對著廚娘交代。「給府裡每人都煮上一碗，調料我剛才放的妳也都看見了，大少爺那碗記得別放香菜。」

何思遠不愛吃香菜，記得有次挾菜時不知怎麼挾了一根放到嘴裡，雖沒有當場吐出來，吃完後卻也接連漱了幾次口。所以四娘特意跟廚下交代一聲。

廚娘忙著煮米粉去，鶯歌捧著托盤跟在四娘身後，去了二娘三娘的房間。一路上寒風吹著牛肉米粉的香味不斷往鼻子裡鑽，鶯歌口水都快流下來了。

二娘三娘也已經起床，或許是到了安全的地方，昨夜難得睡了個安穩覺，三娘的臉色今天看起來不錯，也沒了昨日的惶惶感。

四娘對著姊姊露出一個笑。「都洗漱完了？咱們吃飯吧，看看我特意做了什麼？」

二娘走到餐桌前，聞著熱氣中飄來熟悉的味道，眼中露出一絲懷念。

還在楊城的時候，娘懷著五兒，整日就饞這一碗牛肉米粉，家裡日子緊巴巴，只能偶爾摳出來十幾個子去給娘買一碗來吃。姊妹幾個都在長身子的時候，聞著肉香直流口水，卻誰都不敢開口討要。

那時候一年也吃不了幾回葷腥，那碗牛肉米粉便成了姊妹幾個心裡可望而不可及的夢。

如今這一碗分量極足的牛肉米粉放在面前，上面大塊的牛肉和翠綠的青菜，二娘不由得胃口大開。

擺好餐具四娘便讓鶯歌下去吃飯了，若是不趕緊去，估計那牛肉就該被府裡的一群大肚漢分完了。

四娘把筷子遞給三娘，用輕柔的語氣說：「三姊嚐嚐我做的米粉，看是不是家裡的味道？」

三娘依舊是沒有表情的模樣，不過倒是沒有拒絕四娘的好意，接過筷子挾起一筷子米粉放入口中。

慢慢的咀嚼了幾下，米粉的清香和牛肉的濃香在口中瀰漫開來。牛肉燜了一夜，裡面的筋都變得軟爛，黃酒的精華都被吸收入牛肉裡面，吃口牛肉再喝一口湯，腹中傳來暖洋洋的感覺。

眼看三娘動筷子的速度越來越快，二娘和四娘對視露出一個笑。

二娘悄悄對四娘說：「她這病一直不好，也跟她不怎麼吃得下東西有關，不管什麼飯菜，總是吃兩口便擱了筷子。眼見著身上瘦骨嶙峋，我一點辦法都沒有，還是妳的手藝好，若是三娘好好吃飯，想來病也能好得快些。」

四娘點點頭。「總是喝藥也會喝得沒有胃口，我問了問大夫能不能少吃點藥，儘量食補。這米粉是楊城的味道，所以三姊才願意多吃些吧，我以後常做些楊城的菜式給她吃，慢慢的胃口便開了。」

前院，何思遠和張虎幾人對著廚下端來的最後一碗牛肉米粉虎視眈眈，最後一點牛肉都在這裡，幾人已經添了兩回飯了。

廚娘直皺著眉頭對來後廚催菜的小廝說：「大少奶奶昨天準備了一天的牛肉，大半都端到前面去了，連夫人和大少奶奶還有兩位姑娘都只吃了一碗，如今剩下的也就只能湊合著做這麼一碗出來，若是再想吃，只得讓姑娘今日再燉一罐了。只是牛肉不好買，昨日那二斤牛肉還是恰巧趕上，我家那小子排了好久的隊好不容易才買來的。」

廚娘本來還想著剩下這一點牛肉，自己也能湊合著做碗米粉嚐嚐味，大少奶奶做好的米粉聞起來跟帶著鉤子似的，直勾得饞蟲滿肚子跑。如今最後一碗牛肉米粉也被端去前院，廚娘看著小廝帶著牛肉米粉的香氣走遠，無奈的拿起碗裡放著的包子，狠狠的咬了一口。

張虎笑著對何思遠說：「大人，反正嫂子常給您做好吃的，小的們沒有您的好福氣，能找個這樣上得廳堂下得廚房的娘子，這碗米粉便歸了兄弟們吧。」

何思遠瞟了一眼張虎垂涎的眼神。「這牛肉難得，一個月也不一定能買到一回，我也是第一次吃你嫂子做的牛肉。我當相公的都吃不夠，你一個做兄弟的好意思跟我搶？」

美食當前，更何況是四娘做的美食，想讓何思遠讓，那是門都沒有。

正當幾人僵持的時候，誰也沒注意到李昭伸出手，速度極快的把那碗牛肉米粉端到自己面前，一筷子下去，一碗米粉少了一半。

開玩笑，這幾人還是沒經驗，靠著嘴皮子便能吃到不成？吃到誰嘴裡算誰的！到了京城，四娘下廚的機會少了很多，不是忙這事就是忙那事，如今好不容易吃到一回，哪有那個閒工夫打嘴仗！

何思遠和張虎看著李昭無恥的嘴臉目瞪口呆，還有如此操作？何思道倒是已經見怪不怪，在夷陵時吃四娘做的飯經常如此，誰會傻乎乎的爭個長短決定最後一碗歸誰，都是悶著頭吃，吃完碗裡的再悶著頭去盛。還是沒經驗呀！

一頓飯吃得熱呼呼暖洋洋，幾人最後都扛著肚子癱在椅子上。

吃飽了，該說些正事了，何思遠招呼張虎附耳過來，交代張虎去趟天牢，跟獄卒打個招呼，好好招待那王侍郎。

不說他害得四娘的兩個姊姊變得如此模樣，便是他倒賣軍需那些罪過，也讓人恨不得凌遲了他。幾人都是從突厥戰場上下來的，親眼見過兄弟們挨餓受凍，是以何思遠一說，張虎便拍著胸脯保證。「大人放心，保准讓那老小子好過！」

此時在二娘房裡，姊妹三個面前的碗也都空了，三娘少見的打了個飽嗝，反應過來後，羞澀的對著二娘露出一個笑。

四娘看見三娘臉上終於有了一絲輕鬆，便試探著問：「三姊，可還記得我？我是四妹妹。」

三娘的目光在四娘臉上停留許久，慢慢的說出一句。「四娘鞋子破了，把我的給妳穿……」

聽到這句話，四娘忍不住眼淚再次濕了眼眶。舊時在家，三娘是最膽小的一個，四娘每次挨打挨罵，她雖不敢上去勸阻，卻總會悄悄地趁李氏不注意的時候安慰四娘。

有回四娘的鞋子破得實在是沒法再補了，李氏狠狠的點著四娘的腦門罵道：「妳個賠錢貨，整日只知道瘋玩，這麼費鞋子，老娘哪有錢給妳做新鞋！妳便光著腳吧，有本事自己想法子，沒得在這裡惹老娘心煩！」

四娘不吭聲，只是低頭站著，用自己的沈默來對抗李氏的謾罵。李氏罵累了轉身回屋裡睡覺，當時三娘便悄悄的拉過四娘說：「我那裡還有雙替換的，雖有些大，我給妳墊點乾草進去也就是了，莫難過，娘就那個脾氣。」

舊日的時光如流水，清淺的漫過歲月。當時的日子雖難過，但在三娘心裡卻是唯一的淨土。沒有那些面目可憎的男人欺辱，不用強顏歡笑的奉承，在忙完家事的閒暇，靜靜的做一做針線，悄悄的在心裡幻想以後會嫁給哪個良人……

往事不可追，那樣清苦卻又簡單的日子啊，再也回不去了……

過年忙活的一些事無非是吃喝走禮，各家的節禮終於擬好單子，遠一些的人家都讓府裡得臉的管家去送，近一些的便是何思遠與四娘親送，連何思道也被抓了壯丁，美其名曰鍛鍊鍛鍊人際往來，以後若是考中功名成家立業了，也好知道一些。

最後送禮的一家乃是睿侯府，送完睿侯府的節禮，便可安心在家準備過年了。

何思遠一早便打扮得瑞氣千條的牽著馬站在門外等四娘出來，今日特意刮了鬍子，換上了四娘給提前準備好的一身銀灰色冬裝。

鶯歌跟著四娘走出大門口便被大少爺晃了眼，扯扯四娘的袖子道：「姑娘快看，大少爺今日可真是精神百倍，這一身衣服穿在大少爺身上彷彿是哪家的貴公子一般。」

四娘抬眼瞧去，果真極俊。何思遠自小習武，練出一副腿長腰細的好身材，雙肩尺子量出來的一般筆直端正。這身衣服四娘特意交代過要做得修身一些，如今穿在何思遠身上，無端多出了幾分貴氣。

見四娘盯著自己上下打量，何思遠唇角上翹，露出一個笑來。「娘子可是被為夫英俊的相貌迷了眼？我這身衣服穿上可還好看？」

四娘羞得臉都紅了。「哪家的登徒子，好不要臉！快快走吧，今日跟睿侯夫人約好了，遲了可是不好看。」

何思遠體貼的打起簾子扶四娘上了馬車，鶯歌在一旁捂著嘴笑。如今這一對小夫妻可是好了，叫人瞧上一眼便覺得牙酸，也不知道以前是哪個嫌棄得鬧著要和離！

睿侯府離何府不遠，馬車行了一刻鐘便停下來。

何思遠在侯府大門口下了馬，把馬交給門房牽下去，又親自瞧著睿侯夫人派來的婆子伺候著四娘換上軟轎往後院行去，這才施施然的往睿侯書房走去。

睿侯府的下人都知，睿侯夫人同何家的娘子十分說得來，所以對四娘態度很是恭敬。

那婆子跟著軟轎一路走，一邊笑著跟四娘說話。「如今天冷，侯夫人帶著府裡的小少爺和小姐在暖閣裡玩呢，暖閣後面有一大片梅林，現在開得正好，也不必出去，只打開暖閣的窗子便能賞花。侯夫人說何娘子向來不是個拘泥的，近幾日我家夫人正被兩個小主子鬧得頭疼，今日何娘子既然來了，便煩勞您幫她一起帶一帶孩子。」

四娘清脆的笑聲從暖轎裡傳出來。「好呀，我本想著快過年了事情多，在家裡忙了幾日，好不容易來你們侯府偷個閒，如今你們侯夫人倒是打上我的主意了，竟叫我幫帶孩子？我自小便是個野的，她也不怕我把貴府的小少爺和小小姐帶得跟個野猴子似的！」

說話間便到了暖閣，四娘甫一掀開轎簾便聞到一股清香，凜冽的空氣中滿滿的全是那種好聞的梅花香氣。

「你們府上這梅花的品種倒是好，這香氣一點都不膩，也不知是什麼品種，我京郊的莊子明年也要種些梅花來用，煩勞嬤嬤得閒幫我問一問這梅花哪裡來的？」

四娘本就對味道十分敏感，這種梅花的香氣一聞便喜歡上了，恰好明年芳華準備出一套梅蘭竹菊的新品，正愁這幾種新品的香料用哪些花來入味才好。

「四娘妳個猴兒，說是來給我送年禮的，門都沒進倒是惦記上我的花了！許嬤嬤，莫要告訴她，今日若不把我哄得開心了，這花讓她自個兒打聽去吧！」睿侯夫人爽利的聲音從暖閣內傳出來。

許嬤嬤笑著對四娘說：「何娘子快進去吧，侯夫人都等急了。這花我一會兒便去問問花匠，娘子回家之前定給娘子個答覆。」

四娘掀開簾子，一眼便看到半躺在暖榻上的睿侯夫人，旁邊兩個粉嫩糰子一般的娃娃，彷彿是年畫上走出來的一般。

對睿侯夫人行了一禮，四娘便看著兩個糰子問：「好漂亮的娃娃，莫不是天上的仙童下凡不成？」

睿侯夫人扶著腦門道：「莫被他倆給迷惑了，鬧騰起來一院子人都扛不住。快過年了，府裡的先生回家去了，這兩個便像兩匹脫了轠的野馬，可是把我累得不輕。正好今日妳來了，要是不嫌累，兩個都送妳玩吧。」

李宇翔眨巴著一雙大眼盯著四娘瞧，李宇珠咬著手指頭則盯上了四娘髮上簪的一支紅玉步搖。

四娘從袖子裡掏出兩個荷包，對兩個孩子說：「告訴嬸娘你們叫什麼名字，嬸娘這裡有好玩的東西。」

李宇珠年紀小一些，只四歲，對這個長得漂亮的嬸娘很好奇，站起身走向四娘行了個不太標準的禮。「嬸娘好，我叫珠珠。嬸娘長得真好看！」

四娘噗哧一聲笑出來，一把將李宇珠攬進懷中。「哎喲喲，瞧這小嘴甜的喲，愛煞我了。快拿著，打開瞧瞧喜不喜歡。」

李宇珠看向母親，見母親點了頭，便接過荷包吃力的解開，裡面放著一只玉雕的小瓶子，難得那瓶身幾乎透明，一隻青色的小玉馬神氣的在瓶子裡昂首揚蹄。

李宇珠一瞧這小馬便愛上了，立刻拿在手裡把玩起來。李宇翔也好想看看自己的那個荷包裡裝的是什麼，只是自詡比妹妹大兩歲，也算是個大人了，不屑於作出妹妹那副諂媚的嘴臉。

歪著頭想了想，他站起身來走到四娘面前站定，行了個標準的禮說道：「何家嬸娘好，我叫李宇翔。妹妹還小，這麼珍貴的玉雕一不小心拿不穩便要摔了。珠珠，還是交給乳母幫妳收起來吧。」

李宇珠正是對那玉雕新鮮寶愛的時候，聽到哥哥如此說哪能依，張嘴便反駁道：「珠珠才不會拿不穩，哥哥壞，前日裡打碎了娘喜歡的花瓶，你才手不穩！」

睿侯夫人聞得此言頓時一拍桌子。「好啊，你個臭小子，我說我那花瓶好好的怎地就碎了，還告訴我是你爹養的大白貓衝進來打碎的，原來是你！皮子又鬆了，瞧我今日怎麼收拾你！」

李宇翔見自己被妹妹給賣了，眼瞧著母親臉上柳眉倒豎，今日一頓罵是少不了。按說此時該拔腿就跑的，只是自己那個荷包還沒到手，走了豈不全都便宜了妹妹？

四娘瞧著李宇翔臉上糾結的神情，憋得肚子都快笑疼了，攬住李宇珠的手不住的顫抖。

「好了，大過年的不興打孩子，今日我來做客，若是當著我的面教訓孩子，我瞧了以後可是不敢再來了。翔哥兒，快接著你的這份，瞧瞧喜不喜歡。」

李宇翔接過荷包，像模像樣的跟四娘道了謝。打開荷包一瞧，自己的是條小龍，比妹妹那個小馬還要神氣，心裡滿意了幾分。

四娘來之前便打聽過睿侯府兩個孩子的生肖，提前找玉匠雕刻了兩個這樣的玩意兒。玉料並不是什麼十分貴重的品種，倒是這瓶中雕出動物來的雕工十分難得罷了。

「罷了，今日你們何家嬸娘在這裡，我便不動家法了。四娘也是，孩子這個時候正是冒冒失失的年紀，這樣好的玉雕，不出兩日便要給摔了，豈不可惜。」睿侯夫人說道。

「不礙事，這玉雕的頂端打了小孔，叫丫鬟打個絡子掛起來，翔哥兒的就配在腰帶上，當玉珮戴。珠珠的就掛在脖頸，當項圈帶，這樣可好？」四娘捏著珠珠胖乎乎的小手問道。

李宇翔和李宇珠歪著頭想了一會兒，便大方的答應了，喊來自己的乳母，小心地把玉瓶遞過去，讓她們快快打了絡子來，以後都要戴在身上。過幾日要去外祖家做客，這般好看的東西，定要給表哥表姊們炫耀一番的。

見平時一刻鐘都不消停的一對兒女此刻無比的乖巧聽話，睿侯夫人用酸酸的語氣說：「不得了，我看我這一雙兒女合該是妳的孩子，平日不管我是罵還是打，都沒這麼乖乖聽話的，怎麼如今妳一來便降服了去？」

四娘扶了扶李宇珠歪到一邊的辮子說：「說明我有孩子緣呀，孩子雖小，也不是不懂道理的，只要跟他們說明白了，他們自會聽話。我打小便跟我家小叔一起玩著長大，我家小叔白長了一身肉，出門處處受欺負，可只要是我跟著，我們那一帶的孩子都不敢惹。總之先講道理，講不通再使拳頭。若是一上來便開打，沒情沒理的，我一個女孩子也打不過不是？」

「原來妳自小也是野著長大的！小時候便領著妳小叔子玩，長大了合該妳又進了何家門。如今我家的兩個混世魔王也交給妳帶一帶，看看能不能幫我改一改脾氣！」睿侯夫人笑著讚。

「合著我就是來給妳帶孩子的？堂堂侯府說出去丟死個人，帶孩子有什麼難的，今日我非讓妳心服口服不可！先說好，若是我今日把兩個孩子帶舒坦了，侯夫人可有什麼賞小女子的？」

四娘最喜歡孩子，如今大姊家的小酒兒不在身邊，瞧睿侯家的兩個孩子也是眼饞。正好今日沒什麼事，便陪他們玩一日也好，只不過不能便宜了睿侯夫人，定要討點什麼回去，才不枉她一日的勞累。

「我這滿侯府的東西，妳瞧上什麼只管拿走，只讓我今天清靜一日便好！」

「一言為定！翔哥兒、珠珠，嬸娘帶你們出去摘梅花去！等摘完了，再給你們用梅花做好吃的，保准又好玩又好吃！把披風穿上，咱們走！」四娘說罷把珠珠往上拋了一拋，珠珠笑得咯咯響。

李宇翔心裡羨慕妹妹能一直窩在何家嬸娘的懷裡，這個嬸娘不但長得好看，身上還有一股好聞的香氣，只是自己好歹是個男子漢，不能讓何家嬸娘小瞧了去，於是理了理衣襟開口道：「珠珠是個大姑娘了，可以自己走的，妳這麼胖，莫要勞累了嬸娘。」

珠珠瞪了哥哥一眼。「我才不胖，我偏喜歡嬸娘抱著，我看你是撈不著嬸娘抱心裡吃醋吧！」

被妹妹一語道破心思的李宇翔臉上飛紅，結結巴巴道：「妳、妳瞎說八道！真是唯女子與小人難養也！」

四娘心裡都快笑翻了，看著李宇翔嘴硬的樣子，簡直太可愛了有沒有，於是彎腰在李宇翔臉上親了響亮的一口。

「翔哥兒真好，知道心疼嬸娘，只是妹妹太小了，腿沒有咱們的長，嬸娘抱著她也能走得快些是不是？」

李宇翔用手摸著自己臉上被親過的地方，心裡得意極了。看來嬸娘還是喜歡自己多過妹妹的，妹妹都沒撈著親一口。何家嬸娘說得對，誰讓妹妹腿短呢，哪裡有自己這麼英俊又懂得討嬸娘喜歡。這傻妞，等累著了嬸娘，看以後嬸娘還抱不抱她！

李宇翔跟在四娘身邊，一邊走一邊絮叨。「我知道嬸娘心裡喜歡我才親我的，只是嬸娘是女子，以後莫要隨便親別人，若是讓人瞧見了對嬸娘不好。要是嬸娘實在想親，以後悄悄的親我就是了，我定讓嬸娘親個夠！」

四娘再也忍不住大笑出聲，這孩子怎這麼好玩啊，年紀不大，心眼不少！

暖閣離前院書房很近，四娘和兩個孩子的笑聲一直傳到了前面，睿侯問了聲書房伺候的下人。「後面在玩什麼呢，這麼熱鬧？」

剛從後院過來的下人笑著回稟。「夫人把兩個小主子交給了何家娘子帶，說若是娘子帶得好了，滿侯府的東西隨她挑，這會兒何家娘子帶著兩個小主子要去梅林摘梅花去呢！」

睿侯不自在的輕咳了一聲，抱怨道：「真是胡鬧，哪裡能讓客人來給我們帶孩子，夫人還真是不拿何娘子當外人。罷了，既然他們玩得開心，今日中午思遠便陪著本侯喝幾杯吧。」

「恭敬不如從命，好不容易得閒，下官也好久沒有和侯爺喝酒了，不知侯爺的酒量是否還如當初一般。」

睿侯指著何思遠罵。「當日在突厥，你帶著張虎幾個混帳灌我一個，本侯才著了你的道，今日就咱們兩個，誰怕誰！喝多了回頭可別在我這裡耍酒瘋！」

伺候的小廝難得見睿侯如此開懷，一迭聲的下去吩咐廚房準備酒菜去了。

見書房內此時無人，睿侯直起身子低聲說道：「軍需一案審得差不多了，該落網的也已經落網，只是你有沒有覺得此案查得太過順利了一些？」

「侯爺的意思是，此案背後另有主謀？」何思遠問道。

睿侯把玩著腰間的玉珮。「這案子查到如今，明面上是戶部的王侍郎利用職務之便，聯繫了大小官員從中牟利。只是那王侍郎雖然官職不小，但若說這些人都是聽他一人之話一起做下如此大案，是否有些牽強？」

「侯爺這麼一說，下官也有些疑問，刑部的案卷上顯示，王家是自王侍郎這一代才開始起來的，王家並不是什麼有底蘊的人家，往上數，王侍郎的爹也只是鄉間一屆員外郎，只是小有錢財而已。王侍郎進入官場也才幾十年，如何就能聯合起這麼一眾人做下如此大案？

「還有一事，帳本中記錄的軍需案所得贓款銀兩有千萬之鉅，查抄了這麼多官員，盤點贓銀的時候還有四百萬兩不知所蹤。刑部查問了王侍郎，只是他似乎也不知道這銀子去了哪裡。」

睿侯頭疼的扶住額頭，快要過年了，此時朝廷已經封筆，這件案子還有許多沒有查明白的地方。四百萬兩白銀不是小數目，若是有人拿這筆銀子去做什麼事情，不得不防。

恍惚中彷彿有什麼線索一閃而過，只是少了重要的一環，讓人捉摸不住。

梅園裡，四娘帶著兩個孩子摘梅花。

侯府裡的小主子自小便是金尊玉貴，身後丫鬟婆子一大堆，想要什麼一個眼神便有人弄好了呈上來，哪像今日這樣能親自體會自己動手的樂趣。

於是在四娘身先士卒的帶領下，兩個孩子都玩瘋了。

李宇翔仗著自己高一些，讓丫鬟幫他把梅枝拉低，然後動手輕輕的摘了梅花放進竹編的小籃子裡。李宇珠也踮著腳尖在哥哥身旁，只是摘了幾朵便累了，嘟著嘴衝四娘撒嬌。

四娘隨手折下兩朵蠟梅，固定在李宇珠的包包頭上誇讚道：「我們珠珠可真好看，這梅花又美又香，珠珠像個小仙子一般。」

轉眼珠珠便高興了起來，四娘給了她淺淺一筐摘好的梅花，讓丫鬟帶著她去廊下坐著，把盛開的和沒開的分別撿出來，一會兒有用。聽到自己坐著也能幫忙，李宇珠於是開心的跟著丫鬟去了。

李宇翔朝著妹妹撇了撇嘴，小懶蛋，慣會偷懶的。不過妹妹走了，香香的何嬸娘便歸自己了，於是李宇翔更加努力的幫著四娘摘花。

忙活了一個時辰，四娘瞧著已經摘滿了兩籃子梅花，也到了要吃午飯的時候了，對著忙活得熱氣騰騰的李宇翔說：「翔哥兒，咱們摘的夠用了，嬸娘帶你去做好吃的去。

我們翔哥兒可真能幹，摘了這麼多一點也不嫌累。」

許嬤嬤帶著四娘和兩個小主子到了侯府後院的小廚房，此處經常給侯爺和侯夫人做一些宵夜小點什麼的，裡面乾淨又空闊，正適合四娘帶著兩個孩子玩。

四娘看了一眼調料，都很齊全，便招呼著李宇翔和李宇珠說：「嬸娘要做好吃的了，你們就在一旁瞧著。若是有什麼要幫忙的，嬸娘叫你們可好？一定要離灶台遠一些，能做到嗎？」

兩人端坐在小凳子上，乖巧的點頭。

珠珠四處打量廚房的擺設，輕聲問哥哥。「原來咱們吃的好吃的便是從這裡做出來的啊？這裡面東西可真多！」

李宇翔之前也沒來過廚房，但是在妹妹面前不肯失了做哥哥的威信，便昂起頭說：「這算什麼，聽爹爹說，每年春天跟著皇上去獵場打獵的時候，他們都直接在草地上生起火，火苗燒得跟座小山一樣高，大家都把獵物放在火上整隻的烤呢，那肉都被烤得流油，真叫一個香！」

李宇珠聞言張大了嘴巴。「哇！那可真好，明年也讓爹爹帶著咱們去吧，我也想看一看燒得跟小山一樣高的火。」

四娘一邊把梅花放進溫水清洗，一邊聽著身後兩個孩子的童言稚語，面上不由露出一絲微笑。許久沒見到大姊家的小酒兒了，也不知道那孩子如今長高沒有。

蠟梅味甘，有開胃散鬱的功效，也適宜小孩子服用。四娘準備隨意的做幾個小菜，一個鮮炸蠟梅花，一個涼拌蠟梅，再煮一鍋蠟梅粥。

先取粳米洗淨，放入砂鍋，點小火慢慢的煮，等到米花滾開再撒入蠟梅花便可。

又取了幾捧蠟梅過開水，滾一下便撈出，放秋油醬油和少許白醋在盆中調拌，等蠟梅入味便可裝盤。

最後的鮮炸蠟梅些許麻煩，鮮炸是要過油的，讓丫鬟把油鍋支起來，小火慢慢加溫。

晾乾水分的蠟梅花放在澱粉上滾一滾，然後放入漏勺裡，等油溫六成熱，裝著花的漏勺放進油裡上下過兩、三次。蠟梅花瓣嬌嫩，若是炸久了便失了顏色。

炸好的蠟梅花花瓣晶瑩剔透，還帶著微微的清香。取兩個小碟子，一個裝椒鹽粉，一個裝綿白糖，吃的時候根據喜歡甜口還是鹹口，自己沾著吃。

掀開砂鍋的蓋子，看著粥也差不多好了，四娘拍拍手吩咐許嬤嬤。「這些我都做了兩份的量，煩勞嬤嬤吩咐下人給侯爺和我夫君那裡送一份。」

許嬤嬤笑著應了，這何家娘子，不僅人長得好看，又會做菜，連帶孩子都帶得有模有樣的。兩個小主子平日裡鬧起來連侯爺的板子都嚇不住，在何娘子這裡倒是聽話得很，一上午讓幹麼幹麼，再沒有哭鬧過！

四娘叫兩個孩子。「咱們帶著做好的菜去找你們母親一起吃飯可好？也好讓你們母親看看翔哥兒和珠珠有多能幹，今日多虧了你們幫我摘梅花，不然我自己一人可摘不了這麼多呢！」

李宇翔牽著妹妹的手上前幫忙，兩個受了誇讚的孩子如同兩隻雄糾糾的小公雞，昂首挺胸的去了睿侯夫人的房裡。

睿侯夫人難得清靜了一上午，正悠哉的坐在房裡聽請來的女先生說書，此時卻聽到院子裡傳來兩個孩子興奮的喊叫聲。

「娘，快看看我們做了什麼好吃的給妳！」

四娘帶著兩個小的進屋，屋裡伶俐的丫鬟趕緊上前幫著幾人去了披風，又端來水盆伺候著淨手。

睿侯夫人揮手讓說書先生退下，自有丫鬟帶著先生下去用飯。

看著桌上除了府裡大廚房做的飯菜，還單獨放了兩盤菜並一砂鍋的粥，睿侯夫人問道：「跟著你們嬸娘可真是學到能耐了，連做菜都會了？」

李宇珠跟個小炮彈一樣衝向母親，嘴裡嘟嘟囔囔的說：「珠珠幫嬸娘摘花、揀花，珠珠厲害極了！」

李宇翔看著臭屁妹妹撇嘴。「妳才摘了幾朵，全是我和嬸娘摘的！」

四娘急忙安撫。「能者多勞，你比妹妹大，理所應當多摘一些。快坐下嚐嚐嬸娘做的菜，若是好吃，也不枉我帶著你們忙活一上午了。」

睿侯夫人雖生性爽利，但自小在國公門第長大，於風雅一事上也是極熟悉的。見這桌上有梅花做的菜，拍拍手讓丫鬟去取一罈子梅花酒來，兩個小的不能飲酒，便給上了梅花蜜水。

席上說說笑笑，兩個孩子揀著四娘做的梅花菜吃得香甜，特別是那一道鮮炸梅花，十分受歡迎。

李宇翔雖是男孩子，但卻偏愛甜口，半碟子細砂糖都被他蘸了梅花吃。李宇珠則愛鹹，尤嫌這椒鹽粉不過癮，又叫丫鬟給端來了一小碟子辣椒粉蘸著吃，看得四娘直咋舌。

「珠珠這吃辣的功夫真是厲害，連我也不敢這樣吃，當心吃多了口舌生瘡，疼起來哭。」

睿侯夫人不在意的說：「原我也是怕她上火，可是吃了幾次也沒見她有事，我便丟開了。這孩子口味像我，只嫌不夠辣，或許是我懷她的時候辣椒吃多了吧。」

看了眼兩個孩子有乳母照顧，都吃得香甜，睿侯夫人端起杯子說：「整日裡他們男人大口吃肉大口喝酒的，咱們今日也自在一回，喝多了只管在我這裡睡下，酒醒了再回家。」

四娘也不拘泥，端起酒杯和睿侯夫人碰了一杯。這梅花酒極綿柔，入口還帶著梅花的清香。

不知不覺的，兩人便把一罈子酒喝光了。

四娘被這屋裡的熱氣熏得有些頭暈，睿侯夫人讓許嬤嬤安排房間，帶四娘去睡個午覺醒了再走，許嬤嬤與鶯歌扶著四娘去了。

侯府的屋子自然收拾得極舒坦，四娘沾著枕頭便沈沈睡去。

前院睿侯與何思遠到底沒敢多喝，只喝得微醺便罷了。下人來報說夫人留何家娘子午歇，睿侯對著何思遠說道：「累了你娘子幫我們帶了一上午孩子，既然夫人留了人，這裡不是外處，思遠你也一同去歇一歇吧。」

便讓下人領著何思遠去一道午歇，何思遠來到客房推開門，不由得愣了一下。

只見四娘正伏在枕上睡得極香，一頭柔順的髮絲胡亂的壓在臉下，或許是喝了酒的緣故，臉頰上帶著淺淺的紅暈，紅潤的小嘴半張著，一呼一吸之間，彷彿還能聞到梅花的香氣。

走近後何思遠不由得伸出手去撫摸四娘的臉龐，肌膚似上好的暖玉，這張臉當真是半分瑕疵都沒有。那雙鳳眼此刻雖閉著，但何思遠腦海裡卻浮現出平日四娘極神氣的一瞥，會勾魂似的。

此刻房內只有他們兩人，何思遠便有些不可為外人知的小心思。平日在家裡，四娘跟著岳母住在滿溪閣，自己也不好提出要和四娘獨處的想法。雖是夫妻，但拜堂還沒辦不是？更別提如今又住進兩個大姨子，四娘近來的心都在給姊姊調理身體上。

何思遠只覺得中午喝下的酒此刻都變成了燎原的火，一路從胃裡燒遍全身。四娘就在一旁靜靜的睡著，便是此刻親一口也是無礙的吧？何思遠覺得有些口渴，不自覺的俯下身靠近四娘的面龐。

就在離四娘花瓣一般的唇還有一寸的距離時，從四娘蓋著的鼓囊囊的被子裡鑽出兩個小腦袋。

何思遠嚇了一跳，急忙直起了身子。

此刻屋內氛圍格外尷尬，被兩雙小鹿般的眼睛盯住，何思遠不由得用手搓了搓下巴上微刺的鬍渣。李宇翔他是見過的，李宇珠倒是第一次見，不知怎地兩個小傢伙跑到四娘的床上來了。

李宇珠一根手指豎起放在嘴巴上。「嬸娘睡著了，別吵醒她。」李宇珠此刻的小辮子在被子裡蹭得軟趴趴的貼在腦袋上，胖乎乎的小臉像一隻憨態可掬的花栗鼠般。

李宇翔知道何思遠是何家嬸娘的夫君，今日偷跑來四娘床上午睡是他攛掇著妹妹來的，此刻面對著何思遠，他心裡倒是有一絲心虛。

眨巴眨巴一雙無辜的眼睛，李宇翔開口跟何思遠討價還價。「今日嬸娘說好了陪我們一日的，何叔叔不如去外間睡吧。再說，你定是跟爹爹一起喝酒了，瞧你一身的酒氣，莫要熏到了嬸娘。」

剛才何思遠想親四娘時李宇翔從被縫裡都瞧到了，莫名的，李宇翔就是不想讓何思遠親自家香香的何嬸娘。

是的，此刻在李宇翔心裡，這個長得好看、會做好吃的又香香的嬸娘被他自動劃到了自己這邊。

何思遠對著被窩裡露出兩個大腦袋的孩子不由得失笑，摸摸鼻子，轉身去了外間。沒辦法，媳婦太招人稀罕，還是再忍一忍，等到兩人婚禮過後，還不是自己想怎麼親就怎麼親！

只是看著四娘這麼招孩子喜歡，不知道以後兩人的孩子會是什麼樣子呢？

這個午覺何思遠沒能睡得著，閉上眼腦海裡不是浮現出四娘一身大紅衣裙掀起蓋頭對著自己笑的嬌俏模樣，就是四娘身後跟著個胖嘟嘟的小丫頭對著自己叫爹爹的情形。

又翻了個身，何思遠長嘆一口氣，真希望這日子快點過，趕緊到春暖花開的時候。

等拜了堂，定要日日摟著媳婦睡，趕緊生個大胖丫頭出來！

四娘是被熱醒的，睡夢裡覺得自己胸口上像是壓了一塊石頭，睜開眼，一隻胖腳丫正跨在自己胸口上，順著腳丫便看到兩個睡姿慘不忍睹的胖娃娃。

李宇珠不知道怎麼睡的，腦袋在李宇翔的小肚子上，兩隻腿一隻搭在四娘胸口，一隻搭在四娘大腿上，還打著小呼嚕，睡得跟一隻小豬一般。李宇翔被擠到靠著牆的角落裡，睡得委委屈屈。

把兩個孩子擺好，仔細地蓋妥被子，四娘輕手輕腳的下床穿衣。看這時辰不早了，也該回家了。

何思遠睡不著正坐在外廳裡喝茶，見四娘出來，不知為何有些心虛的挪開了眼。

四娘伸了個懶腰。「一覺醒來床上多了兩孩子，把我嚇一跳，也不知道什麼時候跑來的。我去和睿侯夫人辭個行，咱們這便回家吧？」

何思遠點頭起身，拿了披風給四娘披上。屋裡熱呼，外面冷，別一冷一熱著了風寒。

睿侯夫人覺得四娘來這一趟，兩個孩子都乖得跟隻貓一樣的，也不亂跑闖禍了，也不雞飛狗跳了，恨不得四娘能常住侯府。只是人家有自己一攤子事呢，也不能留下來專給自己帶孩子不是。

「妳以後若是無事可要常來，翔哥兒和珠珠都喜歡妳，今日走了他們定要念叨好幾天。」

四娘笑著答道：「我看妳是想賴上我幫妳帶孩子！今日我帶得可好吧？說好的我帶好了他們，這府裡東西隨我挑呢？」

睿侯夫人扶一扶鬢間的一支牡丹步搖。「說吧，看上什麼了，只管帶走。」

「不瞞夫人說，我看上了妳那一院子蠟梅花兒，正好年後要出新品，我找了許多梅花都沒有妳這蠟梅的香氣好聞。前期我要做實驗，需要許多正開的蠟梅，只是現在種蠟梅樹也來不及了，若是夫人捨得，便把那一園子的蠟梅花給了我吧！」

睿侯夫人指著四娘的鼻子。「好呀，妳個促狹丫頭，竟然想摘禿我的梅園！罷了罷了，誰讓我一早便誇下了海口呢，妳使人來摘便是，只是今年我這梅園，再也辦不了宴了！」

得了睿侯夫人的承諾，四娘心滿意足的告辭。

只睿侯還不知自家夫人把這一園子自己喜愛的梅花都許了出去，幾日後睿侯興起，剛想去梅園賞賞花，進了園子便被滿眼光禿禿的梅花樹驚了眼！這這這，京城何時出了這般風雅的賊了，別的不偷光偷這梅花做什麼！

急匆匆趕來的管家在一旁看著侯爺一言難盡的表情，小心翼翼的開口。「這蠟梅被夫人許給了何家娘子，作為何娘子帶了兩位小主子一日的報酬。何家娘子第二日便使人來摘了半日，連個花苞都沒留下，還挖走了兩棵，說要種在自家院子裡，夫人都應了。」

睿侯氣結，剛想找自家夫人去理論，又想起夫人脾氣上來時那副胭脂虎的模樣，又默默扶著頭回屋喝悶酒去了……

何家這個年過得十分熱鬧，過年前幾日，夷陵的節禮也到了。江上結了冰，水路不通，押車的管事改走陸路，所以慢了幾日。

何家爹娘收到四娘寄回家的豐厚年禮和何思遠親筆寫的家書，見信上說年後兩人要把婚禮辦了，讓爹娘過完年開春便到京城來，商議婚禮事宜。

何旺與王氏高興得老淚縱橫，兩個孩子終於走到了這一步，辦完婚禮兩人圓了房，抱孫子的日子便指日可待了！

王氏一邊擦眼淚一邊絮叨。「我就說得讓他們在一處待著，情分都是慢慢處出來的，若是一個京城一個夷陵的，哪裡能讓對方看見彼此的好呢！如今我這心裡可是放下了一塊大石頭，就盼著兩人和和睦睦的過日子，趕緊給咱家生個孫子孫女的，我便是立刻閉眼也無憾了！」
何旺也樂得眼睛都瞇成了一條縫。「就是這話，咱們趕緊多收拾點年禮，趁著年前送到京城去。讓人去張家一趟，把四娘給張家的東西送過去，順帶問一聲可有東西要送到京城的。」
王氏忙不迭的去安排了，何旺捏著鬍鬚一個人樂。
四娘還真是個旺家的好丫頭，自她來了何家，日子越過越好不說，兒子也升了官回來了。如今芳華更是成了皇商，生意做得花團錦簇的，如今夷陵城裡提起何家誰都要豎起大拇指，直誇何家有隻金鳳凰！這日子，過得真有勁頭！

第二十三章

京城何府，正廳裡。

屋內地龍燒得火熱，熱氣蒸騰中水仙花次第開放，濃郁的香氣瀰漫在空氣中。

桌子上鋪滿了紅紙，何思道正在奮筆疾書寫春聯，李昭在一旁幫著把寫好的春聯擺開了晾乾墨跡。

今年芳華剛成為皇商，千頭萬緒的事情多，所以李昭便沒有回夷陵過年。不過何思道認為李昭肯定是為了躲避爹娘的催婚才不回去的，雖然李昭嘴上不肯承認，但何思道覺得自己猜得八九不離十。

張虎領著幾個兄弟在院子裡掃雪，這是四娘安排的活計，何府過年不分主子還是下人，都要動手幹活，預示著新的一年，也是勤快的一年。

來到何府十幾日，二娘身上漸漸養出了些肉。三娘日日有藥吃，加上三天一次的針灸，如今也能在天氣好的時候到院子裡坐一會兒了。前院有那些男人們在幹活，怕三娘看見又犯了病，平時四娘便讓二娘領著三娘在屋內做針線。

三娘手指翻飛，一會兒功夫一條胖胖的鯉魚便現出了形狀。

二娘誇妹妹活計鮮亮，三娘聽了誇讚害羞的低下頭，用手輕輕撫摸自己平坦的小腹。「我給寶寶做個肚兜，等他生下來便能穿了。」

二娘心裡嘆了口氣，這是還糊塗著呢！

四娘和涂婆婆在小廚房忙活，過年要炸許多東西，蘿蔔丸子、小酥肉、魚塊、雞塊，再炸一些楊城過年時常吃的油果子。

小廚房裡熱火朝天，四娘怕衣服濺上油，找了一身舊衣來穿，頭髮也用帕子包住。涂婆婆在燉肉，鍋裡一隻大豬頭已經被燉得軟爛，筷子極容易便能插進去。

挾了一塊肉讓四娘嚐嚐鹹淡，肉一入口，四娘便愜意的瞇起了眼睛。真香！

這邊剛炸好的小酥肉也起鍋了，四娘喊在燒火的何思遠拿個盤子裝一些，給正在幹活的張虎幾人送去解解饞，順便捏起一塊小酥肉吹涼，塞進何思遠嘴裡。

何思遠張嘴咬住肉，舌尖卻不經意的劃過四娘的指尖。四娘被那濕熱的舌頭驚得差點扔了筷子，餘光看到涂婆婆沒有注意這裡，狠狠的白了一眼何思遠。登徒子！不正經！

何思遠嘿嘿傻笑著端著盤子出去了，走路那勁頭都帶著風。爹娘來信說開春江上冰一化便啟程來京城，娘已經請了高僧合八字了，說他和四娘天生一對，四娘更是個旺夫旺子的好命格，大師說了，兩人以後至少得生個三子一女，爹跟娘就等著以後幫忙給帶孫子孫女呢！

涂婆婆一邊把豬頭肉撈出來一邊說：「我看得給你們定個早些的日子辦婚禮，瞧女婿那猴急的樣兒，可別憋出個好歹來。」

四娘的臉瞬間成了個大紅布，何思遠真是的，也不知道背著人，都被娘瞧見了，真是丟死個人！

涂婆婆又說：「有什麼好害羞的？男大當婚女大當嫁，明年成親正正好。過了年妳也十七了，身子都長開了，娘也不擔心妳年紀小生孩子會遭罪。女婿這個年紀，換了別人早就當爹了，何親家嘴裡不說，心裡不定怎麼著急呢。妳的嫁妝也準備得差不多了，只一些大件的年後就能送來，加上到時宮裡太后娘娘會有賞賜，還有我往日的一些姊妹們的添妝，妳這嫁妝在京城也算很能看了。」

四娘低著頭往盤子裡撈炸好的肉。「有娘幫我操心，我省了不少事呢，這些婚嫁什麼的我哪裡懂呢，親爹親娘也不在身邊。就是他們在身邊又能如何，看我兩個姊姊被他們害成那個樣子，我都恨不能不要投胎到黃家！」

「我瞅著妳二姊是個心志堅定的，心裡有主意，能撐得住。妳三姊最近情緒也穩定了許多，雖還不能見生人，但也在慢慢好轉了。這都是命，熬過了這一劫，說不定她們後半生還能有別的機緣呢。」涂婆婆勸道。

「眼下也只能這樣了，等三姊吃夠兩個月的藥，再讓大夫好好看一看，若是能有法子除了病根，讓她清醒過來就好了。」

大年三十，何家眾人齊聚花廳。

除了三娘怕見人，二娘在房內陪著她，四娘吩咐廚下給二姊房裡單獨送一桌席面，各色都要有，便留兩個姊姊清清靜靜的在房裡守夜。

過年桌上十分豐盛，涼菜熱菜點心加起來總有幾十道，還有下午眾人一起包的餃子，正放在外面凍著呢。雖有的會包有的不會包，蓋簾上歪七扭八什麼樣的都有，但過年嘛，就是圖個熱鬧，參與很重要。

眾人圍著大圓桌坐了，下人也給放了假，房裡只鶯歌和豆兒在一旁伺候著。四娘給她們在一旁準備了小桌，一會兒大家吃起來也好讓兩人坐下用飯。

席上涂婆婆輩分最大，坐在主座。何思遠和四娘坐在涂婆婆左手邊，何思道、李昭坐在右手邊，餘下眾人各自坐下，都等著涂婆婆說兩句開席。

涂婆婆舉起酒杯。「過年了，今年一年發生了許多好事，女婿從戰場回來和家人團聚，還升了四品官。芳華也成了皇商，如今生意更上一層樓。咱們大家聚在京城，如同一家人一般。諸位共同舉杯，祝願明年的日子更加順遂！」

大家熱熱鬧鬧的碰了一杯酒，涂婆婆挾了第一筷子菜，大家便都放開了吃。

酒過三巡，也都吃得飽飽的了，待撤了飯桌，眾人坐在一起打牌做耍，等著子時一到，便去院子裡放煙花炮竹。

四娘今日手氣好，簡直是大殺四方。她一人贏了張虎、李昭還有何思遠三個，不一會兒手邊的錢匣子便擺得滿滿當當。

張虎愁眉苦臉。「我說嫂子，可給兄弟留點吧，我這銀子好不容易攢下來等著娶媳婦用呢。」

四娘笑。「你媳婦八字還沒一撇呢，哪裡就要用銀子了。等你找到媳婦了，我和你家大人給你厚厚的添妝！」

張虎順著桿子往上爬。「那嫂子妳看，等明年孫姑娘來了，妳能不能幫我撮合撮合，我就瞧著她厲害能幹，是個能過生活的人。我以前年輕不懂事，嘴巴上沒個把門的，只知道吹牛皮，為了面子，什麼話都往外說，其實我還是個童男子呢，最多也就跟著軍中前輩們去過兩趟花樓，只顧著喝酒了，連人家手都沒摸過。嫂子可憐可憐我，一個人的日子過得實在清冷，若是能成，我給嫂子買大紅鯉魚！」

「我早就看出來你對小青不一樣，小青的確是個好姑娘，也是命苦，家裡有個後娘，她帶著弟弟過得十分不容易，如今算是立起來了，後娘也不敢再給她臉色瞧。只是越是這樣的姑娘自己心裡越是有主意，你若是有法子讓她看上你，那是你的福氣。我可以跟她說一說，但人家願不願意是她自己的事，若是成了當真好，若是不成，你也不能糾纏人家！」

張虎急忙一口答應。「嫂子放心，我絕不會作出死纏爛打的事來，若是她能看上我，我定把她供起來！」

轉眼到了子時，眾人一窩蜂的去了院裡放煙花。

四娘如今財大氣粗，光煙花都買了兩車。過年嘛，就是要玩得開心，除了涂婆婆，眾人都上手去放著玩。

煙花點亮夜空，五光十色，絢麗的光芒倒影在四娘眼中。

四娘仰著頭瞧，又是新的一年了。到了這個世界十幾年，自己也算是做了許多想做的事情，這裡雖沒有什麼先進的科技，但看著自己一步一腳印打下來的江山，也十分滿足。

四娘正瞧得出神，忽然被一雙結實的臂彎從背後攬住腰身。何思遠低下頭，在四娘髮心落下一個溫熱的吻。

「新年好，願四娘以後都開開心心，順遂如意。」

何思遠身上帶著些許的松柏香，和著嘴裡淡淡的酒氣，四娘有瞬間的意亂神迷。

放鬆了身體靠在何思遠溫暖的懷裡，四娘開口道：「新年好，何思遠，願你以後能健康平安，無病無災。」

何思道點了一掛鞭，隨著噼哩啪啦的鞭炮聲響起，何思遠在四娘耳邊又說了句什麼。鞭炮的聲音震耳欲聾，但四娘清楚的讀出何思遠的話。「何其有幸遇到妳，願執子之手，與子偕老！」

放完煙花鞭炮，眾人又回到屋內給涂婆婆拜年。今日在府裡的都是小輩，涂婆婆不分年紀大小，給了每人一個厚實的紅包。府裡的下人們也都齊聚院子裡給主子們拜年，吉祥話此起彼伏的響起。

四娘吩咐鶯歌。「傳我的話，過年了，每人多發一個月的月銀。大家都辛苦了，新的一年，還要勤謹為上。」

鶯歌出去傳話，聽到如此好事，下人們都驚喜不已。年前府裡已經一人發了兩身厚實的冬衣，還有若干的肉和果子，沒想到主家大方，又給多發了一月月錢。遇到了好主家，以後要更賣力的幹活！

時間不早了，大家各自散去。

一輪清亮的彎月不知什麼時候露出了臉，銀輝灑在院子裡，映照著滿地紅色的鞭炮紙屑，無聲的顯示新年第一日定會是一個大晴天。

春風吹化冰雪，柳條綻放新綠。二月一過，萬物復甦，春天悄然而至。二月的天氣還有些涼，天津港碼頭，早已經是一番忙碌的景象。搬貨卸貨的漢子滿頭是汗，有甚者脫去了上衣，露出結實的後背。

何旺與王氏站在船頭，遙望著熙熙攘攘的碼頭。

「此處比夷陵碼頭更要繁忙熱鬧，真是好氣象！」何旺不由得感嘆。

「天津是離京城最近的碼頭，所有的商行只要是船隻運輸，都要在天津港卸貨，再轉馬車運到京城去。所以，天津港是我大越朝最熱鬧的碼頭了。」

何旺與王氏此次來京是為了何思遠和四娘的婚禮而來，夷陵距京城不近，他們又帶了許多貴重的物品，安全起見，便請了鏢局護送，也不是別人，乃是老熟人張鵬遠一行。

船隻停穩，大家下船換馬車。看時間本來可以在天津停留一晚的，可何家兩老十分想念兒子兒媳，看天色還早，想著趕一趕路，天黑之前便能到京城了。

留個心腹的在後面看著貨物裝卸，張鵬遠護送著何旺與王氏往京城趕去。

此時在何府，眼看著天色慢慢變暗，四娘和何思道在大門口來回的走動。爹娘說好了今日到的，這個時間了，再不進城城門都要關了。何思遠已經早早去了城門口接人，讓四娘在家準備好家宴便是。

突然聽到一陣車馬喧囂，四娘隨聲看去，何思遠騎馬在一側，後面跟著一輛馬車慢慢駛來。

四娘心知這是到了，疾行兩步上前迎接。

眾人會面自有一番熱鬧，王氏更是緊緊握住四娘的手看了又看。四娘離家幾個月，王氏還怪想的。

「爹娘快進家裡去吧，夜裡風涼，咱們進屋再說。」何思道說。

何旺笑呵呵的捏著鬍子往裡走，小兒子來京城這幾個月長進不少，待人接物大有改觀。孩子大了果真要多出去見見世面，不能總拘在家裡。

簡單的洗漱過後，眾人齊聚花廳。涂婆婆早已經安排下人滿滿當當做了一桌子的菜，心知路上行了十幾日，出門在外不比家裡，吃不好睡不好的。

「親家快入席，到家了，好好歇一歇。這一路上可還順利？」涂婆婆問道。

「都順利，坐船就是比馬車快，就是剛上船那幾日有些暈船。可巧船上有大夫，給配了幾丸藥，吃了兩日便好了。」王氏說。

「習慣了就好了，我第一次坐船，下船的時候腿腳都是飄的，在水上飄久了，路都不會走了！」四娘笑道。

「京城果然是好氣象，我們進城時天都黑了，但街道上依舊人來人往。那馬路寬的，我看並排走四輛馬車都使得。」何旺與王氏都是第一次進京，再沒見過如此熱鬧氣派的都城。

「爹娘今日好好歇歇，明天無事我帶您二老出去逛逛。」四娘給爹娘分別挾了一筷子菜，眾人開始用飯。

飯後一人一杯熱茶，坐下說話。

王氏依舊拉著四娘的手，讓她坐在身邊。「妳大姊和姊夫估計要慢幾日才能到，本來是和我們一起出發的，行了幾日妳大姊吐得厲害，讓大夫把了脈，說是又有了。妳姊夫擔心得不得了，便在中途下了船，說是歇息幾日，找個醫館好好看一看。若是大夫說無事，後面再慢慢的趕過來。」

四娘又驚又喜。「那可是喜事，吳婆婆盼著我大姊再生一個盼好久了，如今小酒兒也三歲多了，正好再生一個，這次要是能生個女兒，張家一家子不知有多高興！」

「是啊，有了孫子就盼孫女，要我說，張家人丁單薄，這胎即便又是個兒子，妳吳婆婆照樣開心！」

王氏抬手正了正四娘髮髻上的簪子又說道：「爹和娘在家接到思遠的家書，得知你倆好了，心裡不知道有多高興。婚禮的日子娘去寺裡幫你們問了，三月十二頂好的，如今東西也都準備齊全了，若是你們都沒有異議，咱們便定下如何？」

四娘低著頭不說話，手指不停絞著帕子。這一屋子的人都在，讓自己怎麼好開口。何思遠見狀急忙解圍。「爹娘看好了就好，我們沒有意見，只是勞累了爹娘和岳母幫我們操持。」

「只要你們小倆口好好的，我們怎麼勞累都開心！」王氏說。

「你娘說得對，為人父母都是為了孩子，你們能把日子過好，我們瞧著便什麼勞累都沒有了。若是能讓我早日抱上孫子孫女，那就更好了！」何旺如今瞧著張老漢家的小酒兒就眼饞，若是何思遠和四娘有了孩子，定是個極聰慧的娃娃！

「親家路上走了十幾日，今日便早點休息。房間已經安排好了，若是有什麼缺的少的，讓下人去辦就是了，歇好了，明日咱們一起瞅瞅四娘的嫁妝去！」

四娘和何思遠親自送爹娘回了房間，又說了幾句話便讓二老歇下。

今夜月色極好，月光似銀紗般籠罩。院子裡何思遠特意為四娘移來的兩株木蘭樹已經結出花苞，過沒幾日便要開花了。

四娘吸了一口早春清新的草木氣息，伸手撥了撥在微風中搖曳的花枝。

「何思遠，你當真以後不會攔著我做生意？你也知道，我芳華如今攤子大事情多，別的不說，至少我要一年去各地巡視一圈的。你若是有意見，趁著咱們婚禮還沒辦，早點說了也好反悔。若是等我真的嫁了，你再挑三揀四，我可是沒空和你吵架，說不定收拾東西就走了，叫你找不到我！」

何思遠輕輕捏住四娘手指，覺得有些涼，便拉過四娘的兩隻手放在掌中暖著。

「我一早便說了，只要妳能保護好自己的安危，妳想做什麼便做什麼。只是……」

四娘抬眼瞅何思遠。「只是什麼？」

何思遠嘴角彎起，露出一個笑。「只是若妳有了身孕，可就不能亂跑了，至少要等孩子生下來幾個月後才能遠行，不然妳夫君再能幹也餵不了孩子不是？」

四娘抽出一隻手擰上何思遠腰間的軟肉。「不要臉！誰說要給你生孩子了！」

四娘勁兒小，跟撓癢癢似的，但何思遠依舊作出一副極疼的樣子。「娘子手下留情，生兒育女乃是順理成章，爹娘都急著抱孫子呢，便是岳母，我瞧著也是願意幫妳帶的。咱們家人多，多生幾個也有的是人幫忙照看。我喜歡女兒，咱們先生個胖丫頭好不好？」

四娘再也不能聽下去，扭頭捂著臉跑了。好厚的臉皮，生兒生女哪裡是自己說了算的。想到再過一個月自己便要和何思遠成為真正的夫妻了，這心裡，又緊張又歡喜！

休息了一夜，何旺和王氏都恢復了精神，一早起來便到府裡的花園溜達去了。

看著府裡下人來來往往，各司其職，王氏不禁跟何旺感慨。「涂姊姊真不愧是在宮裡待過的，瞧這些下人給她調理得服服貼貼。府裡多虧有了涂姊姊照顧，咱家思遠和思道這才處處妥貼。」

「咱家思遠運道好，先是遇到了四娘這樣旺夫的娘子，又有個厲害的岳母幫忙在後宅撐著。老話說得好，大難不死必有後福，這不正應在咱們思遠身上了？以後，咱們便指望著兒子媳婦過吧！」

老倆口正聊著，便看到鶯歌尋了來。「老爺夫人，早飯已經好了，姑娘猜著您二位就是來了花園，讓我來叫您老去用早飯呢。」

早飯後何思遠照例要去衙門，何思道去先生家念書。

四娘拉著王氏與何旺要去逛街，爹娘剛到京城，要添幾身京城時興的衣服。

如今何家財大氣粗，自然是什麼好買什麼，不到中午，跟著的丫鬟小廝手裡便滿滿當當。

四娘還想帶著二老去京城有名的饕餮閣吃午飯，卻遇到了匆匆找來的府中管事。

管事氣喘吁吁道：「大少奶奶，快回家去看看吧，您爹娘帶著您弟弟找來了！」

四娘愣了一瞬，一時間沒有反應過來，還是王氏反應快問道：「可是黃有才和李氏來了？」

四娘眼中瞬間浮起寒冰，來得倒是快，正好跟他們算一算帳！

四娘壓著怒火吩咐車夫。「回府！」語氣中滿滿的殺氣把王氏都嚇了一跳。

車內王氏勸道：「畢竟是妳親生爹娘，這麼多年不見，或許是想妳了，來瞧一瞧妳過得可好。」

四娘一聲冷笑。「爹娘還不知道吧，如今我恨不得生吃了黃有才夫婦倆！為了升官發財，接連著賣女兒，我二姊三姊一輩子都被他們毀了！」

王氏與何旺昨日剛到，四娘還沒來得及把二娘三娘之事告知二人，正好今日黃有才夫妻找了來，四娘便把事情經過跟何家爹娘說了說。

王氏和何旺聽完，不由得被黃有才夫妻倆做出的無恥之舉震驚了，四個女兒，賣了仨，這對夫妻還真是夠狠心的！

此時的何府偏廳，李氏一雙眼睛四處打量，瞧著府裡擺設裝飾，心裡暗自欣喜。沒想到小四娘有這樣的運道，自己生了幾個女兒，四娘是最不受待見的那個，打小就沒有正眼瞧過。聽說四女婿如今是四品官，四娘還做了大買賣，那銀子流水一樣的賺。看這宅子，至少也有個三進，京城寸土寸金的地方，這地段這面積，四娘這是真的發達了！

原本想著二娘和三娘去了戶部王侍郎家裡，至少能保黃有才安穩升官發財，誰知道沒兩年那王侍郎便倒了楣，連累著黃有才也被申斥丟了官，自己做官夫人才過了幾年揚眉吐氣的好日子，如今一朝受連累，她哪裡能甘心。

李氏扯扯黃有才的袖子，小聲說道：「女婿家日子如今過得這麼好，拉扯拉扯咱們也不是什麼難事吧？等會兒就跟女婿說說，看能不能找找人讓老爺官復原職？」

黃有才心裡小算盤也在不停的打，聽人說四女婿如今十分受睿侯看重，睿侯是明王親信，明王又是板上釘釘的未來太子，若是女婿肯開口，自己說不定還能更進一步。

黃有才很是看不上李氏一副沒有見識的村婦樣子，官位還在時他倒也添了兩房小妾，李氏雖不滿，但他罵兩句她也不敢多說。如今丟了官，又聽說四女兒女婿過起富貴日子，還要憑藉四女婿幫忙給自己跑官，李氏立刻便把腰桿子挺直了，以如今家裡遭難了，養不下這麼多閒人為由，提腳把兩個小妾賣了，黃有才硬是憋著一個屁都沒敢放。

男人還是要做官，做了官才有威風，才能轄制得了這無知婦人。為了以後，暫且忍耐李氏一二，等官位到手了，有的是法子治她。

兩人唯一的兒子小名叫五兒，大名如今叫黃政業，低著頭抱著一盤子點心不停的往嘴裡塞。

夫妻二人各有心思，涂婆婆此時則到了偏廳。

一見面先在主座坐下，接過豆兒遞來的茶喝了一口，放下茶盞開口道：「二位稍等，四娘和親家一起出門了，已派人去叫，約莫一會兒便能回來。」

黃有才夫妻摸不準涂婆婆的來歷，看這架勢也不像是府裡的婆子，倒是有一股上位者的威嚴在。

李氏開口問：「不知妳是？」

「我是四娘認的乾娘，如今跟著四娘在何府打理家事。」涂婆婆淡淡答道。

聽到是四娘的乾娘，李氏嘴臉瞬時一變。自家還沒享過四娘的福，哪裡來的婆子倒是滿身綢緞，頭上都插著足金的釵環，還不都是四娘孝敬的。

想到此處李氏開口語氣便有些不好。「我道是誰呢？原來是打秋風的勞什子乾娘！我是四娘的親娘，如今既然來了何府，便不勞您辛苦了，外人哪有親娘貼心，一個瞧不見的，便不知道被外人誆了多少銀子去！」

聽到李氏如此說話，豆兒臉都青了！好不知禮的婦人，剛到何府便想當何府的家了！涂夫人乃是四品女官的身分，李氏話裡話外涂夫人藉著管家之便貪了府裡的用度，這是瞧不起誰呢！

涂婆婆一把拉住就要上前去理論的豆兒，不動聲色的問：「聽說當年黃老爺中了進士，黃夫人便帶著孩子進京了，自此再也沒有回過楊城，不知是何原因，當時竟沒有把四娘一起帶上？」

李氏面上閃過些微的心虛，但瞬間便昂起了頭道：「虧得我當時沒帶她進京，否則她上哪裡去找這樣好的親事？女婿如今是四品官，她也算是熬出頭了。瞧這府裡的氣派勁兒，比那大戶人家的小姐還要享福。我若知道四娘來了京城，早就找來了，哪裡還用勞累您這位乾娘幫忙管理家事？」

「我怎麼聽說，當時夫人急著進京，是把四娘賣了湊路費的？要不是四娘自己找了何家，求了何親家，夫人就要把四娘賣給不知底細的牙婆，說不定如今四娘便流落到那煙花之地了？」涂婆婆接著問。

李氏老底被掀惱羞成怒，袖子一挽便露出一副潑婦嘴臉。「我說妳算哪根蔥，倒是在這裡盤問起我來了？這何府是我女兒的婆家，我是她親娘！莫說如今她找了個好人家，便是她當初被賣到樓子裡去也是她的命！我女兒還沒說什麼，倒是妳一個外人在這裡囉嗦！妳等著，等我女兒女婿回來把妳個老婆子趕出府去！」

四娘剛跨進院子便聽到了李氏熟悉的叫罵聲，時隔好幾年，這語氣這架勢倒是一點沒變。

「府裡今日怎麼這麼熱鬧？哪裡來的貴客好大的架子，竟然要把我娘趕走？」四娘邊走邊說。

李氏往院子裡一望，只見一位身材婀娜、貌美無雙的女孩從院門口走來，身穿桃紅錦緞裙，披著鑲狐狸毛的披風，頭上隨意挽了個元寶髻，插著一支鑲了鴿血紅寶石的簪子。身後跟著丫鬟小廝，丫鬟小廝手裡還滿滿當當的拎著各色禮品，那姑娘走在中間，眾星拱月一般。

涂婆婆笑著說了一句。「四娘回來了。」

李氏簡直不敢相信那個面黃肌瘦、身無二兩肉的四娘如今出落成這麼個天仙模樣！當時二十五兩銀子便賣給了何家，真是虧死了！若是知道這丫頭長開後如此的貌美，說什麼也得把她留著，以後有大用處！

狠狠的擰了一把腰間的嫩肉，李氏擠出兩滴淚便往四娘身上撲去。「四娘，我的女兒，可把為娘的想死了！」

哪料到四娘身子往旁一閃，李氏撲了個空，勉強扶住廊下的柱子才不至於跌倒。

四娘面上做出一副疑惑不解的樣子來。「妳這婦人好生奇怪，怎麼隨便認女兒？」說完拉住一旁的王氏看向李氏。「這位才是我娘，還有屋裡那位，您是打哪兒來的？不知到何府有何貴幹？」

涂婆婆在屋裡差點沒笑出聲來，這個四娘，定是故意的！

王氏也愣在一旁，不知如何是好。李氏倒是看見了王氏和何旺夫妻倆，心想定是當年四娘還小，記不太清楚親爹親娘的相貌了，於是一把拉住王氏的手說道：「王姊姊，可還記得我？咱們在楊城也算是有過交情，抬頭不見低頭見的。當年妳家族兄何師爺來我家親自跟我求娶四娘，咱們是正經親家啊！」

王氏露出一個尷尬的笑來。「記得，記得，如何不記得。」

李氏一扭身子拉住四娘的手。「四娘，可想起來了？這麼多年不見，親爹娘都不認識了？」

四娘被李氏緊緊拉著手，忍著心裡濃濃的不適露出一個笑。「原來是爹娘來了，瞧我都認不出來了。娘這些年定是過得不錯吧，瞧您都胖了好幾圈了。」

李氏聽到四娘開口叫娘，心裡瞬時便得意起來，畢竟骨肉親情在，說破大天去自己也是這丫頭的親娘。

「快進屋，妳爹和妳弟弟都來了。聽說妳如今日子過得好，我們都來瞧瞧妳。」李氏拉著四娘往屋內走。

黃有才早就看到了四娘，眼裡也有一瞬間的驚詫。四個女兒，如今看來數四娘出落得最好，怪不得何家能相中，聽說那四女婿很寶愛這個女兒，若是四娘吹吹枕頭風，說不定自己這官位的事便能順利解決。

李氏拉著四娘走到黃有才面前。「快叫爹，妳爹心裡可掛念妳，總是跟我念叨妳呢！」

四娘叫了聲爹，黃有才端著架子點點頭。「嗯，長大了，妳我父女許久沒見，一向過得可好？」

「哎喲那還用問，看這大宅子，再看看四娘這一身的氣派，府裡來來往往的下人，四娘如今可是出息了。」李氏又扯過一旁的兒子。「這是妳弟弟，瞧瞧這模樣，跟妳像是一個模子刻出來的一般。五兒，快叫四姊！這是你親姊姊，保證對你好！」

四娘看了眼五兒，這孩子算算七歲了，李氏當年抱著還在襁褓的五兒一去便沒有回頭。五兒長得肥肥胖胖，不同於四娘小時候的瘦弱，除了那一雙眼睛還能瞧出些四娘的影子，其餘地方倒是沒有什麼相似之處。

黃政業一邊努力的咽下糕點，一邊張開嘴含糊不清的喊了聲「四姊」。自從爹的官位沒了，自己好久沒吃過這麼好吃的點心了。

四娘答應了一聲，把手從李氏手中掙脫。「娘先坐吧，咱們說說話。」

「唉，唉，坐下說話。」李氏一邊應著一邊盯緊了四娘，剛想開口說怎麼府裡叫個外人管著，四娘便開口問了一句。「爹娘，我二姊和三姊可好？是否嫁了人？說給了哪家？」

李氏一個激靈，不知如何作答，求救似的看了眼黃有才。

黃有才慢吞吞的說：「二娘三娘都出了門子了，四娘不必掛心。」

「不知說的哪家？我許久不見兩個姊姊了，怪想的。爹告訴我姊夫是誰，我也好去走走親戚。」四娘追問。

「嫁的也是京城人士，爹娘也算是給她們找了個好人家。」黃有才含糊其辭。

「那總有個姓名吧，我那姊夫可是也在京為官？說不定還跟我夫君是同僚呢，爹趕緊告訴我，我也好派人去接兩位姊姊來，跟爹娘一起團聚。」四娘的話語間透露出濃濃的逼問，黃有才有些招架不住。

「妳這不孝女，多年不見爹娘，一句都不問爹娘過得可好，倒是關心妳那勞什子姊姊！都是潑出去的水了，還能有爹娘親嗎？」黃有才立刻先聲奪人，企圖把這事情混過去。

四娘冷笑一聲。「爹莫誆我，我當年便是被娘二十五兩銀子賣了，難保我那兩個姊姊也是如此下場！我如今不過一問，爹爹為何發火？難道說有什麼見不得人的事情不成？」

黃有才想也不想抬起手便給了四娘一個耳光，這一耳光打得滿屋子的人都驚了。

涂婆婆最先反應過來，一把將四娘摟進懷裡。「鶯歌，帶妳家姑娘下去，這裡交給我。」

王氏也趕緊過來查看四娘臉上傷勢，黃有才一巴掌用了全力，四娘雪白的臉頰上瞬時浮現出五指印。

王氏心疼得直抽抽，四娘這孩子自從到了何家，自己一個手指頭都沒捨得動過。四娘貼心又懂事，從來都是笑臉迎人，疼都疼不過來，哪裡捨得動手去打？

何旺也起身道：「四娘如今是我何家的長媳，不知道做了什麼錯事讓黃老弟當著我的面親自動手教訓？」話中已經帶了濃濃的責問。人家雖是四娘的親爹，但四娘已是出嫁女，是何家人，公婆都沒有責怪的情況下黃有才便動手教訓，這是在打何家的臉面呢！

黃有才自持身分，硬邦邦的扔出一句。「她忤逆不孝，該教訓！」

李氏見黃有才被這一屋子的人怒目而視，忽然想起此次前來的目的。女婿還沒見到，自家老爺這做官的事都還沒提，現今無論如何也不能跟何家翻臉啊！於是笑著說：「哎喲，這是怎麼說的，好不容易團聚，四娘莫要惹妳爹生氣，妳爹也是覺得妳不心疼他，一見面就不停的追問妳兩個姊姊。妳是爹娘身上掉下來的肉，爹娘哪個不疼呢？快讓娘看看，打疼了沒有？」

說著便要上前拉扯四娘，涂婆婆攬著四娘往後退了一步，李氏扯了個空。

四娘從涂婆婆懷裡掙出來，雙眼狠狠盯住李氏。「既然娘如此說，女兒倒是想問一問，您口口聲聲說心疼女兒，當初急著用銀子把我匆忙賣了便算了，你們後來到了京城，我爹也授了官，按說日子總是好過了，妳把我兩個姊姊到底弄到哪裡去了?!」

李氏見四娘竟是非要問個明白，結結巴巴的答道：「妳兩個姊姊嫁了戶部的一個大官呢，如今、如今也算是官家夫人了。妳放心吧，爹娘還會害了她們不成？」

「戶部哪位大官？姓甚名誰？家住何處？」四娘步步緊逼，頂著半張紅腫的臉，眼裡刀光劍影，壓得李氏說不出話來。

李氏往地上一坐，揮舞著兩隻手臂，一邊拍地一邊嚎。「老天爺呀，我這哪裡是生了個女兒，倒是生了個冤孽來，竟然對著親娘如此說話！幾年不見，如今飛上枝頭翅膀硬了，不說親近我們，倒是要逼死我們的架勢了！早知如此，當初生下來便該扔到尿桶溺死，也好過如今六親不認……」

見李氏又使出以前的坐地炮那一套，黃有才一面覺得有些丟人，一面又希望能制住四娘，莫要再刨根問底了。無論如何，把兩個女兒送去做外室這件事，說出去都是他理虧。

四娘如今腰桿子硬了，若是非要給兩個姊姊出頭，自己難不成還要跟一個丫頭片子低聲下氣認錯不成？

四娘見李氏如此村婦行徑，倒也冷靜下來了。找了把椅子坐下，對著李氏冷冷說了聲。「我有的是時間陪你們鬧，等妳鬧夠了咱們再好好說話，反正妳在我這府裡如何鬧也不敢有人傳出去，這府中的下人若是敢亂說，一個個舌頭拔了送去做苦役便是！」

李氏聽到四娘的話心內大急，四娘這是不顧臉面也要問明白了，於是嚎得更響了三分。「老天爺快收了這不孝女吧，竟是要逼死我了！好好好，我今日就撞死在妳府上，妳等著那些御史參妳一個忤逆不孝的罪名吧，我看女婿這官還做不做得下去！」說罷便從地上爬起來作勢要往桌角上撞。

四娘一拍桌子。「誰都不許攔著她，讓她撞，撞死了我賠命便是！好歹生了我一場，大不了一命償一命！」

黃有才明白今日是不能挾制得住四娘了，吼了一聲。「夠了！既然這不孝女半分不講骨肉親情，那也不必再多說。李氏，咱們走，明日跟我去府衙，我非告她一個忤逆不孝之罪！」說罷起身便走出門去。

李氏見丈夫甩袖子就走，急忙爬起來跟上，想起兒子還在，既然四娘日子過得這麼好，爹娘一分沾不上罷了，自家親弟弟總要看顧吧。在何府吃得好住得好，還有下人服侍，總比跟著爹娘住客棧來得舒服。

於是把跟著自己要走的黃政業往四娘身邊一推。「如今爹娘飯都要吃不上了，你便跟著你四姊吧。你四姊身家豐厚，在這裡好吃的好玩的都有，想要什麼便問你四姊要，爹娘改日再來看你！」

聲。

黃政業看著爹娘匆匆走了，把自己一人丟在了這陌生的地方，嘴一咧便要嚎啕出聲。

四娘一拍桌子。「閉嘴！哭就把你綁起來賣了！」

黃政業嚇得哭聲戛然而止，憋得他直打嗝。平日在家裡就他一個獨苗苗，爹娘都當眼珠子看待，若是有什麼不如意的，只管嚎幾嗓子便能達到目的，哪曾有人對他如此凶神惡煞過？

見黃政業撇著嘴，要哭不敢哭的模樣，王氏嘆了口氣。「罷了，他一個孩子又懂什麼。」叫了個丫鬟帶黃政業下去，拿了好吃的哄他。

這黃有才夫妻真夠混不吝的，女兒說賣就賣，兒子說扔就扔，這是什麼人啊！

何府大門外，李氏匆匆追上急行的丈夫。黃有才掃了一眼身後，見兒子沒出來，罵道：「怎麼不帶著五兒？妳個婦人，連兒子都看不好要妳何用？」

李氏慌忙說道：「我把五兒留在何家了，四娘還能對自己親弟弟怎樣不成？再說了，咱們把五兒暫時留在這裡，一是何府總不能缺了五兒一口吃的，比如今跟著咱們吃苦強。二是今日鬧得如此難看，咱們若是想再來何府也沒什麼藉口不是？如今五兒暫住何府，咱們只說來看兒子，他們總不能不讓進門。」

黃有才面色緩和了些。「如此便罷了，只是妳養出來的好女兒，眼裡沒有爹娘，瞧瞧她說的話，小時候就該活活打死！」

李氏道：「四娘如今性子倒是跟小時候大不一樣，死丫頭小時候任打任罵，跟個木頭樁子似的，如今倒是牙尖嘴利，句句不饒人。也不知道女婿如何能受得了她這脾氣，不會就瞧著這丫頭長得好看吧？老爺，難不成咱們明日真的要去衙門告她忤逆？」

「今日來竟然連女婿的面都沒見著，或許女婿比四娘明事理，男人在外做事，哪能像女人一樣小肚雞腸。先回客棧，明日我去趟女婿官衙，我就不信女婿會跟那不孝女一般目無尊長！」黃有才如此說道。

何府，鶯歌心疼的打來冷水沾濕帕子給四娘敷臉，臉上五個指印高高腫起來，估計也要好幾天才能消腫。

「讓廚下煮幾個雞蛋，剝了皮滾一滾好得快些。妳這孩子，竟不知道躲一躲，讓他打到妳臉上去，瞧這腫的，怕是幾天都沒法見人。」涂婆婆心疼四娘，嘴裡卻也不停的念叨。

四娘氣得渾身發抖，臉上倒是不覺得疼，只覺得火熱火熱的。

「這一巴掌打得好，我正想找個法子讓他們不要貼上來，如今打我也挨了，臉也撕破了，還想怎麼樣，我接著就是！有這樣的爹娘，我定是上輩子做了孽了。」

涂婆婆倒是眉頭緊皺。「此事恐怕沒那麼簡單，我看妳爹娘不會如此罷休，他們目的還沒達到，怎會就這樣算了？」

何思遠接到府裡小廝報信，說是四娘的親爹娘找來了，在府裡大鬧，四娘還挨了打。匆匆交代了公務，何思遠立刻便回了家。

進門看到四娘頂著半張紅腫指印的臉，何思遠怒從中來，怕自己的怒氣嚇住了四娘，放緩了聲音問：「疼不疼？怎麼就叫他給妳打成這樣？叫個大夫來看看吧，上些藥好得快些。」何思遠想摸一摸四娘的傷處，又怕自己碰疼了她。

四娘見到何思遠，滿心的委屈瞬時蜂擁而出，嘴角彎出一個委屈的弧度，眼淚撲簌簌的落下來。

屋內長輩們見如此景象，都知趣的退了出去，小兒女正是情濃之時，還是讓他們單獨待著吧。

何思遠伸出雙臂，把四娘攬進懷裡。「乖乖莫哭了，我知道妳疼，這滿院子的下人都是死的不成？自家主子被打了，就該大棍子把他們轟出去！」

四娘捏著何思遠的衣襟，眼淚鼻涕糊了何思遠滿身。剛才還覺得自己沒事，誰知道一看到何思遠眼淚便不聽使喚了。

「何思遠我疼，我好疼啊……我怎麼會有這樣的爹娘，我恨不能不認識他們！賣了我，害了我兩個姊姊，如今還恬不知恥貼上來，我好恨！」四娘哭得抽抽嗒嗒，像是一頭受傷的小獸一般。

厚實溫暖的大手在四娘後背輕撫。「別委屈了，都交給我，我有的是法子對付他們。敢打妳讓妳受傷，我定不會讓他們好過。」

哭了一會兒，四娘不好意思的從何思遠懷中抬起頭，眼角揉得發紅，加上腫起來的臉，又狼狽又可憐的模樣。

「何思遠，乾娘說他們不會善罷甘休，定是還會再來的。今日李氏還把我弟弟給扔到了府裡，你是沒瞧見那副嘴臉，丟死人了！黃有才還說要到衙門去告我忤逆不孝，會不會連累到你啊？」

「妳放心，我有法子，一定給妳解決得乾乾淨淨，還能給妳和兩個姊姊出口氣如何？」何思遠捏捏四娘哭得發紅的鼻頭說。

四娘睜大眼睛瞅著他。「當真？那一對可是為了自己好過什麼事情都能做出來，他們沒皮沒臉的，你能怎麼對付他們？」

「妳呀，把這事丟開，該吃吃該喝喝，什麼都不用妳操心。妳夫君如今也算是年輕有為，難道連兩個潑皮無賴都對付不了？妳就對我這麼沒信心不成？」何思遠露出一個笑，眼裡的寵溺都快溢出來了。

四娘忍不住在何思遠的嘴角親了一口，親完便又把頭埋到何思遠懷裡，縮成一隻鴕鳥。

短暫一觸即逝的親吻，讓何思遠眸色一暗，這小四娘真會點火，點完就躲。不過看她今日受了委屈，哭得這麼慘，暫且放過她。

「我想個法子，讓那黃有才跟妳們斷絕關係，以後保證再也不能煩到妳和姊姊們如何？」何思遠問道。

四娘露出一雙亮晶晶的眼睛，眨巴眨巴看著何思遠。

「何思遠，你若是能讓我和姊姊們跟他斷絕關係，你提什麼要求我都答應你！」

「此話當真？不許耍賴！」

「自然當真，不耍賴！」四娘言之鑿鑿。

「說好了，那妳就等著履行承諾吧！叫鶯歌來給妳打盆水洗洗臉，瞧這哭得，跟個花貓兒似的，都不好看了！」

第二十四章

晚飯，何府眾人齊聚一堂，對著多出來的黃政業，多少有些氣氛尷尬。

黃政業七歲了，也不是什麼都不懂的孩子，雖然娘說跟著四姊想要什麼開口就是，但黃政業無故就覺得這個姊姊不會像爹娘一樣縱容自己。

下午試探著跟丫鬟要了些零食點心，見丫鬟都讓廚房上了來，黃政業內心稍稍安穩了一些。娘說得有道理，自己親姊姊，還能對自己不好不成？

晚飯上齊了，黃政業偏想吃燉肘子，見桌子上滿滿當當飯菜不少，卻是沒有自己想吃的，於是開口道：「四姊，我要吃肘子！」

四娘聞言頭都沒有抬，自己盛了碗野雞湯喝著。

黃政業見四姊不搭理自己，那股得不到便要哭鬧的勁頭便又上來了。

「妳敢不給我吃，我告訴爹去，讓爹還打妳耳光！」

此話一出，黃政業算是惹了眾怒。

何思遠站起身，走到黃政業身旁。本就長得高大，又上過戰場的何思遠，滿身的煞氣，此刻臉一板、眼一瞪，黃政業嚇得快要尿褲子。

他一把抓住黃政業的衣領，拎小雞般的把黃政業拎離了飯桌，黃政業被嚇得直抖，衝著四娘求救。「四姊，快救救我，我是妳親弟弟！」

王氏怕兒子沒個輕重，再把黃政業打出個好歹。黃政業也算是何府嫡親的小舅子，不管爹娘怎樣，也算不到孩子身上去，若是傳出去，還不讓人覺得何府以大欺小。剛想站起身勸一勸，卻被何旺一把拉住。「別著急，思遠心裡有數。這孩子在家被黃有才李氏慣壞了，一個不順意什麼話都往外說，就讓思遠教教他怎麼做個男人。妳忘了思遠小時候如何教訓思道的不成？包管一教就好！」

王氏聞言坐下了，何旺說得對，何思遠小時候對付胡鬧的何思道一治一個準，保證不會犯第二次。

何思道下意識的摸摸自己的屁股，想起小時候大哥嚇唬自己的那一套，默默的在心裡給黃政業點了根蠟燭。

何思遠一路把黃政業拎到前院自己打拳練武的地方，一旁的兵器架上滿滿當當擺了各式武器。

黃政業被何思遠扔到冰冷的地上，捂緊了嘴巴，怕自己忍不住哭出聲。面前這個凶神惡煞的姊夫，一把就能掐死自己。爹娘都不在，連個給自己撐腰的人都沒有。

何思遠蹲下身，月光下，一片陰影籠罩在黃政業的身上。

出獠牙的狼一般。

「你可知道，欺負女人的男人是什麼下場？嗯？」何思遠壓低了聲音，彷彿一頭露

黃政業憋不住，猛的抽搭一聲，見何思遠眉頭一皺，自己雙腿間一熱，尿了……

何思遠嫌棄的看了一眼黃政業。「就你這膽子，還敢在我府裡對著你四姊大放厥詞？跟個娘們一樣一有不如意便撒潑哭鬧，真讓我瞧不起！」

黃政業眼淚鼻涕糊了滿臉，被夜風一吹，濕了的褲子冰冷的貼在腿上。

「姊、姊夫，我再也不敢了，饒了我吧……」黃政業終於開口求饒。

「你知不知道自己是個男人？男人生來就該保護女人，你身為你家唯一的男丁，更應該護好姊姊們，不能讓她們受到欺辱。你倒好，對著姊姊出言威脅，你爹娘平日就是這般教你的？」何思遠問。

「我、我娘說，我是我家的寶貝蛋，我家以後都靠我傳宗接代，任誰都比不上我，有什麼好東西，合該都給我的。」

「那你可知道，你家的好日子是怎麼來的？你娘先是賣了你四姊，得了進京的銀子。你爹又為了升官發財，賣了你二姊三姊，送去給別人家做外室。你吃的穿的用的，全是賣姊姊得來的。你用著這些，心裡可舒坦？」

黃政業已經大概知道了些是非黑白，賣女求榮這種事情不是件體面事，只是爹娘從

來沒有在自己面前說過，娘平日在自己面前也總是念叨著：「你可得給娘爭氣，娘就你這一個寶貝，有了你黃家才算有後。只要你快些長大，給娘撐腰，你爹的那兩個小妾怎麼也不能踩到咱們頭上去！」

黃政業腦海裡對四娘是一點印象都沒有，但二娘三娘兩人卻照顧過自己，黃政業偶爾還會想起兩個溫柔的姊姊，曾經輕聲細語的哄過自己睡覺。

如今聽到四姊夫話語中說出的實情，兩個姊姊被爹送去做了外室，但心裡卻不知道外室是什麼身分，臉上滿是茫然。

「什麼是外室？娘說二姊三姊嫁給大官，過好日子去了，說她們這些年逢年過節也不知道給爹娘送節禮，簡直是個白眼狼。」黃政業問道。

何思遠見黃政業一臉懵懂，索性直言說明白。「外室就是連小妾都不如的身分，根本不能進門，要打要罵，全看人家的心情，便是被別人打死，也無處伸冤。」

黃政業想起自家爹爹兩個被娘提腳給賣掉的小妾，被牙婆捆了拉出家門，那哭聲慘極了，他不由得打了個寒顫，二姊三姊竟是連小妾都不如嗎？

「現在你還覺得，家裡姊姊活該為了讓你過好的生活斷送自己的一輩子嗎？」

何思遠的話像一把錘子敲在黃政業的心上，自己從沒有思考過的問題在心裡來回的拉扯。原來爹娘說的做的不是對的，至少不應該賣了姊姊換取前途、錢財，那也是自己嫡親的姊姊，和自己骨肉相連的親人。

「可是姊夫，我左右不了我爹娘的做法，我即便說了他們也不會聽我的。」

何思遠見黃政業還有些腦子，於是放緩了神色道：「你今年也七歲了，該知道些道理了。你爹娘做的事情你雖然阻止不了，但心裡要有個是非黑白，你不該對你四姊說出那樣的話來，你四姊已經出嫁，如今你娘不管不顧的把你扔在何府，打的就是你四姊心軟不忍心趕你出去的主意。白日裡你爹剛當著一堆人的面打了你四姊一巴掌，你晚上便拿此事做威脅，就為了個燉肘子。你覺得自己做的對不對？」

黃政業終於停住了抽搭。「我錯了姊夫，可是以前沒人教過我，我再也不對四姊這樣了。」

「站起來，給你四姊道歉去。以後要是再讓我聽見你口無遮攔，對你四姊不敬，下次就沒這麼便宜了！」何思遠半講理半威脅的制住了黃政業。

眾人都已經吃完飯，正坐在一起說話。黃政業跟在何思遠身後進了門，先是對著四娘說了聲。「對不起四姊，我今日不該那樣對妳說話。」

四娘點點頭，連個眼神都沒有給他，只說了句。「無事便回房吧，別在我眼前晃悠。」

黃政業垂頭喪氣的被丫鬟帶回房了，怪不得四姊不喜歡自己，全家四個姊姊，爹娘賣了三個，如今還把自己扔在四姊婆家，打著四姊反正不能將自己扔大街上的主意占便宜。爹娘這事做的是不道地，是以晚飯他一口沒吃也不敢喊餓，抱著肚子回了房。

四娘讓鶯歌去廚下把留的飯給何思遠端上來，為了教育自己那不爭氣的弟弟，何思遠晚飯可是還沒吃呢。想了想又道：「看看廚下還有什麼，給那熊孩子也上一碗吧，別在我這裡餓瘦了，回頭那一對又來找我鬧。還有，讓廚下明日買個肘子，中午吃。」

鶯歌答應了一聲便去了廚房，王氏看著四娘笑。「嘴硬心軟的丫頭，裝得一眼都不看妳弟弟，心裡還不是怕餓壞了。」

四娘撇嘴。「終歸是我弟弟，我也不能真給他扔出門去，這麼大的孩子也該明事理了，如今瞧著被黃有才夫妻倆都帶歪了，若是再不往回扳一扳，還不得再養出個禍害來。」

回到房裡的黃政業，本以為今夜得餓著肚子睡覺了，誰知卻看到四姊身邊的大丫鬟提著一個食盒來了。隨著食盒打開，一股飯菜的香氣飄了出來。

鶯歌不想自家姑娘做了好事還被人誤解，一邊擺盤一邊說道：「小少爺吃吧，姑娘交代給你送來的。奴婢實在是忍不住要跟您說幾句，你不該對姑娘那般說話。你娘當年差點沒把姑娘賣進那髒地界去，姑娘能有如今的日子全是自己掙的，你光聽你爹娘說姑娘現今日子好過了，穿金戴銀的，可也不想想，這些和他們有什麼關係呢？若不是何家老爺夫人當年心善，簽的是正式婚書，若是簽了賣身契，你姊姊如今就是奴才的身分，哪還能有什麼好日子過？姑娘今日對你面上冷淡，還不是惦記著你沒吃飯，到底讓我把飯給你送來了？畢竟是親姊弟，姑娘若是真的狠心，早就把你趕出門去了。只求小少爺別再傻乎乎的聽爹娘挑唆了，姑娘多不容易呀，您說想吃肘子，姑娘剛還讓我交代廚房明日去買呢，您可千萬要知道姑娘的一片心，莫再往她心上扎刀子了！」

黃政業一邊掉眼淚一邊往嘴裡扒飯，突然對這個嘴上不饒人的四姊有了些許的認知。

仍在飯廳的四娘，一邊往何思遠碗裡挾菜一邊問：「你是如何跟他說的？我瞧著五兒蔫噠噠的，別給嚇傻了。」

何思遠挾起一塊豬耳朵塞進四娘嘴裡，四娘看了看長輩們都已經回房，只留他們小倆口說話，於是也不客氣，又指著一盤乾煸香菇讓何思遠挾給她吃。

「別擔心，我軟硬兼施來的，包管他以後乖得跟隻貓兒似的。」

四娘咬著脆脆的豬耳朵含糊不清的說：「那你預備怎麼讓那兩人跟我和幾個姊姊斷絕關係？我總覺得他們肯定還有一肚子壞水等著呢！」

何思遠露出一個壞壞的笑說：「妳親我一口，我便告訴妳，如何？」

四娘白了何思遠一眼。「想得美，反正你都說了只管交給你，我不問了，解決完再知道也不遲！」

見四娘不上當，何思遠也不氣餒。「我保證能讓我那好岳父親自上門來跟妳斷絕關係，妳等著瞧便是，只別忘了妳應承我的事。」

四娘瞪大了眼睛。「我等著，若是真能成，隨你提要求就是！」

今日前院這麼大的動靜，估計也瞞不住二姊，四娘讓鶯歌去瞧了，說三姊已經吃了藥睡下，便去找二姊說話。

看了四娘臉上未消的紅腫，二娘咬著牙低聲罵。「畜生！水蛭一樣的東西，如今讓他們打聽到妳的住處，若是不從妳身上得點好處怎麼會善罷甘休！我爛命一條，反正也是沒有以後的人，若是他們再來，妳告訴我，我大不了拿把刀子去捅死他們，再了結自己算完！」

四娘急忙安撫二娘。「哪裡就至於如此了，二姊放心，何思遠有辦法，說是能讓黃有才自己上門來和我們斷絕關係，都交給妳妹夫便是，反正他一個大男人，有的是法子。」

「能斷絕關係再好不過，不然他們動不動拿忤逆不孝說話，還真是只能任他們宰割了！三娘如今這個模樣，想一想我便恨得心裡滴血，什麼狼心狗肺的人能把親生女兒送去做外室！明日妳把五兒送來，我看著他，好歹我和三娘帶過他些時日，這孩子若是再不修理，早晚也會被他們教成那般沒有良心的人！」

「妳妹夫晚上已經教訓了五兒一頓，我瞧著他是不敢再撒潑胡鬧了。說到底，咱們是嫡親的姊弟，不能所有人都被他們兩個毀了，等斷絕關係的事情辦好，若是五兒還願意跟他們走我不攔著，若是不願，我便給他送書院去。已經到了該明理知事的年紀了，不能任由他胡鬧毀了一輩子！」

五城兵馬司府衙，何思遠剛處理完手裡的事務，一個手下前來稟告，說有個自稱是何大人岳父的人求見。

何思遠嘴角露出一個沒有溫度的笑，終於來了。「請到偏廳去，我一會兒便去見。」

黃有才一早便趕到了五城兵馬司，心內有些許的忐忑，不知女婿是個什麼態度，是否如四娘一般不通情理。

誰知那手下稟報後很快就出來告知，何指揮檢事有請，態度殷勤有禮，黃有才懸著的心瞬時放下一半，女婿還算是個知禮的人。

何思遠進了偏廳的門便行禮拜下。「小婿見過岳父，岳父一向可好？」

黃有才等何思遠行完禮，這才虛虛扶了一把。「女婿快快起身，咱們許久不見。你小時在楊城老夫還見過幾次，不過時日已久，沒想到女婿現今如此英武不凡。」

何思遠在一旁坐下。「昨日小婿公務繁忙，岳父岳母來訪我竟沒有見到，今日小婿還想忙完去客棧親自拜見，沒想到倒是勞得岳父親自來了。」

黃有才想起昨日之事，面上露出一副憤憤的表情。「我那女兒如今倒是好大的架子，眼裡竟沒有親爹娘了，出言不遜，處處緊逼，倒是委屈了女婿這般的好人品！」

「岳父有所不知，當年家裡都以為我戰死疆場了，娘子依舊無怨無悔的在何家守了幾年，這幾年照顧我父母、教養弟弟，功勞不小，所以小婿心中對她有愧，家中爹娘也對四娘十分喜愛，這才養出了她嬌憨的性子，岳父莫要往心裡去，若是有什麼不周到的地方，小婿代四娘給岳父賠禮了。」

黃有才見何思遠如此的低聲下氣對著自己賠禮，心裡不無得意。

「女子就該以夫為天，這些都是小女該做的，女婿不必替她找藉口。當初既然嫁到何家，便是何家的人，女婿和親家不必覺得不好意思，該打該罵不需要手軟。」

何思遠看著黃有才一副怡然自得的樣子，暗暗咬了咬後槽牙。老東西，四娘嫁到我何家，我家眾人疼愛都疼愛不過來，你倒是伸手就打！等著吧，早晚叫你還回來！

「岳父如今住在何處？岳母可還好？」

黃有才說了個客棧的名字，何思遠想了一瞬知道這是個小客棧，定是黃有才如今銀財不豐的緣故。

「怎能委屈岳父岳母在如此地方落腳，不知道的還以為我怠慢了岳父，這樣吧，昨日既然岳父和四娘鬧得不愉快，想來一個院子住著也不自在，我便不請岳父回家去了。我叫手下給岳父換個好些的客棧，找個安靜的單獨院子住，一切花費不消岳父操心，都由小婿承擔。岳父看如此可好？」

黃有才點頭。「這樣也好，免得我日日見了那不孝女氣得頭疼！」

何思遠叫了手下得用的一個兵叫李大的，跟著黃有才去搬行李，並交代了這幾日由李大跟著黃有才使喚，若是岳父有什麼花費，一應銀錢都記在何府的帳上便是。

「岳父看這樣可還妥當？若是沒有意見，便先讓李大幫岳父收拾行李，換個住處，我下午落衙再去請岳父喝酒，咱們爺倆好好說話。」何思遠恭敬的問。

黃有才捏著鬍子點頭。「如此甚好，女婿事務繁多，咱們晚上再細談。」說罷起身帶著李大起身離去。

那李大是個腦筋活絡的，何思遠一早交代過，只需好好捧著他那好岳父便是，若是他要去哪裡幹什麼、花多少銀子，只管記下，回頭找他報帳就行。

李大一路上奉承得黃有才十分高興，心裡直嘆，雖養了個不孝女，但這女婿還算是得用，瞧女婿今日恭謹的模樣，自己這官位有望了。

下午落了衙，何思遠先使人回府說一聲，晚上不回家用飯了，不用等他。然後施施然去饕餮閣訂了個包廂，等著黃有才前來。

等了足有一個時辰，黃有才才姍姍來遲，身後跟著的李大手中大包小包，提得滿滿當當。

黃有才此刻身上也換了一身新買的綢緞衣裳，反正有女婿孝敬，什麼好料子穿不得？

兩人落座開席，竟是擺了滿滿一桌子好酒好菜。

酒過三巡，黃有才開口問道：「聽說女婿跟睿侯關係不錯，可是真的？」

何思遠放下酒杯道：「往日在突厥戰場，小婿一直都跟隨著睿侯鞍前馬後，還算是得用。」

「不瞞女婿，老夫此次回京是因為受了戶部那王侍郎的牽連，被罷免了官職。其實我與那王侍郎哪有那麼多牽扯？只是當年王侍郎看中了我家二娘三娘兩個，非要納了她們去，我當時初入官場，哪裡得罪得起他，於是便遂了他的願。軍需案發後，王侍郎下了獄，老夫可是一分錢的銀子也沒沾他的，卻不知被誰參了一本丟了官位，何其冤枉！如今回京想找一找門路，看看能不能再謀個起復。既然女婿跟睿侯關係不錯，便幫老夫說一說可行？」

黃有才果真無恥，明明是自家找著門路把女兒送去的，如今倒是推得一乾二淨。

李大殷勤的盛了碗湯遞給黃有才。「老大人快用碗熱湯，這饕餮閣的一道鹿茸雪片湯最是滋補。」

黃有才端起湯碗嚐了一口，入口香甜，後味無窮，果真是好湯。

「軍需案如今正在結案的當口，若是真如岳父所說，那岳父這官丟得當真冤枉。這樣吧，這幾日得閒我去找睿侯說一說，若是沒有什麼意外，這事也好辦，只是岳父知不知道我那兩個大姨子在王侍郎這件事中牽扯極多，聽說王侍郎安置她們的外宅，便是與案中同謀們密謀犯事的地方，兩個大姨子參與不少，若是被有心人捅出來，怕是會影響岳父的名聲。」何思遠做出一副憂心忡忡的模樣說道。

黃有才聽到此話不由得面色大變，沒想到兩個女兒成了自己當官路上的絆腳石。

「那老夫該怎麼辦是好？按說她們已經出嫁了，便是有罪也不干老夫的事啊。家裡千辛萬苦把她們養大便算了，不說讓她們回報，如今倒還要受她們牽連！」

看著黃有才面色，何思遠心內作嘔。當初為了官位送兩個女兒去做小，如今又嫌女兒扯了後腿，無恥之尤！

「岳父不要太過擔心，此事交給我去想辦法。您和岳母先安心住下，我這裡若是有了消息，定會趕緊告知岳父。咱們今日先不提這些糟心事，好好喝酒便是。」何思遠做出一副孝順女婿的模樣來，溫言軟語的給黃有才寬心。

一頓飯吃到最後，黃有才飲了不少酒。李大扶著醉醺醺的黃有才回客棧，分別之時黃有才口齒不清的對何思遠說：「好女婿，多虧了你，今日咱們不算盡興，改日待你休沐，咱們去花樓喝上一日！」

何思遠也做出一副不勝酒力的模樣來。「不敢不敢，若是被四娘知道，怕是小婿家裡要倒了葡萄架了！」

黃有才一對眉毛快豎起來了。「她敢！若是敢跟女婿因為此事鬧，我定將她腿打斷！男人在外應酬不可避免，她一個後宅女子合該恭敬貞靜，若是不服，女婿只管打便是！打上幾頓，保管她老實！」

李大在一旁不敢抬頭去看何思遠的表情，恨不能拉著黃有才趕緊走。滿五城兵馬司上上下下誰人不知，自家大人對家裡小娘子極盡寶愛，在外公務也不忘使人買了好吃的送回府給娘子，加上四娘對何思遠身邊隨從下屬也極盡體貼，節禮年禮都周到細緻，所以整個衙門的人都覺得自家大人和娘子乃是極恩愛的一對。

大人這岳父實在是個傻的，放著女兒不去親近，倒是在女婿這裡做出一副看不上自家女兒的模樣來。看著何大人一雙黑沈沈抑著怒火的眸子，李大腿肚子都有些發抖。好歹把黃有才送上馬車，到了客棧，黃有才早已醉醺醺得不知東南西北。李大扶黃有才下馬車時故意做出吃力的模樣，一個彎腰矮身，黃有才一頭從車轅上栽了下來。酒醉的人也不知道痛，只躺在地上哎喲哎喲的呻吟，藉著客棧門口的燈光，李大瞧了一眼，黃有才滿嘴是血，嘴上腫起高高一塊，也不知那門牙可還在。

李大自小爹娘去世，下面還有個妹妹，兄妹兩人相依為命長大，年前四娘的工廠招工，李大厚著臉皮跟自家大人說了一嘴，想著能否讓妹妹去夫人的廠子。誰知道四娘早就安排好了，凡是跟著何思遠的下屬，家中若是生計艱難並有適齡女子的，優先錄取。如今妹妹已經上工快一個月了，所得月錢不少，想來再攢一攢也足夠給妹妹準備一副體面嫁妝了。

李大見黃有才的狼狽樣子，心內暗爽，活該！何夫人這麼好一個人，怎麼就攤上了這麼個混蛋爹。

觀賞夠了黃有才的醜態，李大這才做出一副誠惶誠恐的模樣來，高聲喊客棧小二來幫把手。小二見多喝高了丟醜的人，也不以為意，同李大一起扶著黃有才回房去了。

李氏見到黃有才挺屍的樣子，不由得狠狠抽打了兩下。「整日只知道灌黃湯，把老娘丟在這裡，自己和女婿同去風流快活！也不知我怎麼這麼命苦，跟著你總共也沒過過幾日舒坦日子！」

黃有才被李氏吵得不耐煩，胡亂一腳踹出去，喝多了酒也沒個輕重，直把李氏踹到一旁的桌角上，李氏扶著腰半日才直起身子，衝著黃有才沒頭沒腦的抓撓上去。

「好你個天殺的！如今竟敢打我了！你個沒卵子的廢物，還指望我生的女兒嫁的好女婿幫你跑官，如今官還沒到手，倒是先看我不順眼了！看我今日不跟你拚命！」

屋裡傳來男人的罵聲、女人的哭喊聲，還有重物落地的破碎聲，直鬧到半夜才消停。客棧小廝也不去管，反正打碎了什麼東西，結帳時候只管算進去便是。

接下來幾日，何思遠也不大見黃有才的面，若是催得急了，何思遠只讓李大告知，說是這兩日正趕上軍需案結案，何大人整日泡在府衙，忙得連吃飯的時間也沒有。

黃有才在客棧休養了兩日，待臉上被李氏抓出來的抓痕消退得差不多的時候，才能出門轉轉。見起復一事暫時還沒有眉目，反正女婿已經答應了幫忙，如今出門也有人跟著付銀子，黃有才便整日帶著李大到處閒逛，連花樓也去了幾趟，整日的醉生夢死，好不快活。

何府，四娘擰著眉看著李大送來的一沓厚厚的帳單，除了吃喝花用，竟然還有大手筆打賞花樓舞娘的帳單。

一巴掌拍到桌子上，李大頭低得恨不能插到地縫裡去。

「你家大人就是這麼交代的？竟然讓他如此荒唐！瞧瞧這些單子，短短幾天花了快二千兩銀子！」

李大臉上帶著笑。「夫人，大人說這都是暫時的，先穩住了他，才好進行後面的事情。」

四娘從抽屜裡拿出幾張銀票遞給李大。「告訴何思遠，這銀子雖是我爹花的，但卻是他許諾的，我只記到他頭上。我看他這一年的俸祿也不夠他這好岳父花的，若是不把事情給我解決乾淨了，我讓他喝西北風去！」

李大點頭哈腰的接過銀票，幫著何思遠說話。「夫人別急，我瞧著大人這幾日是真的辛苦，每天忙起來吃飯都顧不上，臉都瘦了一圈了。您放心，那黃有才落不了什麼好下場。」

四娘雖嘴上厲害，但聽到李大如此說，還是有些心疼何思遠，交代道：「你順便去一趟廚房，有燉好的滋補湯水，給你家大人帶上一罐，還有烙好的牛油蔥花餅，你家大人最愛吃那個。」

李大咧著嘴到後廚拎食盒去了，四娘從前院書房出來便看到黃政業滿頭大汗的正在院子裡紮馬步。

說來也是有趣，黃政業雖然被何思遠教訓了一回，嚇得尿了褲子，但心裡卻覺得何思遠能給他講這些道理是把他當成自己人看待的，從前爹娘雖寵著護著，卻沒有告訴過他是非對錯，全憑自己的喜好做事，如今被何思遠教訓了一頓，卻彷彿醍醐灌頂一般，開了竅了。

黃政業搬去和二姊三姊一起住，但瞅著何思遠回來的空閒便纏著何思遠問這問那。何思遠不耐煩應付他，便給他留了功課，讓他每日早晚各站足一個時辰的馬步，若是能堅持十天，便可以教他拳腳功夫。

想著他一個七歲小兒，平日並沒有吃過苦頭，說不得堅持不了兩日便要放棄了。誰知這都第五天了，黃政業依舊在咬牙堅持，連何思道都說，黃政業這股勁頭倒是適合練武，只是不知道後面面對自家大哥黑著臉的摔打的時候，是否還能堅持下來。

黃政業看見四姊走過來，喊了聲「四姊」，腳下馬步依舊紮得穩穩的。

「一會兒站完馬步去二姊那裡，小廚房煮了雪梨湯，喝一碗。」四娘說罷便施施然離去了。

黃政業見如今四姊對自己的態度也有所緩和，更加覺得自己跟著姊夫是件對的事情，胡亂抹了一把頭上的汗珠，看了眼一旁的沙漏，又專心致志的繼續紮馬步去了。

塗婆婆和王氏正最後一次清點四娘的嫁妝，大件的家具都已經打好了，如今就剩下裝飾新房還有給親戚朋友派帖子等的事情。

何旺如今來了京城，依舊是幫四娘去瞧京郊莊子上的土地，和莊頭們一起商量種什麼花苗好。畢竟在夷陵這幾年管著那麼多的花田，對這些事務是極有經驗的，京郊上的莊頭第一次種這些，正好讓何旺帶一帶他。

距何思遠與四娘成親的日子還有不到一個月，時間緊，何思遠和四娘事情又多，這兩個沒有一個閒人。

還好王氏和塗婆婆都在，這些瑣碎的事情便都交給她們兩位來辦。本來四娘還想讓二娘幫把手，反正閒著也是閒著，但二娘卻是不肯答應，只說自己是不祥之身，四娘這喜事若是自己插手了不吉利。四娘見怎麼勸說二姊就是不肯，也只能作罷，只讓她好好看著三娘和五兒罷了。

恰巧這日黃大娘和張伯懷帶著小酒兒也到了京城，黃大娘這次妊娠反應太大，坐不了船，只能乘馬車慢悠悠的往京城走。好在如今天暖和了，沿路吹吹風看看風景倒也舒服許多。

黃大娘到了何府之後，四娘先是跟大姊說了二娘三娘的情況，惹得黃大娘狠狠的哭了一場。但她性子溫柔慣了，心裡雖也埋怨爹娘，卻說不出什麼難聽話來，只是發愁兩個妹妹的後半生怎麼辦。

待黃大娘平復了心情，四娘留張伯懷在前院喝茶，帶著大姊和小酒去了二娘處。姊妹四人許多年不見，有說不完的話，連平日寡言的三娘都難得抿起嘴笑。

待看到了活潑可愛的小酒兒之後，三娘更是撒不了手，一個勁兒的拿糕點糖果給小酒兒吃，直樂得小酒兒嘴甜的「三姨、三姨」叫個不停。

三娘溫柔的看著小酒兒說：「三姨肚子裡如今也有個小寶寶呢，再等等就能出來和小酒兒一起玩了。」

小酒兒疑惑的盯著三娘的肚子瞧。「是和我娘一樣嗎？我爹說如今小妹妹還在我娘肚子裡住著不願出來，等她慢慢長大，我娘的肚子住不下了她便要出來了！」

三娘點點頭，用指尖抹去小酒兒嘴角的糕點渣子。

眼瞅著黃大娘的眼淚又要下來，二娘忙哄著三娘說：「小酒兒正是好動的時候，待在屋裡怪悶的，三娘牽著他去廊下看鳥吧。如今廊上的紫藤花開得好，引了好多鳥兒來，小酒兒一定喜歡。」

看著三娘帶著小酒兒去了廊下，二娘嘆了口氣。「如今三娘還是有些渾沌，藥整日的吃著，也不知她這心結何時才能解開。」

大夫的針灸極有效果，三娘平日裡幾乎也能照顧自己，只是除了還不大能見生人之外，這一直認為自己肚子裡有個孩子的事情是怎麼也轉不過來。若是跟她認真的說肚子裡沒有孩子的話，三娘便會發瘋，拿著頭往桌子上撞。見她如此，大家也知道孩子這件事是三娘心裡不能提起的痛，便在她面前默認了她依舊懷著孩子這件事。

而話說黃有才這日在酒樓喝酒，偶然遇到一個同樣一人獨自飲酒的中年人士。瞧那穿著打扮，無比貴氣。

兩人先是對視一笑，然後遙遙舉杯碰了杯酒，黃有才覺得一人實在是無趣，便邀那中年人一起坐下同飲。那中年人看起來也是個好朋友的，便欣然從命。

兩人互通了姓名，那中年文士叫余莫問，比黃有才大一歲，湖南人士，如今是山東治下的一個縣城的縣令。此次來京是述職的，託人找了關係，看看是否能年終得個好評，再升上一升。

黃有才無不羨慕的對余莫問說：「余兄真是好運氣，不像我，入了官場沒幾年，卻被連累得丟了官。如今想要起復，卻也難上加難。」

余莫問和黃有才碰了杯酒，問道：「不知賢弟是被何事所連累？」

黃有才便將那套講給何思遠的話又給余莫問講了一遍，話語中無不把自己描述成一個被貪官以權勢相逼，無奈忍痛把女兒送入虎口，誰料貪官倒台自己卻又被人參了一本，這才丟了官職的倒楣鬼。

余莫問聽完，先是對黃有才表達了一番同情，又無意間問起如今黃有才找的什麼門路。黃有才便說自己的女婿如今是五城兵馬司指揮檢事，與睿侯交情好，正在等忙完結案的事情跟睿侯提一提此事。

「睿侯如今在朝中倒是風頭正勁，五城兵馬司指揮檢事何大人，愚兄也有所耳聞，聽說當年本以為戰死在突厥了，誰料死裡逃生帶著突厥都城的地圖回朝，後跟著睿侯一起征戰突厥，立下赫赫戰功。賢弟有個好女婿啊！」

余莫問先是誇了一番黃有才找女婿的眼光，然後又轉了話鋒。「只是現官不如現管，賢弟何不直接去找一找吏部的大人？咱們的升遷評定都是由吏部直接管的，我此次便是找了吏部的一位上官，才能辦得如此順利。」

黃有才問了一聲。「不知是哪位上官？」

余莫問露出一個為難的神色。「不是愚兄不想告知，只是此事畢竟不是什麼光明正大的事情，而且那位上官也不想知道此事的人太多。」

黃有才露出一個了然的神色，給余莫問面前的杯子倒上酒，兩人碰了一杯。

到最後兩人都喝了不少，話也說得投機，彷彿是一對認識多年的朋友一般。

最後余莫問搶著把帳付了，黃有才直道：「余兄太客氣了，這次讓你破費了，咱們下次再約，一定讓我來請！」

余莫問給黃有才留了客棧地址，說自己事情已經辦完，還要在京城停留幾日買些禮物帶回去。若是賢弟無事，可以來客棧找他閒話。

臨分別之時，余莫問還給黃有才透露了一件事情。「我那日去吏部，恰巧遇到了明王手下的一個長吏，那長吏和吏部的那位上官家中是親戚，聽那長吏說，你那女婿何大人彷彿最近不知怎麼得罪了明王，明王十分不滿，聽那語氣，好像明王要找個機會發作了他。賢弟回去給你那女婿提個醒，明王可是板上釘釘的太子，若是開罪了明王，那便等同於開罪了聖上！我也是看今日和賢弟聊得投機這才告知與你，你得讓你女婿千萬小心。」

說罷，余莫問在自家小廝的攙扶下上馬車走了，只留下黃有才一人在酒樓門口思緒萬千。

女婿竟然得罪了明王！自己當真是時運不濟，當年以為依附上了王侍郎，送了兩個女兒出去便可以官運亨通，誰料幾年不到王侍郎便倒了台，自己也被擼了個徹底。如今想著好歹四女婿是個四品官，還跟睿侯有生死之交，能幫自己謀個起復，可女婿卻把明王給得罪了！

明王那是好得罪的嗎？未來的太子，跺一跺腳滿朝都要抖三抖的人物！如今聖上體邁，要不了幾年，這天下都是明王的！

蠢才！真是蠢才！

黃有才在心裡罵罵咧咧了半天，看到一旁的李大，說道：「你告訴我那女婿一聲，明日我必須見到他，有重要的事情要跟他談，關乎他滿門的性命安危，讓他務必留出時間見我一面！」說罷也不讓李大跟著，自己甩袖子回了客棧。

李大看著黃有才漸漸走遠的身影，狠狠的往地上吐了一口唾沫。「呸！我家大人怎麼這麼倒楣，攤上個這樣的岳父！」

第二日，黃有才果然一早便來到了五城兵馬司的府衙，何思遠卻也實在是忙，先露了個面，讓人服侍好了岳父大人在偏廳稍等，待他手裡要緊的事務忙完，再陪岳父說話。

軍需案有了新進展，睿侯依舊是找江湖上的人尋線索，那四百萬兩白銀不是小數目，不論是放在銀號還是花出去，總會留下蛛絲馬跡。如今有消息傳來，在西南的邊境找到了那筆銀子的痕跡。

何思遠需要再查一遍有關人員的證詞口供等，看看能不能從那些人嘴裡再撬出來點什麼。

黃有才在隔壁的偏廳如坐針氈，但看著人來人往的往何思遠的辦公處回事，自己實在找不到機會單獨說話。

快到午時時分，看著回報的人漸漸少了，黃有才剛想抬腳過去，此時卻來了一個穿著內監服飾的太監。

進門便說奉明王口諭，何思遠跪聽。

一張嘴便是一頓的訓斥，何思遠硬生生的跪在地上聽了一盞茶時分。待訓斥完，何思遠起身，請那太監到後面喝茶，那太監一甩袖子，冷笑出聲。「何大人還是好好想想如何跟明王殿下交代吧，這茶我就不喝了，還等著回去給明王殿下覆命呢。」

待送走了內侍，偏廳裡哪裡還有黃有才的身影？何思遠捏著下巴想，不枉自己求了明王殿下，遣了個內侍來演出這麼一齣戲。

黃有才早在內侍訓斥何思遠的時候便偷偷跑了，果真被那余莫問說對了，自家這個倒楣女婿果真是得罪了明王殿下。看那內侍來勢洶洶的模樣，女婿大難臨頭！

黃有才出了五城兵馬司的大門便抬腳往余莫問所住的客棧走去，為今之計，還是好好的請余兄出個主意。

余莫問正在悠哉的喝茶，見到黃有才便笑。「賢弟今日怎麼有空前來，正好嚐嚐我這一壺大紅袍。」

黃有才擦擦腦門上的汗道：「余兄救命，果真被您說中了，明王的內侍剛從五城兵馬司的衙門離開，我那女婿受了訓斥，聽那語氣，明王殿下是厭了女婿了。事到如今，我起復的事情是指望不上他了，還請余兄幫我指條明路。」

余莫問慢悠悠的飲了一杯茶。「賢弟啊，此事不只是你起復這麼簡單。如今你二女兒三女兒跟軍需案有牽扯，四女婿又得罪了明王，賢弟這是被家中兒女所累啊，這些事情若是被有心人知道，恐怕會斷送了賢弟以後的為官之路！」

黃有才急得快給余莫問跪下了。「求求余兄幫幫我，我這實在是走投無路了！」

「別急，此事雖然難辦，但卻不是沒有辦法，待為兄好好給你說一說。」

黃有才離開余莫問客棧時心滿意足，余莫問給出了個好主意，如今只需要黃有才帶著李氏再往何府走一趟便是。

而此時的何府，終於按時下衙一回的何思遠正坐在院子裡和四娘閒話。

四娘手裡抱著個點心盒子，裡面放著何思遠回家路上順道買的乾果蜜餞。

「何思遠，這都好幾天了，事情辦得怎麼樣了？黃有才這幾日銀子流水般的花，每次李大來找我報帳我都一肚子火氣。」四娘邊說邊捏了一顆大杏仁塞進嘴裡。這大杏仁定是從新疆那邊來的貨，個大飽滿，鹹味炒製得正好，何思遠還怪會買的。

何思遠看著四娘吃得香甜，臉上掛著寵溺的笑。「快吃飯了，妳少吃些吧，一會兒吃不下晚飯了。所料不錯的話，應該這兩日黃有才便會上門來跟妳談斷絕書的事，妳便安心等著吧。」

四娘最後又吃了個杏乾，不捨的把點心匣子交給鶯歌。「收起來吧，準備擺飯。問問廚下，給大少爺做的清燉羊蝎子可好了，記得裡面放些山藥，給大少爺好好補一補。」

「小沒良心的，若是事情沒有進程，今日這羊蝎子我便吃不到？」

鶯歌在一旁笑。「沒有的事，這羊蝎子早就備好了，姑娘說若是大少爺今日不能回來吃飯，便讓奴婢給大少爺送到衙門去。」

「這還差不多，不枉我為了此事厚著臉皮求了明王殿下許久，差點沒被殿下臭罵出去。」

四娘好奇的瞪大眼睛。「竟然還去求了明王殿下？快跟我說說，這事你到底是如何操作的，我心裡快好奇死了。」

何思遠露出一個高深莫測的表情。「莫急，等事情辦好了，我便給妳從頭講。如今妳只需記住，若是黃有才來府裡跟妳斷絕關係，妳只管跟他磨，如今他比妳著急。」

第二十五章

第二日一早，一家人正在用早飯，黃有才和李氏果真氣勢洶洶的上門來了。

四娘看了一眼何思遠，還真被他說中了。讓下人給他們先領到花廳，四娘不慌不忙的小口喝著碗裡的粥。

王氏擔心的問：「四娘可應付得來？今日莫要再傻傻挨打，若是他們再大鬧，只管叫下人趕他們出去便是。」

四娘抬起頭。「若能徹底跟他們撇開關係，便是讓我再挨幾巴掌我也是願意的。鶯歌，去請大姊二姊五兒一起到花廳去。讓三姊在屋裡帶小酒兒，莫要受到驚嚇。」

涂婆婆瞧四娘這滿身的氣勢，跟要上戰場的將軍一般，不由得失笑。如今唯一能給四娘扯後腿的也就這一對糟心的爹娘了，若是能徹底解決了他們，府裡有眾人寵著，外面生意做得風生水起，四娘便可以放開手腳去做任何想做的事情了。

何府花廳，黃有才和李氏早就等得不耐煩，李氏衝一旁站著的丫鬟說：「好歹我們也是府上的正經親家，讓我們這樣乾等難道就是你們何府的待客之道不成？」

那丫鬟只跟個木頭樁子一般低著頭，依舊是一句。「還請兩位稍等，我家少奶奶用完飯便會過來。」

李氏氣結，坐在椅子上直喘粗氣。

又等了一盞茶的功夫，四娘才姍姍來遲。看著一同前來的黃大娘和黃二娘，黃有才和李氏有瞬間的怔忡。

四娘在主座上坐下，接過丫鬟遞過來的茶喝了一口，說道：「不知今日爹娘前來有何事？對了，忘了跟爹娘說一聲，二姊三姊我找到了，爹果真好本事，給我兩個姊姊找了一門『極好』的親事！」

看著二娘眼中露出的仇恨光芒，李氏瑟縮了一下，但很快又坐直了身子。「那是自然，若不是爹娘，她們這輩子也進不去那樣富貴的門第。如今雖然王侍郎下了獄，但享多大的福便要擔多大的風險，二娘如今坐在這裡不是好好的嗎？」

李氏如此無恥的話說出來，二娘氣急而笑。「如此說來，我和三娘還真的要感謝爹娘了，這樣的福分，還真不是一般人能享受得了的，我看娘生女兒還是生少了，就該接連生她十幾個，想升官發財了便送出去一個，如此，一生的榮華富貴便都有了。」

二娘一番嘲諷的話，直刺得黃有才臉色發青。二娘話裡話外的意思都是黃有才夫妻倆賣女求榮，為了升官發財，把女兒當貨物一般的買賣。

黃有才冷哼出聲。「莫要七扯八扯，為父今日前來是有要事要說。」

從懷裡拿出一個信封，鶯歌接過來遞給四娘。四娘打開一看，果真是斷絕關係的切結書。

上面大概寫著：黃有才和黃大娘、黃二娘、黃三娘、黃四娘四個女兒斷絕關係，自此再不相干。

四娘一字一句唸出內容，二娘倒還罷了，黃大娘面色雪白。「不知女兒做錯了何事，爹娘竟然要和女兒斷絕關係？」

「妳和何家走得極近，如今何思遠得罪了明王，一個不小心便是抄家滅族之禍。如今為父倒也不想要享妳們什麼福，只求妳們不要連累了我便罷了！」

「父親這話真是好笑，不想要享我們什麼福？我看是我們都沒有了利用價值，父親才想一腳把我們踢開吧？爹娘知不知道三姊如今是什麼情況？我們都是您身上掉下來的肉，在你們眼中，竟然只有利益往來，一點骨肉親情都沒有嗎？」四娘問道。

李氏聽到這話不自在的扭了扭身子。「這話說的，我當初懷胎十月，千辛萬苦的把妳們生下來養大，便是讓妳們為家裡做些回報也是應該的！」

「做些回報？娘可真是會說話，做些回報便獅子大開口，大姊出門子，張家給了五十兩聘金，娘把銀子全留下，只給大姊做了身新衣服，一抬嫁妝都無便打發出去了。做些回報便賣了四娘，得了二十五兩銀子便進京找我爹去了。做些回報便把我和三娘送去王侍郎外宅，以此換爹爹得一處好地方為官，不管我和三娘受到什麼屈辱？這一樁樁、一件件，豈止是做些回報，簡直恨不能把我們砸碎了骨髓論斤兩賣了！如今我們沒有了利用價值，就想一腳把我們踢開了，爹娘真是打的好主意！」

二娘一字一句說出來，其餘人都知道這些事情還罷了，黃政業第一次聽說這些，震驚得不知如何是好。

原來爹娘是如此對待四個姊姊的，這樣的事情，竟然是親生父母做出來的！

黃有才理理袖子。「這些話莫要再說，生養妳們一場，如今既然妳們和爹娘兩看相厭，那還是不要再互相耽誤的好。畢竟把妳們養這麼大，四娘，妳如今生意做得也挺有名氣，爹娘也不多要，便給我們二萬兩銀子罷了，算是回報這些年的生養之恩。」

「你怎麼不去搶！」四娘簡直要被氣笑了。二萬兩銀子，虧他講得出來！

「這算什麼？我懷胎十月，一個個給妳們拉拔長大，要不是要養妳們這些賠錢貨，家裡如今也不至於如此拮据。四娘生意都做到皇宮裡去了，二萬兩銀子還不至於拿不出來吧？」李氏這話說得何其無恥！

黃大娘顫抖著雙唇。「娘，自我往下，哪個妹妹不是一個拉拔著一個長大的？二娘三娘便不說了，四娘生下來娘可餵過一口奶？餓得跟隻小貓似的，哭都沒有力氣。若不是我日日熬了米粥，夜夜貼身暖著，四娘能否活下來都未可知。爹娘生了我們這話不錯，可這些年爹娘從我們身上拿走的還不夠嗎？二萬兩銀子，便是把我們都賣了也沒有這麼多錢！」

四娘一聲冷笑。「二萬兩銀子我有，但我就是不給！妳奈我何？」

李氏一拍桌子站起來便喊道：「那我就去衙門告妳，告妳忤逆不孝！反正何思遠也得罪了明王，我看你們家的好日子也沒多久了。如今沒有明王在背後撐腰，我看衙門可還會偏袒你們何家！」

「有本事就去告，我在這裡等著！」四娘寸步不讓。

眼看著僵持住了，二萬兩不行那就再少點，黃有才又開口。「莫要把事情鬧得如此難堪，實話告訴妳，我已經找了門路，很快就要起復上任去了，官位還比以前升了半品。如今妳們莫要如此的絕情，日後若是何府倒了，說不定我還能庇護妳們一二，若是實在嫌多，一萬兩也可，我這裡急等著去疏通關係，若是晚了，便錯過了。」

「呸！如今便要斷絕關係生怕我們連累了爹娘，你拿了銀子升官發財去了，還會管我們死活？逗我們玩呢！」二娘徹底的撕破臉不管不顧了，這一對公母嘴裡的話她一個字也不信！

「妳這個賤蹄子！竟然敢如此跟爹娘說話！反了妳了！」李氏惱羞成怒，一杯熱茶帶著茶杯便衝著二娘扔了過去。

二娘如今再也不是以前那個唯唯諾諾逆來順受的性格，哪裡會坐著不動等著茶杯砸過來？一個偏身躲過，茶杯砸在椅子扶手上，滾燙的茶水潑濕了半邊裙子，茶杯落在地磚上四分五裂。

門外守著的婆子聽著聲音不對，推開門問道：「大少奶奶，可要奴婢幫忙？」

李氏回頭看到那身強力壯的婆子，張嘴便嚎。「竟然還想趁著人多勢眾把妳爹娘打死不成？妳碰我一下試試，正好我帶著傷去衙門敲鼓鳴冤，讓老天收了妳們這些賤痦子去！」

四娘揮手讓那婆子退下。「撒潑打滾這一套在我這裡沒用，勸你們還是收了那些心思。我說了，銀子我有，但就是不想給你們，便是給了門外的乞丐，乞丐還知道感恩，這麼多年，四個女兒被你們吸血都快吸乾了，跟著你們哪一個也沒落得好下場。若是想斷絕關係我同意，但銀子一分都別想！」

聽到這話，黃有才給李氏使了個眼色。來之前兩人便商議好了，若是四娘不同意給銀子，便讓李氏使勁鬧，若是他們敢動手，那正好帶著傷去衙門。何思遠如今得罪了明王，前途未卜，想來他們也不想把事情鬧大。

李氏撲到四娘面前一把拉住四娘的衣領便要打，黃大娘和二娘上去攔。再不久四娘便要辦婚事了，若是傷了臉面再留了疤該如何是好？

李氏本來便吃得胖，加上以前在楊城時也是出了名的潑婦，跟不少人家都打過架，大娘二娘如何能跟李氏比，拉得住這隻手拉不住那隻，眼看著李氏一使勁把黃大娘撞到了一旁，騰出手來便往四娘臉上狠狠抓去，四娘被李氏堵在椅子上動彈不得，左右挪騰也躲不開。

正在此時，黃政業像頭小牛犢子般衝了過來，把二娘都擠開了，擋在四娘身前。

李氏來不及收手，那一下子狠狠的抓在黃政業的臉上。

滿屋子的人都驚呆了，黃有才更是一把推開了李氏，查看黃政業的傷勢。

一道又深又利的傷口，自眼角到耳根，猙獰著翻出皮肉，鮮血一滴滴的溢出來，順著黃政業白胖的臉龐往下滴。

黃政業後知後覺的摸了一把臉，看著手上沾染的血，哇的一聲哭出來。

四娘一迭聲喊：「快請大夫來！快！」

這傷口在臉上，又如此之深，看這樣子，留疤是不可避免的了。四娘怎麼都想不到黃政業會替自己擋這一下子，自從到了何府，她幾乎沒有給過這弟弟什麼好臉色，更別提何思遠還曾把他嚇得尿了褲子。

李氏早已嚇傻了，自己三十多了才得這麼一個兒子，黃家就這麼一根獨苗苗，若是五兒有個好歹，黃有才怕是要打死自己。

哆嗦著，李氏上前想看一看五兒的傷，卻被黃有才一把推開。五兒若是臉上留了疤，以後便無法再走科舉一途了。科考第一關便是要看長相，面上有明顯的傷痕便會被直接刷下來。

鶯歌從袖子裡拿出乾淨的帕子遞給四娘，四娘拉過黃政業想先止血，黃有才卻不肯放手。

「若是為了五兒好，我勸你還是安靜坐著，我先幫他止血，等大夫到了也好看傷。」四娘一句話便使得黃有才撒開了手。

五兒此時覺得傷口火辣辣的疼，又不敢用手去碰。四娘小心的拿帕子拭去面上溢出的血，傷口太深了，也不知道李氏的指甲乾不乾淨，若是感染了會更加糟糕。

「鶯歌，去後廚端一碗濃濃的鹽水來，要先用鹽水消消毒再用止血的藥粉，記住，三勺鹽一碗開水！」

鶯歌小跑著去廚房，今日若不是小舅爺替姑娘擋了這麼一下，受傷的便是自家姑娘了。一個姑娘家，臉上這麼大道傷疤，這就是毀了容了！

鶯歌來到廚房一邊兌著鹽水，一邊吩咐下人去通知大少爺。這李氏跟隻瘋狗一般，還是讓大少爺看著些吧。

待鹽水端來，四娘對著哭得滿臉是淚的黃政業說：「五兒忍一忍，四姊要給你用鹽水沖洗一下傷口，可能會很疼。若是不沖洗乾淨，裡面的髒東西會發膿，到時候會更痛苦。」

五兒抽噎著點頭，四娘對一旁的大姊和二姊道：「摁著五兒的手，最好是我一下子便能沖洗乾淨，萬一一會兒他要躲，還得重新再洗，到時候更受罪。」

黃大娘和二娘一人摁著黃政業的一隻手，四娘讓弟弟閉上眼，端著鹽水對準傷口沖下去，黃政業發出殺豬般的叫聲，疼得渾身發抖。

李氏聽到兒子的哭叫忍不住要衝上前去，被四娘狠戾的一眼給止住了步子。

此時大夫也到了，見到黃政業臉上的傷也不由得駭了一跳。「怎麼傷得這麼深，這麼小的孩子，這可是要留疤的！」

說罷便打開了藥箱拿出藥粉和紗布，見傷口已經沖洗乾淨，便要上藥。

何思遠得了消息趕到，喊住了大夫，遞過去一瓶藥。「勞您看看這藥，宮裡得來的，若是得用便用這個。」

大夫拔開瓶塞，聞了聞道：「是好藥，比老夫的藥粉好用，此藥止血生肌效果極好，老夫這便給小少爺用上。」

那藥粉效果當真不錯，等大夫包紮好，黃政業便覺得傷口處涼涼的，疼痛感也減少了不少。

何思遠看此事鬧成如今這個樣子，四娘心疼的看著五兒，眼淚都要掉下來了。姊弟兩個雖沒有相處過幾日，但今日五兒幫四娘擋這麼一下子，四娘心裡定是愧疚極了。

「四娘，妳帶著五兒和兩個姊姊先去後面歇歇，剩下的事情交給我可好？」何思遠輕聲對四娘說。

四娘眼中帶著哀求，對何思遠說：「有沒有法子把五兒留在何家？若是跟著他們，怕是這麼好的孩子也要毀了。」

何思遠拍拍四娘的肩膀。「放心吧，都交給我，定讓妳滿意。」

看著四娘幾個去了後面，何思遠坐下，看著黃有才開口。「如今事情鬧成這樣，不知岳父大人是否滿意了？」

黃有才皺著眉頭一言不發，萬萬沒想到李氏大鬧會傷到五兒。這個潑婦，成事不足敗事有餘！

「岳父要的一萬兩銀子小婿能代四娘答應，只不過有個條件。」何思遠食指輕敲著桌面。

黃有才聞得此言，抬眼看著何思遠，不明白何思遠葫蘆裡賣的什麼藥。

「今日岳父岳母這麼一鬧，若是說兩家還能毫無間隙的相處那是不可能了，既然岳父覺得小婿如今得罪了明王，前途堪憂，自己另找了路子，那我也不攔著岳父。只是小舅子今日這麼一傷，岳父心裡也明白，以後在科舉仕途上小舅子已是沒了希望，不如跟著我，走武舉一途，說不定還有些前途。一萬兩銀子給岳父，小舅子留在何府，如何？」

李氏聽到這話便不樂意了。「我們就這麼一根獨苗苗，怎麼能留在你這裡？再說，你得罪了明王，不知道什麼時候就要倒台了，到時候豈不是害了我兒？」

「即便是我得罪了明王，最多也是被罰繼續去兵營領兵罷了。小婿好歹也是在突厥立過戰功的，全家老小性命還不至於堪憂。再者說，我並不要求岳父也和小舅子斷絕關係，只是暫留在何府我教他武功，小舅子依舊是黃家的子孫，以後他若是功成名就，仍然要奉養二老，這樣划算的條件，我若是岳父定會答應。岳父意下如何？」何思遠句句說得在情在理，黃有才竟是無法反駁。

想了想，一萬兩銀子到手，兒子還有人幫忙養著，自己起復一事也能辦成，這條件不得不讓黃有才動心。

考慮了半晌，黃有才道：「今日我便要拿到銀票，若是答應，我便讓五兒留在何府。」

「那是當然，管家，去帳房支銀票。」何思遠見黃有才答應下來，面上露出一個笑。老東西，這銀子暫且給你，讓你先高興兩日，咱們走著瞧！

見到銀票，黃有才痛快的在斷絕關係的切結書上署名、按下手印，何思遠又喚了鶯歌來，把這切結書拿到後面讓四娘幾個簽字畫押，自此，姊妹四個和黃有才夫婦徹底撕擼乾淨！

黃有才夫婦拿到銀票後，一刻不停的便去了余莫問的客棧，如今銀票到手，余莫問說那上官開出的金額是六千兩，剩下的四千兩也足夠兩人舒舒坦坦的生活一段時間了。

余莫問拿到銀票後便讓黃有才回客棧等，說是不出兩天便有消息。李氏小心的把那四千兩貼身放好，若是給了黃有才保管，說不定還沒到任上，這銀子便花得不剩幾個。

黃有才想著起復有望，也不在意李氏那一副財迷的模樣，大搖大擺的找了個茶館聽書去了。

過了兩日，吏部的委任書果真到了。黃有才接過委任書一看，山東府治下的一個縣城，雖不是個極富庶的地方，但是能做一縣之主也是意外之喜。

收拾好了東西，黃有才兩口子雇了輛馬車便上路了，看著馬車慢慢駛離京城，拐角處站著的三人慢慢現身。

「大人，偽造委任狀可別被發現了，黃有才不會看出這是假的吧？」張虎問何思遠。

「不可能不可能，老夫別的本事沒有，這偽造的手法在京城潘家園堪稱一絕，保准他眼瞅瞎了也看不出來！」說話的正是那余莫問。

「弟兄們都交代好了？一入山東境內便動手吧，只要不傷性命，別的一概不管。他們身上還帶著四千兩銀票，就當是給弟兄們的辛苦費了。」何思遠說道。

余莫問從袖子裡拿出一沓銀票，正是黃有才交給他跑官的那六千兩。「這銀子完璧歸趙，何大人點點。」

何思遠接過銀票，抽出一張遞給余莫問。「辛苦余老這幾日和那黃有才周旋，這是你的辛苦費。」

余莫問慌忙擺手。「不敢不敢，給何大人辦事哪裡還能收銀子，若不是何大人幫我擺平那一群潑皮無賴，老夫早就收拾包袱滾出京城了。再說這些日子，何大人出銀子讓我在客棧住著，吃喝都是上好的，白白過了一把官老爺的癮。」

何思遠只管把銀票往余莫問袖子裡一塞。「一碼歸一碼，給你你拿著便是。三月十二是我的大日子，有時間還望余老來喝個喜酒。」

「那是一定，到時候給何大人送份好禮！」

話說黃有才路上行了四、五日，終於到了山東境內。山東多山，群峰林立，此時正值草長鶯飛季節。

行至中午，找了個林子歇息一二，準備吃些乾糧再趕路。

黃有才看這滿眼的鬱鬱蔥蔥，忍不住詩興大發，要作首小酸詩來。李氏一邊啃著乾饅頭一邊撇嘴，整日裡只知道作那些沒用的詩，等到了縣裡安定下來，若是黃有才再敢找什麼紅袖添香的小妾姨娘，這次自己絕不手軟。拿著自己女兒給的銀子做官，還敢有不三不四的花花腸子，看不抓他個滿臉花！

正在此時，一聲呼哨，一群騎著馬的蒙面大漢圍住了黃有才的馬車。車夫見此，嚇得雙腿直抖。

「大人啊，這是遇到土匪了。山東境內多匪，咱們這才入了山東境內，怎麼就這麼倒楣碰上了！」

黃有才也沒見過這樣的場面，想著自己包袱裡放著的委任狀，硬著頭皮上前說：「爾等還不速速離去，我可是朝廷委命的六品縣令，當心我上告朝廷剿滅了爾等！」

為首的漢子哈哈大笑。「什麼狗屁芝麻官，一個縣令而已。老子手裡不知道沾過多少縣令的血，你這幾句話嚇唬三歲小孩都不夠，勸你老實點把財物都交來，還能少受點皮肉之苦。」

李氏哆哆嗦嗦的抱緊了懷裡的包袱，這裡面是剩下的三千多兩銀子，萬不能給土匪搶了去。

黃有才心內暗暗叫苦，怎麼就這麼倒楣，眼看著就要到任上了，偏偏此時遇到了土匪，這可怎麼是好？

見黃有才僵持著不出聲，土匪沒有了耐心，一揮手，十幾人騎著馬團團圍住了黃有才的馬車。

一陣雞飛狗跳之後，土匪揚長而去，李氏頂著雞窩般的腦袋拍地大哭。「要命了，銀子被搶了個一乾二淨，天殺的，連根簪子都不留給我！」

黃有才被土匪敲斷了一條腿，此時疼得話都說不出來，雇的車夫連同馬車一起跑了個沒影兒，連來時的路費都沒要，只留下黃有才和李氏兩人在這深山老林不知如何是好。

何府，黃政業臉上的紗布已經拆了。那道傷口敷上宮裡的好藥，好得極快，如今只剩下一道長長的結痂，就是在長新肉，傷口處有點癢。

四娘又一次把黃政業企圖去抓傷處的手毫不留情的拍開。「說了多少次了，不能抓。好不容易結痂了，萬一再抓掉，你想以後都頂著個疤瘌臉出門嗎？」

黃政業毫不在意的開口。「反正都是要留疤的，深一點淺一點有什麼區別？姊夫都說了讓我跟著他學武，以後我可是要上戰場的，身上沒有點疤都不叫男人！」

四娘一指頭點上黃政業的額頭。「你給我閉嘴吧，要不是看你傷還沒好，我早就收拾你了，還敢頂嘴！這麼長的疤，當心以後娶不到媳婦兒！」

一邊的黃大娘不知又聞到了什麼味兒，捂住嘴又開始想吐了，旁邊的鶯歌忙不迭的把痰盂遞過來，黃大娘抱住痰盂便是一陣乾嘔，無奈什麼都吐不出，難受得眼淚都出來了。

二娘嘆息。「大姊這反應什麼時候才能過去啊，瞧這幾日吃了就吐，姊夫急得頭髮都快抓禿了。」

四娘心裡知道，大姊初到京城的時候狀態還好，雖說反應大，但也不至於吃什麼吐什麼，分明是黃有才夫婦來何府大鬧後又寫了斷絕書，大姊心裡想不開不好受，這才加重了妊娠反應罷了。

只是也請大夫瞧了，沒有別的辦法，只能讓她自己心裡慢慢想開，或許等過了前三個月，這反應就能過去了。

黃三娘如今整日的帶著小酒兒玩，恰好大家都忙著四娘的婚事，也沒時間照看小酒兒，交給三娘正好，有小酒兒這個好動鬧騰的孩子在一旁陪著，三娘臉上的笑也多了，也敢見生人了。

好幾次小酒兒調皮跑到了前院何思遠張虎幾人練武的場地，三娘也顧不得許多，一路小跑著把小酒兒抱起來，再一路小跑的回後院。小酒兒還以為三姨在和自己玩鬧，在三娘的懷裡，銀鈴般的笑聲灑了一路。

何旺與王氏見滿滿當當的一府人，心中也十分高興。什麼叫興旺之家啊，人首先得多，得熱鬧，如今何家不缺銀子，就缺人氣！等四娘和兒子辦完了婚事，要不了多久，自己也能抱上孫子了！想想這情景，就是睡著了也能笑出聲來。

何思遠如今忙完衙門的事情便要忙著派送婚禮帖子，別的不說，明王和睿侯這裡定是要親自送的。

睿侯接了帖子打開看了看，打趣道：「思遠你這是要熬出頭了，不再是看得見吃不著，你小子恐怕早就急得火上房了吧！」

何思遠笑。「大人就別取笑我了，您這兒女雙全的怕是不知道我的難處，我都二十多了，也該過一過老婆孩子熱炕頭的日子了。」

睿侯拍拍何思遠的肩膀。「你這成婚的日子倒是選對了，恐怕三月底，你就又要上戰場了。」

何思遠聞言面上瞬時嚴肅起來。「可是軍需案那四百萬兩銀子的去處找到了？」

睿侯點頭。「不錯，這條線埋得太深了，好不容易才挖出來。你可知道，聖上曾有個兄弟泗王？泗王在聖上登基前發動了一場宮變，後因失敗被斬殺了。我接到線報，或許泗王當年沒有死，如今有人在西南邊境彷彿見到了泗王，而且西南邊境多夷族，那裡竟然有一支我們不知道的大軍，人數多少還不知道，但線報說，恐怕至少有五萬人。若是所料不錯，那四百萬兩白銀就是為了養這些私兵。」

何思遠眉頭緊皺，才安生了沒多久，恐怕戰事又要起了。

「先不說這些，等具體的情況摸清楚，聖上和明王做了決策，到時候再說吧。如今你第一重要的事情就是成親，好小子，到那一日我定攜夫人親去，咱們好好熱鬧熱鬧！」

太后宮內，涂婆婆今日進宮給太后請安，皇后與眾妃嬪恰巧也在，眾人熱熱鬧鬧的閒話家常。

太后問了四娘成親的日子，涂婆婆告知定在三月十二，距今只剩下十來天了。

今日進宮便是告知往日的宮中姊妹一聲，到了那日別忘了去喝一杯喜酒。

尚嬤嬤打趣道：「我看讓我們喝喜酒是假，等著我們替妳那好女兒添妝才是真吧！妳這破落戶，如今打秋風竟打到宮裡來了，太后娘娘評評理，乾脆把她趕出去得了！」

太后笑道：「哀家說了，這等喜事哀家定是要有賞賜的，小倆口佳偶天成，美事一椿！」

皇后也跟著開口。「本宮這裡也隨著母后沾一沾喜氣，到了那日，尚嬤嬤記得來一趟本宮那裡，一同把本宮的那份捎去。」

後宮的兩尊大佛都開口了，在座的妃嬪自然也要有所表示。雖不能越過皇后太后去，但加起來，也不可小覷。

跟尚嬤嬤一同伺候著太后用了午膳，涂婆婆便要告辭回府。尚嬤嬤說有東西要給涂姊姊，涂婆婆心知這是有話要私下說，於是跟著尚嬤嬤去了她的房間。

尚嬤嬤開口便是：「涂姊姊還記得當年的宮變否？」

涂婆婆立刻變了臉色，怎能不記得？那個人便是死於那場宮變，那個說要等她出宮迎娶自己的人，就那麼胸口中了一箭，她眼睜睜看著他在自己懷裡斷了氣……

「泗王沒死，他還活著，就在西南夷族。這消息是聖上和太后私下說起來的，我想著妳的那位便是死於泗王之手，現下有了仇人的消息，該告訴姊姊一聲。」尚嬤嬤的話把涂婆婆拉回了幾十年前那個黑夜──

四處飛濺的鮮血，還有淒慘的嘶喊聲。宮裡往日乾淨不染一絲塵土的白玉石鋪就的路，此時滿地殘肢屍體。

李虛懷手握長劍，不斷的與多如牛毛的叛軍廝殺著。年輕的涂女官躲在廊下的柱子後，渾身發抖。

援軍來了，叛軍開始騷動。泗王陰沈著臉拉開手裡的弓箭，遙遙指向那個奮力廝殺的身影。

涂婆婆忘記了後來那場宮變是如何平定的，只記得李虛懷咽下最後一口氣之前，躺在她懷裡，用盡最後一絲力氣撫上她的臉。「靜兒，對不住了，下輩子，等我再來娶妳……」

三月十一，何府忙得人仰馬翻，連小酒兒都被派了差事，要給何思遠和四娘的新房暖床。

這一夜小酒兒便被安置在新房內的婚床上睡一夜，小酒兒躺在軟乎的大床上滾了好幾圈。娘教的，滾得越多越好，到時候小姨就會生好幾個弟弟妹妹出來。

因兩人早已經有了婚書，如今只是補辦婚禮，於是涂婆婆和王氏商議著接親便從滿溪閣接出，再在京城大街上繞一圈，接回到何府的正房去。

明日何思道、李昭、張虎三人都是何思遠的迎親使，只是王氏說這自古成親什麼都是成雙成對，迎親使怎麼也不能是三人，得湊夠四個才好。但明日就是正日子了，上哪裡再去找個人來？

恰恰就在這日，臨近黃昏時分，榮夢龍風塵僕僕趕到。

三月底是春闈，榮夢龍要來科考，算著日子也該到了。

何府大門外，抬頭看到張燈結綵掛著大紅燈籠的景象，榮夢龍滿嘴苦澀。

四娘終究是要和何思遠成親了，曾經有過的希望，如同泡沫一般，輕輕一吹便消散無蹤。

還未緩過神，正要出門的何思遠當頭撞上站在門外發呆的榮夢龍，真是得來全不費功夫，這不是第四個迎親使送上門來了？

何思遠一喜，用力拍拍榮夢龍的肩膀。「賢弟總算是趕到了，正好我這迎親使還缺一位，你可願明日與我一同迎親？」

榮夢龍肩膀被何思遠拍得生疼，只是這疼痛把他的思緒瞬間拉了回來。也好，即使不能護她一生，便在婚禮上迎一迎她也好，見她能過得幸福，自己也會開心吧。

「既然何兄邀請，小弟就卻之不恭了！」

「好說好說，趕快進府歇一歇，明天有得忙！」何思遠攬著榮夢龍的肩膀便把人拉進了府。

跟著榮夢龍的小廝不斷唏噓，少爺這一廂心思也該放下了，自己跟在少爺身邊許久，親眼看著少爺是如何把黃姑娘放在心裡的。只是如今黃姑娘和何大人終於修成正果，自家少爺春闈過後若是能有個好名次，也該說親了。

夜裡，涂婆婆親自來給四娘上婚前教育課，四娘看著涂婆婆手裡拿著的書，心裡不由得嘆氣，當時還嘲笑李晴來著，沒想到這次輪到自己了。

涂婆婆坐正了身子，輕咳一聲。「明日便是妳的好日子，即將成為人婦，也不能什麼都不懂。這本是娘從宮裡的司寢嬤嬤那裡要來的，跟市面上的不一樣，妳好好看看，明天夜裡莫要害怕。」

竟然還是宮裡出產的，四娘好奇的接過來翻看，粗粗翻了幾頁，四娘就震驚了。上面各種姿勢千奇百怪，竟然還上了色。自詡曾經在新時代過了一輩子的四娘也有好多姿勢聞所未聞，這這這，也太讓人羞恥了好嗎！

看著四娘一臉古怪，涂婆婆又開口道：「女婿畢竟已經二十多歲了，這個年紀許多人孩子都滿地跑了，女婿能等妳到這個時候也怪不容易的，加上他又是個武人，難免有些時候力氣大了些，妳若是疼，就告訴他。只是第一次難免是最疼的，以後就好了。」

四娘不知道該說些什麼好，涂婆婆又遞給四娘一個小瓷瓶。「這裡面裝的是玫瑰油，若是妳實在疼得受不住，讓女婿給妳塗上些。」說罷，留下四娘一人慢慢觀摩那春宮圖，說了聲。「早些睡，明天一早有得忙的。」

四娘不知道是怎麼睡過去的，睡了幾個時辰，腦子裡都還是小人打架的場景。

三月十二，吉日，宜嫁娶。

四更天，四娘便被折騰著叫醒了，眼睛酸澀得直流淚，無論如何都睜不開眼。鶯歌無奈，只能投了條涼帕子給四娘敷在臉上，慘叫一聲，四娘徹底清醒。

先是泡到浴桶裡一番洗刷，洗乾淨擦乾身子，又被人摁在榻上全身塗滿了香膏。四娘快被自己香得暈過去了，不停的對著一旁指揮的涂婆婆喊：「娘，讓她們少塗些吧，這木蘭香膏本來就少，我好不容易才得了兩瓶，妳別一下子都給我塗完了。」

一旁幫忙伺候的府裡婆子笑著說：「姑娘不知道，今天白天要折騰一日呢，這香膏多塗些沒壞處，到了晚上，大少爺一聞就醉了，還不可得勁的疼姑娘！」

涂婆婆白了那婆子一眼。「妳這老貨，滿屋子的人呢，什麼都敢往外說。」

四娘被那婆子打趣得渾身發紅，再也不敢出聲，只閉著眼睛任她們擺布。

好不容易穿上了中衣，鶯歌端來了一碗糖水荷包蛋。「姑娘快吃些墊墊，一會兒上了妝便不能再吃東西了，要一整日呢。」

四娘看著碗裡的四個荷包蛋直犯頭疼。「我想吃點鹹的，有沒有小鹹菜給我端一碟子來。」

「不能吃鹹的，吃多了就會口渴，喝多了水就要如廁，一會兒大禮服穿上如廁不方便，妳就別挑三揀四了，快吃，一會兒睿侯夫人就來給妳梳頭了。」涂婆婆一邊檢視著四娘的婚服一邊說。

無奈，四娘只得挾起一顆荷包蛋大口的嚼著。

睿侯夫人是四娘請來做全福夫人的，兒女雙全，夫君又是高位，如今滿京城的官夫人再也沒有比睿侯夫人福氣更好的了。

吃完最後一口荷包蛋，四娘快被噎得翻白眼了，不住的捶著胸口，好說歹說涂婆婆才給了一小杯清水。

睿侯夫人還未進屋，一陣笑聲先至。「活了這麼大，還是第一次做全福人，四娘要給我包個大紅包才好！」

一屋子的人紛紛衝著睿侯夫人行禮，睿侯夫人擺擺手。「今日是我這妹妹的大喜日子，咱們就別這麼多禮了，快讓我瞧瞧新娘子！」

四娘坐在妝檯前，剛沐浴過的肌膚還泛著淡粉色，一頭烏黑的長髮散在身後，直至腰際。

「哎喲喲，這粉黛未施的模樣真是讓我愛煞了去，瞧這小臉嫩的，一掐一股水，何思遠這臭小子真是有福！」

睿侯夫人在四娘臉上摸了一把，滑嫩得如同剛剝了殼的雞蛋一般。涂婆婆在一旁暗自得意，不愧於自己費心調理了好幾年，小四娘這一臉的好氣色，那都是多少補藥堆起來的，別的不說，便是成婚後有了孩子，也保准四娘身體好好的，再不用擔心母子孱弱什麼的。

睿侯夫人按例唱起梳頭歌，髮梳順滑的梳過四娘一頭長髮。今日給四娘上妝的是孫小青，四娘還是對自己芳華閣培訓出來的人有信心，可不想被那些喜婆塗個慘白的臉、猩紅的唇。

這邊髮髻剛剛盤好，還未開始上妝，府裡的管事急匆匆的趕來道：「宮裡來了賞賜，快到大門口了，還請少奶奶去接賞。」

一陣兵荒馬亂，涂婆婆眼疾手快的給四娘披上一件披風，領著眾人去了院裡。

原來竟是四娘的誥命批下來了，明王知道今日是何思遠成親的日子，稟了皇上，想著給何府長長臉面，恰巧在婚禮這一日把誥命頒下來，以示聖寵。正四品的誥命，榮耀至極。

剛謝過恩，還未起身，尚嬤嬤幾位女官又帶著太后、皇后和後宮各位娘娘的賞賜到了。

看著身後內侍捧著一盤盤蓋著黃布的托盤，涂婆婆腰身都挺直了不少。

尚嬤嬤臉上帶著笑。「太后娘娘特批，讓我們幾個在何府喝完喜酒再回宮，涂姊姊，還不快請我們進屋喝杯茶，我可是一大早就趕著過來了。」

涂婆婆一面把尚嬤嬤幾人往屋裡請，一面吩咐鶯歌。「快去正院給親家說一聲，再多準備幾桌宴席，恐怕今日知曉了四娘得了皇上、太后、皇后賞賜的消息，不管京裡接沒接到帖子的人家都會來。」

鶯歌小跑著去了前院，臉上都發著光。姑娘真厲害呀，如今年紀輕輕就是四品誥命了，成個婚還得了宮裡大小主子的賞賜，這體面、這氣派，滿大越朝也找不出幾個來。往日自己下定決心跟著姑娘從李府離開的時候，那些小姊妹還笑自己沒眼光，不知道上進，如今再看看，還有比自己眼光更好的丫頭嗎？

宮裡來的這幾位女官都是涂婆婆昔日的熟人，四娘挨個的見了禮叫了人，幾位女官又各自都有添妝送上。

睿侯夫人常常進宮，跟這幾位女官也都相識。打趣笑道：「哎喲喲，我這妹妹可不得了了，我看何思遠以後夫威難振了，有這幾位厲害的姨母看著，四娘若是受一點點委屈，怕是何思遠就要倒楣了！」

四娘只抿著嘴笑，心想即便是沒有這些撐腰的，自己也不怕。有銀子有生意，自己隨便往哪裡一跑，怕是何思遠就要急瘋了。

涂婆婆陪著幾位姊妹閒聊幾句，便忙活著讓人再抬幾個箱子來，這些賞賜都要添到四娘的嫁妝裡，如今一看，即便是公侯府的小姐，嫁妝也沒有四娘這般的體面豐厚了。

待所有的妝容都上好，禮服穿上，四娘立刻便感覺到了壓力，別的不說，光那冠子便有幾斤重，沈甸甸的頂在頭上，壓得四娘不敢動彈。加上婚禮的禮服裡三層外三層，還有各種配飾，剛穿上四娘便出了一身薄汗。還好自己這成婚的日子定的是春天，要是換到夏天，怕一會兒便要熱得花了妝。

見四娘穿戴打扮妥當，涂婆婆便讓她只管坐在那裡當個擺設，一會兒就有各府相熟的夫人來，接親的時辰在下午，有得等呢。

四娘看著屋裡來來往往的各色人等，只擺出一副端莊得體的模樣。遇到相熟的就應答幾句，不熟的便只管露出個害羞的笑，反正今日她是新娘子，也沒誰大喜的日子去挑她的禮。

第二十六章

午膳時分，四娘只用了幾塊糕點，這會兒也不知道餓，只被這一屋子的人吵得頭昏腦脹。

正無聊呢，門口露出兩個小腦袋來，四娘悄悄招了招手，兩個小蘿蔔頭衝著四娘炮彈一般飛奔而來。

鶯歌眼疾手快，趕在兩個孩子就要躥到四娘身上之前，一左一右給攔了下來。這一身的妝容，要是被兩個孩子一揉，那可不能看了。

李宇翔和李宇珠掙扎著從鶯歌臂彎裡鑽出來，睿侯夫人也瞧見了。

「你們兩個天魔星怎麼跑來了，你爹呢？讓他看個孩子都看不好，今日你們嬸娘大喜的日子，可不能搗亂！」

「爹在前院喝茶，我們想來看看新娘子。」李宇翔答道。

李宇珠含著手指頭，直愣愣的盯著四娘瞧，何嬸娘今日可真好看啊，和平日裡不一樣的好看。

「娘，咱們把何嬸娘搶回家吧。」李宇珠冷不防的一句話，一屋子的人都笑翻了。

「要是把妳嬸娘搶回家，妳何叔父可不得把睿侯府給拆了！好孩子，快來這裡吃糖，莫要攪了新娘子。」尚嬤嬤在太后宮裡常見睿侯家的兩個孩子，是以極熟悉。四娘牽著兩個孩子的小手哄著說：「嬸娘坐著可累呢，翔哥兒是大人了，看好妹妹，今日人多，莫要亂跑。桌子上有糖，你和妹妹分著吃好不好？」

李宇翔乖乖的拉著李宇珠去了一旁分糖吃，四娘忍不住反手捶了捶痠疼的腰，吉時怎麼還不到，自己頂著這一身快扛不住了。

許久，門外響起鞭炮聲，院子裡的小丫鬟一溜小跑來稟報，大少爺帶著四位迎親使來迎親了。

涂婆婆急忙拿起一旁大紅色繡著鴛鴦戲水的蓋頭給四娘蓋上，四娘眼前一暗，雙手縮在袖子裡握緊。

院子裡響起喧鬧聲，何思遠今日一身大紅喜袍，精神百倍。黃大娘和黃二娘做為娘家人，夥同著張伯懷、小酒兒一起攔門。

尚嬤嬤看這攔門的人也太少了些，一揮袖子。「怎麼能這麼簡單就讓何思遠那小子把我們天仙似的姑娘接走了，咱們老姊妹幾個也去為難為難這新女婿去！」

屋內的睿侯夫人目瞪口呆，這攔門的陣仗也太大了些，對著宮內的幾位女官，何思遠幾人便是有千般功夫也只有被為難的分兒。

涂婆婆嘴角含著笑，安穩的坐著喝茶。姑娘家嬌貴，一輩子也就這麼一次大日子，再怎麼折騰姑爺也不為過，再說，幾位老姊妹心裡有數呢。

何思遠進了院子看著一溜排的宮內女官也傻了眼，張虎悄悄拉了何思遠的袖子問：「大人，這都是誰啊？這氣勢怎麼瞧得我後背都直冒冷汗。」

何思遠靜靜心，對著幾位女官行了一禮。「幾位姨母有禮了，小婿前來接四娘出門，還請讓小婿進門吧。」

尚嬤嬤見何思遠張口便喚姨母，是個知情識趣的小子，心裡便滿意了幾分。

「何大人，咱們四娘雖不是高門大戶的小姐，但也不能讓你隨隨便便的接走。我們姊妹幾個是涂姊姊在宮中往日的好姊妹，四娘便如同我們的女兒一般，這攔門的差事我們厚著臉皮接下來，就得按著規矩走。幾個問題，你若是答得讓人滿意，我們便讓你把四娘接走，如何？」

還能如何，何思遠只能從命。

尚嬤嬤幾人的問題古怪刁鑽。「以後成了婚，家裡銀子誰管？」

何思遠回道：「自從四娘來了京城，我就沒見過月例銀子長什麼樣，從來都是四娘給多少我拿多少，以後也是如此。」

「若是兩人有了爭吵，女婿該如何？」

何思遠答道：「我哪裡敢和四娘爭吵，她要做什麼，只要不危及自身安全，我都隨著她去。」

「若是成婚後幾年也沒有孩子，女婿該當如何？」

何思遠回道：「我和四娘身子都康健，肯定能三年抱倆。若是真的一輩子沒孩子也不打緊，我還有弟弟，到時候他有了孩子過繼一個也就是了。」

「女婿以後會不會納妾？」

何思遠答道：「今生今世只四娘一人，再不染二色！」

「……」

身後的眾迎親使默默擦了把冷汗，何思遠今日簡直是威風全失。張虎和李昭耳語。

「我看我們何大人以後也是個耙耳朵，這是要被嫂夫人騎到脖子上去了。」

李昭說：「何止，恐怕還怕四娘爬得不順腳再主動遞個梯子過去。」

張虎道：「我這輩子也沒見過這樣的攔門陣勢，還想著咱們幾人有文有武，還有你這個會打算盤做生意的，已準備得萬無一失，誰料到她們不按常理出牌，白費了我這一身的功夫。」

李昭用胳膊肘搗了搗一旁的榮夢龍。「這下放心了吧，有這些人撐腰，四娘吃不了虧。」

榮夢龍苦笑一聲。「即便是沒有這些人撐腰，四娘也不會吃虧。她是個胸有溝壑的女子，知道自己要的是什麼，若是何思遠以後對不起她，不用任何人幫忙，四娘也能瀟灑放手。」

李昭牙疼似的嘖了一聲。「你倒是看得清楚，我從來不為四娘擔心，倒是何思遠以後的日子，估計不太好過啊！」

榮夢龍遠遠隔著窗子望過去，滿目都是鮮豔的大紅色，朦朦朧朧看到一個端坐的身影。

四娘配得上這世上最好的人，若是以後何思遠待她不好，自己定會親手把她搶回去！

好不容易過了幾位女官這一關，小酒兒從眾人身後鑽出來。「四姨夫！給個大紅包便讓你進去！」

一聲四姨夫喊得何思遠眉開眼笑，一疊紅包全都給了小酒兒，張虎過去一把抱起小酒兒。「好小子，咱們跟著你四姨夫去接你四姨去！」

聽著鶯歌在耳邊說大少爺進門了，四娘緊張的坐直了身子。

手裡被塞了一條紅綢，另一端在何思遠手裡。鶯歌扶著四娘起身，這便要拜別父母，上花轎了。

涂婆婆坐在上首，看著一對新人跪下。「以後，定要同心同德過日子，不求你們大富大貴，但一定要和和美美。」

「定不負岳母所盼，小婿會盡力護四娘周全！」

兩人對著涂婆婆磕了三個頭，隨著院子裡吹吹打打的嗩吶聲響起，四娘這就要出門子了。

按例是要兄弟揹著上花轎的，但黃政業還小，無論如何都揹不動四娘。何思遠倒也不拘泥這些，一把打橫抱起四娘，緊緊把她抱在懷裡出了門。

屋裡一陣打趣聲響起。「何大人真疼娘子，瞧這恩愛的模樣，羡煞我等！」

四娘被何思遠抱著安安穩穩的放到花轎裡，手裡被塞了一個蘋果和一只花瓶。隨著轎子被抬起，四娘瞬間覺得，這還不如坐在屋裡好受。

花轎空間小，又搖晃得厲害，頂著厚厚的蓋頭，四娘快被悶死了。

隨著轎子出門，後面跟著一長溜的抬著嫁妝的小廝，街邊看熱鬧的眾人被這一抬抬塞得滿滿的嫁妝驚住了眼。

「瞧這嫁妝，可真氣派！當頭的那幾抬怎麼還蓋著黃綢布？」

「沒見識了吧，這說明這幾抬是宮裡的賞賜，瞧瞧打頭的那一對玉如意，那水頭，值老鼻子錢了！」
「也沒聽說這新娘子是什麼大來頭啊，怎麼還有宮裡賞的嫁妝？」
「哎喲，你這人，沒聽說過芳華閣嗎？生意做遍了大越朝，都成貢品了。這新娘子便是芳華的東家，小小年紀，銀子賺得海了去！我還聽說，她娘是太后身邊得用的四品女官，還救過太后娘娘的性命，今日一早，宮裡的內侍就帶著賞賜來了，你是沒看到，那架勢、那氣派，真是無比的榮耀！」
「那何大人可是撈著了，這麼能幹一個小娘子，跟個金鳳凰似的，還不趕緊娶回家好好護著？」
「可不是，我要有個這樣的娘子，天天讓我供著我都願意！」
前頭的花轎都走老遠了，後面的嫁妝還在源源不斷的往外抬。有好事的一抬一抬數著數，一直數到一百二十六抬。
眾人驚呼出聲。「上一次見到這麼豐厚的嫁妝還是睿侯迎娶睿侯夫人的時候，國公府出嫁的小姐，嫁妝當時震驚了整個京城。沒想到，何大人這娘子的嫁妝能跟睿侯夫人當年媲美了！」
晃蕩了快一個時辰，四娘都快吐了，花轎這才停了下來。何思遠扶著四娘下了轎子，四娘差點不會走路了。

跨過大門口的火盆，寓意以後日子紅紅火火。到了正堂，何旺和王氏早就端坐在上方，隨著儐相的一聲「一拜天地！」，何思遠和四娘被眾人簇擁著一一行禮。

王氏樂得眼淚都快出來了，終於等到這一日了！佳兒佳婦，天造地設！

走完這一系列流程，四娘來到了新房，坐在新房的床上，吁出一口氣。

頂著蓋頭也看不清楚，只聽到滿耳的打趣聲。「新郎官該掀蓋頭了，快讓我們瞧瞧新娘子長什麼樣！」

何思遠拿起秤桿緩緩的挑起了大紅蓋頭，隨著蓋頭揭開，四娘抬頭便撞進了一雙深邃的眸子裡。

何思遠看著今日大妝的四娘，滿眼驚豔。只見她鬢髮全部梳起，露出光潔飽滿的額頭，一雙長眉入鬢，畫了紅色眼線的眼尾長長挑起，那雙鳳眼勾魂攝魄似的。

「哎喲，新娘子真是個好模樣，瞧新郎官都看呆了去！」眾人的笑聲響起，何思遠回過神來。

「新郎官快去前面敬酒吧，晚上洞房花燭再瞧個夠，以後日日在一處，還怕見不著還是怎的？」

四娘臉上緋紅，嗔了何思遠一眼，低下頭去。

「妳在房裡坐一會兒，我去前面敬酒。我交代小廚房給妳做了吃的，一會兒送過來，妳先吃些墊墊，等我回來可好？」何思遠頂著房裡眾夫人打趣的笑聲，溫言軟語的對四娘說道。

四娘點點頭，府裡得用的婆子也招呼著各位看熱鬧的夫人去前院吃席。

隨著房裡眾人離去，漸漸安靜了下來，四娘趕緊喊鶯歌把冠子給去了，自己解開領口的扣子喘口氣。

很快便有小丫鬟提著一個食盒過來，滿滿地擺了一桌子。

四娘讓鶯歌先打盆水來洗洗臉，頂著大妝悶了一天，一臉的汗。

鶯歌嘆息道：「姑娘今日的妝容十分好看，大少爺只來得及看了一眼，這便洗了，怪可惜的。」

「有什麼可惜的，妳家姑娘不化妝更好看，再囉嗦，妳家姑娘就要餓死了！」

四娘胃口極好的坐下用飯，前院熱鬧的聲響隱隱的傳到新房來。

涂婆婆所料不錯，宮內各位主子給四娘添妝的消息很快傳遍京中各府，不管有沒有收到帖子，都紛紛來何府想趁個熱灶。何思遠聖眷正隆，誰人不想交好，於是今日何府果真坐了個滿滿當當。

何思遠身後跟著張虎、李昭一眾兄弟，還帶了幾個往日酒量大的軍中同袍跟著擋酒，若非如此，每一桌挨個喝下來，恐怕今天是沒有力氣洞房了。

四娘舒舒服服的沐浴過後，換上一身睡袍，半倚在床頭看書。不知過了多久，隨著一陣踢踢踏踏的動靜傳來，何思遠被李昭和張虎架著回來了。

幾人把何思遠送到新房門口便停住了步子，張虎拍拍何思遠的肩膀。「到了，大人就別裝了，你的酒量弟兄們都知道，這點子酒就能醉成這樣？騙騙那些不知情的還差不多！」

何思遠睜開雙眼，那雙清亮的眸子哪裡有一絲醉意？

李昭笑罵。「扶了你一路快累死我了，怎地這麼沈！快回房去吧，新娘子還等著你呢！」

眾人將何思遠送回房，識趣地離開。

何思遠進了新房，關上門，一步一步的走向四娘。

他的小娘子今日的驚鴻一瞥，讓何思遠驚豔了許久。這是他想了許久的人兒，如今，終於要完完全全是他的了。

四娘眼角餘光瞥見何思遠如同一頭蓄勢待發的狼一般走近，強大的壓迫感讓四娘有些害怕。

「鶯歌，打熱水讓大少爺洗漱沐浴，一身酒氣熏死人了。」四娘裝作不在意的翻了一頁書，只是手指微微的顫抖出賣了她的緊張。

一聲輕笑在頭頂響起。「娘子也有害怕的時候？為夫難道還能吃了妳？」

何思遠拈起一縷四娘耳畔的髮絲，指尖微微觸碰到小巧白嫩的耳廓，四娘的耳朵瞬間紅了，連帶著，細嫩的脖頸都縮了縮。

「誰怕了！我哪裡會害怕？快去洗漱，這是喝了多少酒，難聞死了！」四娘掩飾般的用小手不停的在鼻端搧來搧去，這才三月的天，怎麼這麼熱？

「我沒喝多少，有一幫兄弟幫我擋著，只是意思意思罷了。今日娘子在房裡等我，我若是喝多了，豈不是白白錯過了這洞房花燭之夜？」何思遠帶著微微酒氣的炙熱呼吸就在四娘耳畔，一陣酥麻從耳邊一直傳到腰根，四娘眼角都是紅的，在燈下更添了幾分豔色。

看著四娘恨不能縮成一隻蝦子，何思遠暫且放過她。「我先去洗漱，勞娘子稍等。」

直到耳房水聲響起，四娘才敢抬起頭。忍不住的扯了扯衣領，手心全是汗。腦海裡不自覺的又浮現出昨夜乾娘給的那本畫冊的內容，一想起一會兒就要和何思遠那樣，真是羞死人了！

雖然自己多活了一世，可兩輩子加起來也沒有過實戰經驗，聽說第一次都特別疼，若是何思遠不管不顧，自己非把他踹下床不可！

實在是太熱了，四娘脫去了外面一層睡袍，鑽進被子裡，只露出個腦袋，然後閉上眼睛裝睡。

何思遠出來時便看到自己那小娘子緊閉著雙眼，繃直了身子，僵硬的躺在床上。只是那顫抖的睫毛，和鼻尖上微微的汗珠，顯露出她內心的緊張不安。

何思遠走過去，身上還帶著濕潤的水氣和微微的青草香。輕輕的掀開被子一角，何思遠鑽進被窩。

四娘感覺到身側的氣息，手指捏緊被子，誰知良久都沒有動靜，只聽到何思遠漸漸平穩的呼吸聲。

眼睛輕輕睜開一條縫，何思遠的睡顏映入眼中。還說沒喝多，竟然睡著了！

四娘翻個身，面對著何思遠，兩人離得極近，呼吸交纏。何思遠有雙深邃的眼睛，此時緊閉著眼，只能看到又黑又長的睫毛。想像著這雙眼睛白日時掀開蓋頭看著自己的那一幕，四娘不禁有些微的羞意。那雙眼睛裡面，滿滿的全是自己，彷彿在看一件稀世珍寶，充滿愛意又全是疼惜。

正當四娘看得出神，那雙眼睛卻睜開了。「娘子看得可還滿意？」

「呀！」一聲驚呼，四娘抓起被子蒙住了頭。丟死人了，盯著何思遠看了半天，還正好被抓包！

何思遠對著面前鼓起的被子失笑。「快出來，別悶壞了自己，我剛瞧妳都出汗了。」

四娘含糊不清的話從被子裡傳出來。「你竟然裝睡逗我，何思遠你真討厭！」

見四娘死活不願意出來，何思遠只得一隻手伸進被窩去拉她，誰料卻一把握住了四娘的腰。退去了外面的睡袍，四娘只著一件小衣，此刻何思遠感覺到不盈一握的纖細，還有肌膚嫩滑的觸感，竟然又用力捏了一捏。

四娘只覺得一陣酥麻，何思遠那隻手握住的地方彷彿著了火一般，燒得四娘快要不能呼吸。

「何思遠，你快放開，亂摸什麼！」

何思遠已經不想再放開了，此刻他只想要更多。既然小娘子不願意出來，那便逼著她露頭。

那隻手在腰上停了一刻，然後緩緩向上，光潔的背此刻弓著，後背的蝴蝶骨凌厲又脆弱，在何思遠手下微微顫抖著。何思遠彷彿摸到了什麼帶子繫著，捏著一根一扯，帶子被扯開。

四娘感覺到小衣的繩子被何思遠拉開了，但卻沒有力氣反抗。此時，她渾身痠軟，能使出的最大力氣也只是把自己緊緊縮起來。只是被子裡的空氣漸漸稀薄，加上自己身體像是著火了一般，四娘快要喘不過氣來了。

那隻作怪的大手還在移動，他此刻輕輕捏著四娘的後脖頸，帶著繭子的指尖滑過，一陣顫慄襲來，四娘忍不住哼出了聲。

實在是忍不得了，四娘心裡暗罵：有什麼大不了的，她好歹也比何思遠多活過一輩子，即便是沒有真的做過，但上輩子也看過不少動作片，反正早晚都會有這麼一遭，幹什麼躲起來這麼被動！

想罷，一咬牙，四娘猛地掀開被子，渾身都被薄汗浸透了，臉上也像是上了一層胭脂般。

何思遠正沈迷於手下的觸感，誰料到四娘忽然掀開了被子，半直起上身狠狠盯住他。

「何思遠，莫要欺人太甚！」明明是凶狠的話語，但四娘此刻說出來卻帶著些撒嬌的意味，尾音拉得長長的，聽起來讓人更加想入非非。

還沒來得及再逗她兩句，卻被那華麗的禮物所吸引。包裹著甜美禮物的包裝已經被剝開，此刻撲面而來的滿是甜蜜的氣息，彷彿是兩支可口鮮美的棉花糖一般，讓人忍不住想嚐一嚐。

四娘後知後覺低頭，一聲驚呼，雙手緊緊護住。

再想躲進被子裡已經來不及了，何思遠一個翻身覆上。

先是一個濕熱的吻，從額頭到鼻尖，然後是唇。何思遠沒有經驗，只是笨拙的用那雙滾燙的唇，去觸碰四娘的柔軟。四娘身上的木蘭香味無處不在，彷彿一張密密的網把何思遠織了起來。

感覺到何思遠的小心翼翼，四娘的心瞬間軟化成一潭春水。她放鬆了身體，睜開眼睛，何思遠滿頭是汗，雙眉緊皺，彷彿一隻困獸一般。

四娘微微抬起了下巴，主動的伸出舌頭，舔了一口何思遠的唇。何思遠感覺到那濕熱的丁香小舌滑過，自己腦子裡瞬間就爆炸了。四娘的舌讓何思遠打開了新世界的大門，於是連吻帶舔，半張臉上都是口水。四娘哭笑不得，感覺自己好像變成了大狗嘴裡的一根骨頭。

感覺到四娘的心不在焉，何思遠報復性的在四娘脖頸處輕輕咬了一口。本想繼續再嘗一嘗那兩片緋紅的唇，卻被另外的景色吸引。

彷彿是月光下聖潔的雪山，群峰山嵐發出無聲的邀約，吸引著他去攀登翻越。這山峰起起伏伏，有巨大的魔力，讓人停不下來。

山峰彷彿被侵入者紛亂的步伐打擾，在呼嘯的風中發出陣陣震顫，在四起的薄暮中雪花飛濺，又被侵入者的呼吸暖化成水。彷彿是春日要到了，山峰感覺到了氣溫的逐漸攀升，一塊塊積壓許久的冰層紛紛融化，化作涓涓細流，浸潤了身下的每一塊土地。

可是這春日時光也太短了些，片刻之間溫度彷彿進入了炎炎夏日。看不見的驕陽企圖把每一片冰雪融化，泥土下的顆顆種子都在迫不及待的生根發芽，想鑽出厚厚的泥土。山峰被這莫名的悸動撩撥得不知所措，只得跟上這變換的步伐。

終於，一陣閃電劃破沈悶的夜空，大雨傾盆而至，山腳下一棵竹筍吸收了足夠的養分，它積攢了許久的努力，在這一刻勢如破竹，堅定的破土生長。

此刻，風雨呼嘯，擊打著樹梢枝頭，嫩綠的枝葉在雨水的洗禮之下舒展著身姿，每一片脈絡都在盡力的吸收著這從來未至的甘霖。

風急雨驟，卻終將平息，一簇雪白碩大的花朵悄然綻放，雨後的點點露珠躲藏在花蕊中，月光下不住的閃爍，散發出迷人的光澤。

不知道時間過去了多久，一對紅燭漸漸的燃盡了，窗外的天光慢慢亮了起來。日光灑進窗戶，早就過了用早飯的時分。鶯歌在院裡轉來轉去，看著緊閉的房門，就是無法鼓起勇氣敲門。

昨夜房裡動靜就沒停過，姑娘也不知道怎樣了，大少爺也從來沒有賴床賴到這個點上過。今日是新婚第一天，按例新媳婦要給公婆敬茶的。

正想要不要去敲敲門，卻被王氏喊住了。「別去，讓他們歇著。」王氏臉上帶著笑，昨夜自己那傻兒子還不知道怎麼孟浪呢，四娘定是被折騰得不輕，還是讓他們歇夠了再起來。照兒子這勁頭，抱孫子這事是指日可待了！

四娘是被親醒的，一睜開眼何思遠那張放大的臉近在咫尺，四娘的雙唇已經紅腫不堪，一碰就疼。

再也忍不了了，四娘一腳踹向何思遠的小腹，還沒完沒了了！

誰料到腿一動牽扯著腰疼，痛得自己快要背過氣去，罪魁禍首還帶著一臉欲求不滿的表情，四娘恨不得再昏過去一回。

「何思遠，放過我吧，我實在是不行了……」

何思遠喘著粗氣，看著四娘泛白的臉色，努力的壓抑住身體裡蠢蠢欲動的慾望。昨夜折騰得不輕，但是憋了許久了，何思遠怎麼都覺得不夠。

「什麼時辰了，今日還要敬茶，讓人打水來，我要洗澡。」四娘聲音虛弱得彷彿蚊子哼哼一般，帶著沙啞的尾音。

何思遠喊了鶯歌備水，水放好了，四娘卻是腿軟得沒法下地。無奈，何思遠又抱著四娘放到浴桶裡。

聞著帶有些許淡淡藥味的空氣，四娘好奇的問鶯歌水裡放了什麼。

「涂夫人交給我的藥包，交代今日給姑娘用。」鶯歌一邊說一邊在四娘背上灑水。

泡了兩刻鐘，四娘才覺得活了過來。看來還是乾娘想得周到，定是料到了今日的情況，這才專門配了藥浴包。

擦乾淨身上的水，鶯歌看著姑娘身上的瘀痕不知所措，這也太嚇人了些。

四娘穿好衣服，照鏡子時才發現脖頸那處還有一片吻痕，心裡罵了無數遍何思遠，只得又換了件立領的上衣。

出了房門，四娘抬頭看看掛在正當空的太陽，然後一隻手捏住身旁何思遠腰間的軟肉，使勁的擰下去。

何思遠不敢呼痛，摸了摸鼻子，滿臉心虛。

滿京城打聽去，誰家新嫁娘第二日中午才去給公婆敬茶，這也太離譜了些，鶯歌也不知道喊一喊。

鶯歌看著姑娘要吃人的表情，連連擺手。「是夫人不讓我叫的，說大少爺和姑娘幾時起都行。」

四娘嘆了口氣，就知道是這樣。還是趕緊去敬茶吧，再耽擱下去，午飯都要吃完了！

此時於何府正廳，王氏與何旺得了丫鬟稟報大少爺和少奶奶已經出門的消息，兩人一臉喜色坐在主位，等著一對新人來敬茶。

王氏還特意交代了一聲，等敬完茶再擺午飯，免得四娘面皮薄，不好意思。

四娘一路上忍著雙腿間的不適，終於走到了正廳的院子裡，何思遠在一旁小聲嘟囔。「我就說揹妳，妳還不樂意，都是自己家裡，誰還敢說什麼不成？」

四娘狠狠的瞪了一眼何思遠。「閉嘴吧，我還要不要做人了？今天夜裡，你給我去榻上睡！」

還來不及表示不滿，四娘抬腳進了門，何思遠只得緊緊跟上。

丫鬟早就擺好了兩塊墊子在地上，兩人跪下叩頭，而後四娘接過一旁的茶杯，恭敬遞給何旺。「爹喝茶。」

何旺樂呵呵的接過茶，飲了一口。「好好好，爹盼著你倆和和美美的。」

她又端起另一杯遞給王氏。「娘喝茶。」

王氏喝過茶，把手邊放著的一個匣子遞給四娘。「不是什麼值錢的東西，妳爹和我找了兩塊上好的玉，使人雕了一對雙魚珮。你們兩個一人一塊，以後好好過日子。」

四娘接過匣子，起身時差點站不起來。又狠狠白了一眼何思遠，都怪這廝，讓自己今天丟人丟大了。何思遠一臉討好的笑，急忙去扶四娘起身。

王氏看著小倆口的互動，拿帕子掩住嘴偷笑。四娘眼下的青黑色極明顯，還有走路時候的不自然，自己一個過來人怎麼會不懂。只是這也說明小倆口情分好，若是沒有意外，不久何府便能有添丁之喜了。

午飯擺好，一家人坐下用飯。因為四娘成婚是從何府滿溪閣直接接出去的，三天回門時也在滿溪閣回門就好，是以這兩日涂婆婆和三個姊姊就暫時先在滿溪閣單獨開伙，今日桌上只有何家人。

何思遠不停的給四娘盛湯布菜，四娘也的確是餓了，吃得極香。

何思道看看大哥又看看嫂子，大哥的眼睛都沒有從嫂子身上離開過，兩人之間瀰漫著甜蜜的氣息，有什麼跟以前不一樣了，真奇怪。

「思道加把勁兒，若是能考上進士，爹也給你找一門好親事，到時候你喜歡什麼樣的姑娘，咱們就照著找。」何旺給小兒子挾了一筷子青菜，如今大兒子的事情解決了，小兒子以後再成了家，自己這一輩子的任務就完成了。

飯後何思遠告辭爹娘，又拉著四娘回了房。

四娘一路上看看這、摸摸那，慢吞吞的往回走。何思遠直接一把抱起，大步流星的往屋裡走去。

讓屋裡的丫鬟都下去，把四娘往床上一放，便要去解四娘的扣子，四娘一巴掌打在何思遠手背上。「幹什麼，青天白日的，臭流氓！」

何思遠摸著被打紅的手背，一臉委屈。「我是見妳沒睡好，想讓妳趕緊補個覺，妳看妳黑眼圈都出來了。」

四娘才不領情。「還不是因為你，你這兩日離我遠點，莫要碰我了！」

「我只是想抱著妳睡，保證不幹別的，如何？」何思遠急忙保證，他可不想被趕到榻上睡。以前一個人睡也不覺得有什麼，只是打昨天開始，覺得懷裡有個香香的、軟軟的四娘在，怎麼抱都抱不夠呢。

四娘睏意襲來，打了個哈欠。「你最好說到做到，否則……」

四娘在何思遠懷裡尋了個舒服的姿勢，枕著何思遠的胳膊沈沈睡去。聽著懷裡的人兒傳出均勻的呼吸，臉上一片恬靜的睡意，何思遠卻怎麼都睡不著。

昨夜何思遠幾乎沒睡，折騰了一夜也不覺得累，只感到怎麼都要不夠。想起昨天四娘的求饒聲，細長的腿，還有盈盈一握的腰肢，何思遠覺得自己某處又開始滾燙了。

只是不能再折騰四娘了，為了以後長久的日子，還是再忍忍吧。

日子來到回門這一天，四娘仔細的化了個妝，著重遮蓋了一下眼下的青黑。想起來四娘就咬牙切齒，每次睡前何思遠都滿臉真誠的保證什麼都不做，但何思遠那隻作怪的手卻總是撩撥得她渾身痠軟不堪，最後還是被他得了手，為所欲為。

涂婆婆一早便起身，也就是兩、三日未見四娘，心裡卻是惦記得緊。女婿憋了這麼久，好不容易圓房了，還不知道要怎麼折騰四娘呢。

兩人到了滿溪閣，敬完茶，涂婆婆趕緊讓四娘坐在身邊，仔細打量。

一看四娘整齊的妝容，涂婆婆心裡就有了數。平日在家四娘不耐煩上妝，總是素著一張臉，今日為了什麼妝容這般整齊，涂婆婆自然明白，還有四娘那眉宇間揮之不去的春意，一切都顯示著小倆口正當情濃。

何思遠知道母女兩人定是有私房話要說，於是把黃政業喊出去考校去了。

涂婆婆拉著四娘的手問：「這兩日和女婿如何？是不是女婿太孟浪了些，妳也別一味縱著他。」

四娘紅了臉，低下頭不說話。夫妻兩個床上的事兒，要怎麼開口和娘說啊。再說了，何思遠倔起來跟頭牛似的，別的都好說，只是這床上的事兒，她沒有一次能扭得過他的。

婆媳關係涂婆婆不擔心，四娘一向和何家人處得好，於是只細細交代了些夫妻相處之道，四娘虛心聽了。

涂婆婆說完，四娘去後面找幾個姊姊去了。

的。

張伯懷一早就帶著小酒兒出門玩去了，知道今日四娘回門，定是要和姊姊們說說話見到四娘進來，大娘和二娘相視一笑，都是過來人，瞧那走路時不自在的樣子，誰不知道怎麼回事啊。

只三娘還一臉懵懂的問：「四娘這幾日怎麼不過來，我做了好幾件小衣服，還想給妳看看呢。」

幾人親密的坐在榻上說話，黃大娘這幾日好多了，有張伯懷細心關懷，還有二娘的開解，心緒漸開，吃完東西也不怎麼吐了。

「我想著等滿了三個月，我和妳姊夫便啟程回夷陵去，後面肚子大了更不好上路了，總不能在京城生孩子吧！加上家裡酒坊也忙，妳姊夫也不能離開太久，公公婆婆也想孫子呢。」黃大娘說。

「也好，吳婆婆在家不知道怎麼高興呢，心心念念的小孫子來了，可不得好好把大姊供起來，妳可是張家的大功臣！」四娘笑著說。

「四娘也要加把勁，大姊都兩孩子了，妹夫年紀也不小了，妳是長媳，何家叔嬸定是也等急了。」二娘捏著一塊糕遞給四娘。

四娘接過糕咬了一口，滿嘴的板栗香。「我倒是不急，爹娘確實看著大姊家的小酒兒眼饞，我想著孩子都是天意，早晚要有的。」

黃大娘看妹妹這般不上心，急忙道：「話也不是這樣說，妳不知道，若是早些生孩子，身材就恢復得快。妳年輕著呢，趁著妳和妹夫情分好，趕緊多生幾個，也好把妹夫的心拴牢。」

四娘皺眉，不太認同大姊的話，生孩子若是能拴住男人的心，那這世間便沒有這麼多負心漢了。只是這都是觀念問題，爭不明白，她乾脆換了個話題說。

「二姊，我瞧著三姊好多了，妳也不用整日顧著她，家裡丫鬟小廝都有，妳想不想做些什麼事情打發時間？」

黃二娘還真有想過，總不能一輩子待在四娘這裡，只是不知道自己能做些什麼。

四娘見二姊皺著眉思索，開口道：「二姊也知道，芳華生意挺忙的，廠子裡如今也有個二、三百號人，只缺個管事的。二姊若是無事，不如幫我管一管廠子的事。」

「我行嗎？妳這些我都不了解，萬一做不好，豈不是給妳扯後腿？」二娘問。

「不是什麼難事，只是人多了事也多，二姊只管幫我管著瑣碎的事務，平日裡領取東西，還有月銀發放這些，若是有違背了管理條例的，照著條例處罰便是。我看二姊平日就很細心，這些事情交給妳我是放心的。如何？」

四娘早就幫二娘想好了，二姊向來能幹，又有一股堅韌不拔的勁頭，幫著自己管一管人正好。

二娘聽著四娘說這些的確自己都能做，心裡確實也有一二分動心，於是說道：「要不我先去試試？若是能做得來，也能幫妳分擔一二。」

「二姊肯定行的，工錢我給妳開得足足的，只管放心做！」

黃二娘急忙開口。「什麼工錢不工錢的，我還要謝妳呢，若不是遇到妳和妹夫，我和妳三姊兩人如今還不知道落個什麼下場，只當我幫妳做些事還一還人情罷了。」

不等四娘開口，黃大娘倒是勸起了妹妹。「妳怎麼這時候倒是糊塗了，四娘是為妳著想呢。京城裡的芳華我沒去過，但是夷陵的芳華我極熟悉，二妹不知道，如今能在芳華做工的女子，不管是未婚的還是守寡的、和離的，那叫一個搶手，媒婆都恨不能住到芳華廠子裡去，若是芳華的女工放出話來要嫁人，那可是人人爭著搶著要。妳還年輕著，好好的幹上兩年，給自己攢些嫁妝，到時候就找個好人家，風風光光的過生活。」

黃二娘只是低頭苦笑。「莫要說那麼遠的事，還是先把眼前的日子過好。」

見二娘不想談這些，四娘也不勉強。整日的待在家裡，二姊哪裡知道外面世界的開闊呢，不管嫁不嫁人，自己先要有價值，二姊自己把腰桿子挺起來，以後的路自然便順了。

姊妹幾個說說笑笑，一上午很快便過去了。

中午在滿溪閣熱熱鬧鬧的吃了頓飯，四娘又鬧著陪涂婆婆睡了個午覺。日暮西沈時分，才跟著何思遠回了正院。

走的時候四娘跟涂婆婆說：「這回門算是回完了，不過我們同在一個府裡住著，哪裡有那麼多的規矩呢！打從明天起，娘還是去正院跟我們一起用飯吧，我婆婆也整天念叨您呢。」

何思遠也表示還是跟以前一樣，大家都是一家人，沒這些個瑣碎規矩。

涂婆婆看小倆口一副不答應便不走的架勢，便從善如流的應下了。

三天的婚假過後，何思遠便要恢復每日去衙門了。

一早醒來，四娘依舊是枕著何思遠的胳膊睡得正香甜，嘴角還帶著些許的委屈。昨夜何思遠按捺不住又來了一回，四娘一邊小聲哭著一邊把他往外推，只是他想著再沒多久，自己說不定又要去戰場了，剛剛新婚，怎麼都捨不得離開這小娘子，就恨不能把她揉進自己骨血裡去。

輕手輕腳的下了床，給四娘掩好被子，朝著推門進來的鶯歌做了噤聲的手勢，然後去外間交代道：「莫要吵醒妳家姑娘，讓她多睡會兒。我今日便要回衙門當值了，事情會多一些，四娘若是想去忙廠子的事情便去，我給她找了幾個人隨身護著，是我以前戰場上下來的親兵，因受了傷，多多少少有些殘疾，但都是數一數二的好身手。以後不論是去哪裡，讓妳家姑娘一定要帶上。」

鶯歌小聲應了，伺候著何思遠洗漱。

四娘一覺睡到了日上三竿，摸了摸旁邊，是空的。遂想起何思遠應是去衙門了，於是長吁一口氣，喊鶯歌進來。

不緊不慢的吃完早膳，給乾娘和公婆請了個安，叫上二姊，便要去芳華的工廠裡看看。

出門時四娘才看見對面站著四個人，鶯歌說是大少爺找來以後跟著姑娘的侍衛，四個人年紀看起來都在三十歲左右，正當壯年，只是這長相，有些一言難盡。

為首的是個缺了一隻眼的男人，個子瘦高，身後揹著一把看起來極沈的刀。見四娘打量他們幾人，為首的男子於是開口介紹。「少夫人好，我們是何大人之前在軍中的手下，後因傷退役，承蒙大人不棄，還記得哥幾個，讓我們來保護少夫人。以後，若是讓少夫人有一丁點危險，哥幾個就把頭剁下來謝罪！」

四娘被這話嚇了一跳，怎麼動不動便要剁頭什麼的。「快別如此，既然是夫君派來給我做侍衛的，那便跟著我就是，不知怎麼稱呼幾位大哥？」

「兄弟們都叫我崔獨眼，少夫人叫我老崔就好，這幾位是錢三、孟峰、孫磊。別看咱們長得不怎樣，功夫都是一等一的好。老崔我善使刀，錢三善使箭，孟峰善暗器，孫磊善打探。有我們幾個在，少夫人便是要去皇宮轉一圈，咱們護著妳也能毫髮無傷！」

老崔拍著胸脯保證。

他們幾人受了傷，不能在軍中繼續待著，可家裡一家老小都靠著那些軍餉銀子過活，一身的功夫有什麼用？回家還不是要種地，還要給東家交租，苦哈哈的熬日子。幸好何大人尚惦記著他們，寫信來說他如今在京中有莊子，正缺人用，若是家裡境況不好的弟兄，可以帶著一家老小來京裡，他保證讓弟兄們都過上好日子。

接到信，兄弟們便帶著家裡人都來了。果真安排得極妥當，大人說了，這還是眼前的少夫人出的主意。家裡以前種地的依舊安排在莊子上種地，有適齡的女孩兒可以到少夫人的工廠裡做工，待遇極好。如今家人都有了生計，大人又說要尋幾個功夫好的來保護少夫人，一群人打破了頭，被他們四個搶了先。

二娘有些害怕的看著幾個人，悄悄跟四娘說：「怎地看起來如此凶神惡煞？」

四娘安撫的跟二娘說：「莫怕，都是妳妹夫以往軍中的同袍。別看瞧著凶，功夫都特別好，看慣了就好了。」

又回過頭來跟老崔幾個說：「以後仰仗幾位大哥保護了，這會兒我要去廠子，等回來，你們去府裡一人領兩身新衣服。」

說罷，和二娘一起上了馬車。老崔幾人騎馬隨護在側，一路上吸引了不少人好奇的眼光。

孫磊年紀最小，是個愛說話的性子，打馬追上老崔說道：「大哥，我瞧著咱們少夫人又好看又和氣，是個好性子。」

老崔習慣性的摸了摸那隻瞎了的眼，說道：「莫要看少夫人好說話就胡來，咱們家裡老小都多虧了大人和少夫人照顧，如今趁著還有把力氣，要好好報答大人。」

「那是自然，俺娘讓我好好幹。莊子上給俺們家分了房子，可敞亮呢！俺娘如今在少夫人的廠子裡做飯，吃得好又清閒，工錢還高。俺娘說再等兩年，攢了錢，要給俺說個媳婦，找個不嫌棄俺缺了一隻手的，以後俺也算是有家業的人了。」

孫磊在戰場上傷了左手，傷口化膿，戰場上缺糧少藥又軍情緊急，無奈左手截肢了。家裡只有個寡母，母子兩人相依為命，以往在河南老家，家裡窮得叮噹響，他二十五、六的年紀了，連個媳婦都說不上。也有媒婆來家，說的不是寡婦就是有些殘疾的姑娘，都被孫磊寡母罵了出去。自家兒子雖然缺了一隻手，但好歹也是個有一身功夫的好小夥子，不能委屈了兒子。如今母子二人來了京城，孫母下定決心，好好幹上幾年，非給兒子找個好姑娘不行。

錢三聞言笑道：「咱們幾人就孫磊如今還是光棍一條，你小子好好幹，加把勁兒，哥幾個等著喝你的喜酒！家裡要是有什麼事，去我家找你嫂子幫把手，哥哥我跟你嫂子說了，給你留意著，看看莊子上有什麼好姑娘。要我說，就得找個心地善良的，你看我傷了腿，走路一瘸一拐的，你嫂子一丁點都沒嫌棄哥哥，回了家依舊給哥哥伺候得舒舒坦坦的！」

孟峰白了錢三一眼。「說話注意著點，我這大舅哥還在呢。我都後悔把妹子嫁給你，瞧你這得瑟樣！」

孟峰是錢三的大舅哥，倒是看不出來身上有殘疾，只是說話時聽著有點大舌頭，聽說曾被突厥人當俘虜抓回去，拷問時差點沒把舌頭割下來。後來軍醫給及時縫合了，只是估計那軍醫縫合技術有些不足，長好了之後說話不大索利。

到了芳華工廠，四娘先巡視了一圈，見廠子裡井井有條，每個人都緊張有序的忙碌中。

她把幾個小管事叫到一起，介紹了二娘給幾人認識。

「早就聽你們說忙不過來，雜事繁多，除了你們手頭的一些事情，還有許多後勤上的事務牽扯。如今我找了個總管事的，以後除了業務上的事情，其餘的都由大管事來管。」

四娘給二姊說明了幾位管事負責的事務，又帶著二姊挨個的去各個廠房裡熟悉一下。二娘極用心，默默的在心裡記下每個廠房的人員和工作流程。

讓二娘自己去轉一轉，四娘去了後面帳房看帳本。最近只顧著忙婚禮的事，廠子的事許久沒有過問了，這一季的新品剛剛推出，像以往一樣，芳華出新品的消息傳出來，訂單雪片一樣飛來，如今廠子正忙著趕工，連後廚做飯的大娘都幹勁十足。

前兩日四娘婚禮，芳華上下所有員工多發了一月的月銀，算是沾沾東家的喜氣。

孫磊見少夫人在忙，一溜煙的去後廚見他娘去了。

孫母正忙活著廠裡的午飯，大火燒得旺旺的，鍋裡一大鍋雞塊燉土豆，咕嚕嚕的冒著誘人的香氣。

見兒子在門口探頭，孫母喊道：「小磊子你幹啥，不是今日開始要去給少夫人做侍衛，怎地跑這兒來了？」

孫磊抓抓腦袋。「少夫人來廠子裡了，這會兒在屋裡看帳本呢，俺這會兒沒事來瞧瞧娘。」

「哎喲不早說，等著，娘給少夫人做個好吃的！」孫母說罷便捅開了小一些的灶眼，風風火火的和麵去了。

孫磊見機幫孫母燒火，知道娘這是又要做雞肉麵片了。他娘揉的麵片筋道爽滑，還有炒得香濃的雞肉，加上一瓢水煮開，麵片往裡一下，再加上些小茴香、薄荷等香料，這樣做出來的雞肉麵片，孫磊自己都能吃一大盆！

孫母一邊忙活一邊跟孫磊嘮叨。「小磊子，好好跟著少夫人幹。娘才來這裡一個多月，那月錢，抵得上咱們在河南老家一年的收成了。娘看明白了，少夫人是個心善的，你那何大人又仁義，跟著他們差不了。你記住，要把少夫人當成你娘我一樣照顧，萬不能對不起何大人和少夫人對咱們的照顧！」

孫磊一邊用右手往灶眼裡填柴火，一邊點頭答應，說著話，一鍋熱騰騰的雞肉麵片便做好了。

手腳索利的把一個白瓷盆洗乾淨，裝了滿滿一盆雞肉麵片，想了想，又找出兩個白瓷碗，放在托盤裡擺好，孫母風風火火的給少夫人端出去了。

看看天色，恰好到了該吃午飯的時辰，帳本也大致上都看了一遍，此時帳房的門被敲響了。

鶯歌打開門，孫母端著托盤露出一臉憨厚的笑。「知道今日少夫人來，俺給做了家鄉的飯食，少夫人不嫌棄的話嚐一嚐吧。」

四娘離得老遠便聞見了香味兒，肚子咕嚕嚕響個不停。

「大娘做的什麼好吃的，聞這味兒香極了！」

「不是啥稀罕東西，少夫人嚐個鮮。俺老家都愛吃這一口，這熱湯麵得趁熱吃，再等等便糊了。」孫母把托盤放下，手腳麻利的給四娘盛了一碗。

四娘端起碗嚐了一口，麵片筋道，和著雞肉跟香料的濃香，好吃極了。

「鶯歌，看看二姊忙完沒有，忙完叫她來一起吃。讓老崔幾個也去吃飯，大娘這麵片做得地道，香極了！」

孫母聞言笑得眼睛都看不見了。「少夫人吃得慣就好，不麻煩鶯歌姑娘去傳話，俺讓俺家小磊子去喊小崔幾個，叫他們在後廚吃，前面都是女工，莫嚇住了她們。」

四娘聞言問道：「大娘莫不是孫磊的娘親？我瞧著你們長得倒是有些像。」

「少夫人眼神厲害，俺就是孫磊的娘，俺家那小子如今跟著少夫人，以後若是有什麼做得不好的，少夫人教訓便是。」

見四娘吃得香，孫母喜得跟撿了銀子一般，挺起胸脯回了後廚。少夫人真是個好人，也不嫌棄鄉下吃食粗俗，說話也和氣大方，以後跟著少夫人，不愁兒子沒個好前程！

第二十七章

二娘第一日上崗，還真是有模有樣。先把各色事宜分了輕重緩急，又把以前各項雜事捋順，對比了標準，按著規則來辦，一直忙活到日暮時分，四娘催了又催，這才作罷。

回家路上，二娘神情亢奮，還沒有從工作的激動中解脫出來。從小一直是在家裡做家務，忙忙活活，後來被送給王侍郎後，整日裡做的都是討好男人的事情，沒有一件事讓自己覺得活得有價值。今日到了芳華忙了一整天，二娘非但不覺得累，反而快活極了。

四娘看著一直不停跟自己說著芳華各項事務的二姊，帶著笑歪頭問：「二姊看起來意氣風發，整個人都不一樣了。」

二娘緩了緩神，說道：「今日才知，以往我過的都是什麼庸庸碌碌的日子，竟然白活了十幾年。若是三娘沒有落下病根，能跟我一起出來做事，該有多好。」

「三姊的事情要慢慢來，如今她一日比一日的開朗，我已經很欣慰了，再等些日子，三姊會好的。」四娘堅定的說。

今日何府晚飯極熱鬧，一家人又像以前那樣坐在一起，連往日不露面的三娘也被小酒兒扯著坐在席中。

四娘知道三娘喜歡孩子，特意跟大姊說了，讓小酒兒多纏著三娘出門走一走，接觸得多了，三娘也就不那麼懼怕見人了。

「如今你們倆成了親，我和你娘放下了一件心事，我們商量著，夷陵家裡不能長久不管，還有那麼多田地莊子呢！加上思道今年準備要考舉人，要回原籍去考，所以我們打算再過幾日，就啟程回夷陵去。」何旺對著何思遠和四娘說道。

何思遠思考了一瞬。「也好，恰巧大姊和大姊夫也要回夷陵，你們一道走，路上也有個照應。」

王氏對涂婆婆說：「我們走了，這府裡大小事務還是要煩勞涂姊姊忙活，來時我就說姊姊把這府裡管得極好，井井有條的，我是沒有那個本事，有涂姊姊坐鎮，我是極放心的。」

「他們年輕孩子都有事情要忙活，我閒著可有什麼事情呢，也不過是幫他們把家管好就是了，親家放心吧！」

「有事就往夷陵寫信，我等著接喜訊呢，四娘要是有了身孕，到時候我再來。」王氏面上帶笑看著四娘。

四娘低下頭不說話，何思遠忙道：「娘放心吧，年前一定有好消息，讓您和我爹明年就抱孫子。」

四娘在桌下踩了何思遠一腳，生孩子這事哪裡說有就能有的，這人大言不慚，也不知誰給的信心。

三月底，隨著京城春闈的開考，何旺與張伯懷一行人也踏上了回夷陵的歸途。

何府一下子走了好幾個人，平日熱熱鬧鬧的家裡突然間變得安靜，四娘還好，倒是三娘十分不習慣。

往日裡一睜眼就能聽到小酒兒的笑鬧聲，一整日都陪著小酒兒玩耍，如今小酒兒一走，三娘又恢復了足不出戶坐在家裡繡花的情形。

二娘整日來往於家裡和芳華廠子，忙得不可開交，整個人的精神都有了巨大的變化。跟著四娘開闊了眼界，知道這世間原來女人不只有嫁人一條路好走，以往是自己想岔了，覺得有了那樣不堪的過去，以後的人生大不了青燈古佛了卻殘生罷了，今日回頭再看，那些都算得了什麼。

何思遠近日又開始忙碌，早出晚歸，常常四娘睜開眼時已經走了，只有偶爾半夜把四娘鬧醒時候，四娘才知道何思遠回來。

一日半夜胡天胡地鬧完，四娘輕輕撫著何思遠汗濕的後背問：「近日忙些什麼，整日白天都見不到人，連休沐日都不在家。」

「怎麼，娘子想為夫了？」何思遠嘴角挑起一個曖昧的笑，輕捏四娘耳垂。

「是不是，又要起戰事了？」

隨著四娘這句話問出口，何思遠瞬間正了神色。小娘子真聰明，只是不知道怎麼猜出來的。

像是知道何思遠心中的疑惑，四娘說道：「近日我聽李昭大哥說起，李氏商貿接了大筆的單子，運送糧食往西南。若是糧商所為也不該在這個時候，新糧還沒下來，所以我猜想，應該是朝廷為打仗做準備，只是不知道為何走了商路，想來應是私下動作，不想此時公諸於眾。」

何思遠在四娘臉上親了一口。「真聰明，難為妳從這些蛛絲馬跡中知道此事。妳猜得沒錯，是要起戰事了。」

何思遠起身下床倒了一杯水，先遞給四娘喝了，然後接過剩下的半杯一飲而盡。

「年前的軍需案，牽扯出了一條大魚。西南夷族大山裡藏了幾萬私兵，目前的線索顯示，乃是往昔宮變時假死逃出的泗王所養，好比是一塊毒瘡，若是不盡早挑破剜除，怕是要出大事。我名義上是五城兵馬司指揮檢事，但此案舊時牽扯極廣，朝中許多大將不知道和泗王私下有無聯繫。我入朝時日短，背景乾淨，所以明王想把此事交給我來辦。」

四娘攏緊了被子，往何思遠懷中鑽了鑽。「何時啟程？可有危險？」

「目前先暗遣糧草運送過去，等工部的兵器準備好，四月中旬之前，怕是就要啟程。這次如無意外，依舊是睿侯為主帥，我為副將。打仗哪有不危險的，只是我會儘量保護自身，不讓妳為我擔憂。」何思遠的聲音低沈悠遠，才新婚不到一個月，實在是捨不得四娘。

「我知道了，天色不早了，明日你還有得忙，睡吧。」

吹熄了燈燭，四娘緊緊貼住何思遠的身體。以往兩人沒好的時候，何思遠在戰場上那些事情四娘從來沒有關心過。如今兩人情濃，聽何思遠說到又要去領兵打仗，心裡無邊無際的濃濃擔憂快要溢出來。

古代兵器落後，防護做得也沒那麼好，更別提醫療不足。若是受了傷，輕些的上藥包紮也就是了；重傷，就只能看天意了。

何思遠身上那些舊傷四娘見過，如今看起來依舊猙獰，可想而知往日戰場上有多麼殘酷，就連老崔幾人身上的殘疾，不也都是在戰場上造成的。

何思遠知道四娘沒睡著，原本想晚些再說的，早說一日，四娘便多一日的擔憂。手臂緊了緊，把四娘身子往懷裡又帶了帶。「別多想，妳夫君好歹也是身經百戰過來的，突厥人如此凶悍，我不也好好的？更別提西南夷族，聽說那裡的人都是些小矮子，不足為懼，說不定半年左右，便能得勝還朝了。」

四娘心裡知道，其實遠沒有何思遠說得這麼輕鬆。西南天氣炎熱潮濕，與突厥不同。突厥多是草原，開闊無比。可是西南多山林，還有瘴氣和猛獸。夷族狡猾，雖然沒有突厥士兵的凶悍，可是善叢林作戰；加上西南比突厥離京城遠，路況複雜，若是糧草軍需跟不上，那可是大問題。

不知道是什麼時候睡過去的，清晨醒來，何思遠已經出門了。

揉揉因為沒有睡好有些脹疼的腦門，四娘喊鶯歌過來伺候洗漱。這兩日四娘不打算出門了，她上輩子好歹有些記憶，對西南情況還算了解，她準備好好想一想，看有沒有什麼能幫上何思遠的地方。

四娘記憶裡，古西南應該就是雲貴川一帶，氣候炎熱潮濕，地形複雜多變，為了對抗潮濕的天氣引起的疾病，那裡的人喜食辣。因為氣候的不同，所以士兵們到了那裡或許會有很大的不適。

比如說，在京城這一帶，夏天雖然也有蚊蟲，但咬傷一口也就起個包，癢上兩天不管也就好了。可是在南方，叢林裡的毒蚊子和毒蟲一個不注意可是要命的存在，更別提毒蛇了，她得提醒何思遠做好防護，至少要配一些驅蟲藥帶去。

還有，西南密林裡多瘴氣，若是吸入口鼻過多，是會陷入昏迷的。這個也要找人做一批口罩之類的東西，最好裡面放上解瘴氣的藥材。

其他再多的忙四娘也幫不上了，她喊了鶯歌把李昭請過來，說是有要事相商。

李昭急匆匆到何府時，四娘正坐在書房擰著眉毛想些什麼。

「這麼著急把我喊過來為了什麼，我正在盤貨呢。」李昭喝了一口鶯歌遞上來的茶水問道。

四娘讓鶯歌關上書房的門，在門口守著。李昭見四娘這一副陣仗，面上也變得嚴肅起來。

「西南要打仗了，李氏商貿經常來往的商家有沒有信得過的藥材商？」

李昭先是被西南要打仗的消息給驚得差點翻了個仰倒，定了定神又問：「這消息妳怎麼知道的？可準確？妳找藥材商幹什麼？」

「前幾日你說京城有大批糧食往西南運我就留心了，昨日又問了何思遠，這才確定的。這次何思遠與睿侯要擔任主將領兵，我想給軍中捐一批藥材，只是此事要保密，打仗的消息朝廷還沒傳出來，萬不能從我們口中走漏了風聲。」四娘一臉嚴肅的跟李昭說道。

「交情好的藥商倒是有，只是妳要捐多少？這可是一筆不小的支出。」何思遠問。

四娘食指敲了敲桌面。「朝廷預備派多少兵我就捐多少藥材，還有，李大哥願不願和我合夥再做一筆生意？」

李昭神色複雜的看著四娘，他能讓父親心甘情願的把李氏商貿的主理權全部交給他，靠的就是和四娘一起合夥做大了芳華，因此也帶動了李氏商貿的不少生意。如今四娘還想和他合夥做生意他自然是高興，只是四娘此次的生意怕是跟西南戰事有關。

「妳想做什麼生意？」李昭問道。

「玉石，李大哥可願意與我一起做玉石生意？」四娘這句話問出口，李昭面上一片嚴肅。

西南邊陲毗鄰老撾、越南，出產名貴木材、香料，但最貴重的則屬玉石。西南那裡玉脈繁多，曾經有人發掘出一塊極品翡翠，賣出天價。

「我亦知西南產玉，只是妳也知道，西南地形複雜，大的玉脈都由當地有名望的夷族把控，咱們沒有人脈，要想做玉石生意談何容易？」李昭問道。

四娘端起茶杯飲了一口茶。「之前是沒有，可是睿侯和何思遠帶兵去了，咱們不就有了？」

李昭擊掌而嘆。「妙啊！咱們何大人是副帥，妳來做這生意，簡直手到擒來！四娘，妳這眼光哥哥我真是佩服極了！」

「所以，在把生意做到西南之前，咱們得不怕費銀子的給大軍供應物資，突厥一戰才結束沒多久，此時國庫並不豐盈，若是西南戰線拉得久，恐怕軍需會供應不上，我列張單子給你，你去找藥材商，以最低的價格談下來。明日我去找睿侯夫人，說服她跟我一起進宮一趟，咱們得把去西南這件事過一下明路，這樣這筆生意才能水到渠成。」

短短一夜，四娘便考慮得如此周全，但李昭其實心裡明白，恐怕四娘準備做這玉石的生意不只是為了賺銀子，更多的是不放心何思遠在前線。也難怪，兩個人才新婚，何思遠便要上戰場了，四娘的性子萬不會待在家裡逆來順受的，已經各色事情都想好了，看來四娘定是也要去西南。

拿著四娘寫好的藥材清單，李昭立刻出門去聯絡藥材商了。

四娘靜坐片刻，來到後院找涂婆婆。去西南這件事，不能瞞著乾娘。

涂婆婆靜靜聽了四娘的打算，面上一片嚴肅，四娘以為乾娘不捨得自己去西南，於是開口道：「娘別擔心，我又不上戰場，只待在安全的地方，實在是我不放心何思遠，當年突厥一戰，國庫豐盈時還能鬧出軍需案這樣的事情，好幾次軍糧兵器都沒有及時送到，更何況如今國庫不足，西南又離京城極遠。我是想著到時候能幫上他一把便幫一把，也免得離這麼遠，提心吊膽的。」

涂婆婆目光穿過窗櫺，不知道看向哪裡。「去吧，我也跟妳一起去。」

四娘被這句話給驚著了。「娘！您就待在京城不好嗎？我身邊好幾個武藝高強的人跟著，還準備去莊子上把何思遠以前那些戰場退下來的同袍們聚集一下，若是有願意跟著去的都帶上，安全是沒有問題的。這一路上路途遙遠，我怕您身子吃不消。」

「四娘，我這次要跟著去並不是為了妳，娘有自己的原因。」

見四娘面露不解，涂婆婆解釋道：「妳應該聽妳榮婆婆說起過，我當年差一點便要嫁人的事情吧。那個人叫李虛懷，死在宮變中，宮變的主謀便是當年的泗王，我親眼見到李虛懷死在泗王箭下。上次我進宮，尚嬤嬤告訴我，泗王沒死，如今正在西南，想來如今女婿要去西南也是為了他，我要親眼盯著，看著泗王身死，也算是了卻我一樁心事。」

四娘靜默無語，若是當年沒有那件事，恐怕乾娘如今會過得很幸福吧。

「娘想去也好，只是要答應我，咱們去西南這件事，先莫要讓何思遠知道，若是被他知道了，恐怕咱們都去不了了。」

「妳又是聯繫他往日的同袍，又是要和睿侯夫人一同進宮，這件事怎能瞞得住女婿？」涂婆婆問。

「我有辦法，至少也得瞞到大軍開拔，娘只管答應我便是。」

其實四娘也沒有很大的把握能瞞得住，若是讓何思遠知道，他定是不會讓自己跟著去。但她決心已定，不管如何，她都要盡自己的一份力。若是真的瞞不住，哪怕撒嬌做癡，滿地打滾，也要磨得何思遠答應了才好。

第二日一早，四娘去拜見睿侯夫人，詳細說明此事。睿侯夫人倒是已經習慣了睿侯上戰場的事，只是也對此戰表示了擔憂。國庫的確不豐盈，若是能速戰速決還好，就怕這場仗打個一、兩年，那真是吃不消。何況，泗王畢竟是大越朝曾經的王爺，對本朝的軍隊有一定的了解，這一仗可比突厥難打多了。

「罷了，妳對何思遠的這片心真是讓我感動，臭小子真有福氣，我便跟妳一起進宮見一見皇后娘娘，看看娘娘能不能跟皇上說一說。只是，妳確定妳要瞞著何思遠？若是被他知道了，怕是要生妳的氣。」

「我心已決，就煩勞夫人陪著我一起見一見皇后娘娘。我按規矩遞牌子進宮，得需要等幾日才能批下來，您到底是皇后娘娘的姪女兒，面子比我大，所以四娘只能麻煩您了。」四娘對著睿侯夫人行了一禮，睿侯夫人急忙一把扶起。

「來人，拿我的牌子進宮，告訴皇后娘娘一聲，就說我有急事要見娘娘。」

侯府下人聞言急匆匆去辦了，下午時分便有皇后宮裡的內侍來宣，四娘在睿侯府裡換好了四品誥命服飾，跟著睿侯夫人坐上馬車進宮去了。

坤寧宮內，光明澄淨的地磚上映出四娘盈盈跪下的影子。皇后面容嚴肅的坐在鳳座上，打量著下方一身端莊，卻仍露出一、兩分稚氣的四娘。

「起來吧，賜座。」皇后開口後便有內侍搬來一個圓凳，四娘謝過，小心坐下。

睿侯夫人極隨意的坐在皇后下首，開口道：「事出有因，這才急匆匆的進宮打擾娘娘。我這妹妹娘娘也見過，此次便是她有要事想跟娘娘稟報，還請娘娘能抽空聽一聽。」

皇后露出一個好奇的眼神。「什麼事情這麼著急，竟然勞動妳一起進宮來找本宮了？那就說來聽聽。」

睿侯夫人給四娘使了個眼色，四娘起身，再次下跪。「請娘娘恕臣妾僭越之罪，事關西南戰事，臣妾想見一見皇上。」

此言一出，連睿侯夫人都驚得差點沒有扔了手中的茶盞。來的時候四娘可沒說要見皇上，還以為頂多跟皇后娘娘說一聲便是了，誰料到四娘竟然如此膽大。

鑲著華麗綠松石的護甲一下下敲擊著鳳椅的扶手，一聲聲好似敲打在四娘心上，皇后聲音像是從極遙遠的地方傳來。「妳作為一個下臣之妻，竟然提出要見皇上的要求，妳可知皇上日理萬機，如何有時間見妳？給本宮一個理由，若是不能說服本宮，今天便治妳一個僭越之罪。」

睿侯夫人聽到此話，急得滿頭是汗，剛想張嘴求情，卻被四娘眼神制止了。

「啟稟皇后娘娘，此事關乎大越朝與泗王西南一戰的成敗，關乎千萬戰士的身家性命，關乎大越朝千萬百姓人家。臣妾懇請皇后娘娘讓臣妾與皇上見一面，若是惹得皇上震怒，臣妾願承擔僭越之罪！」

坤寧宮的座鐘滴滴答答，四娘手心滿是黏膩的冷汗，冰冷的地磚硌得膝蓋生疼，四娘咬牙穩住，等皇后的回應。

一聲輕笑從上方傳來。「往日聽明王跟本宮說妳是個極有意思的姑娘，今日本宮倒是見識了，別的不說，膽子真是挺大。先起來吧，既然妳說得如此鄭重其事，本宮便陪著妳膽大一回。」

睿侯夫人跟著也鬆了一口氣，四娘這膽子真是嚇死人，冷不防的便是一個雷扔出來，簡直要把天炸個窟窿。

皇后揮手叫來身邊得用的大太監，說道：「皇上近來為西南之事煩憂，整日裡泡在御書房，你去跑一趟，就說本宮宮裡新進了櫻桃酥，請皇上來嚐一嚐，順便歇一歇神。」

大太監領命去了，走之前好奇的看了一眼四娘。這位何夫人還真是膽大，敢來皇后面前求見皇上，難得的是皇后娘娘竟然也應了，真是稀奇。

御書房，皇上正在和戶部尚書議事。大軍即將開拔，第一批糧草已經在路上了，只是這批糧草有限，只能供應大軍一個月的口糧，若是整場仗打下來，耗費頗鉅。可是戶部尚書翻爛了冊子，鬍子都快揪禿了，算來算去，這銀子也不夠挪騰的。今年的稅收還沒送到，即便是送到了，也遠遠不夠。總不能傾盡國庫都做了軍餉去打仗，若是夏季哪裡發水受災，總要留個不時之需。

皇上今年六十多歲，連續熬了幾日，已經覺得疲憊不堪。可是若不能平定西南，坐等泗王坐大，到時泗王領兵造反，生靈塗炭，損失更大。

此時皇后宮裡大太監來請，皇后極少打擾皇上議事，此時來請，想來定是有事。少年夫妻幾十載，即便皇后沒有誕下嫡子，但撫育明王，管理後宮，皇后這一國之母向來周到，所以皇上對皇后十分敬重。

「正好朕也累了，便去跟皇后說說話，這些事情下午再議吧。」說罷擺駕坤寧宮。

伴隨著內侍的一聲「皇上駕到」，皇后起身接駕，四娘和睿侯夫人則在一旁跪下見駕。

皇后親手服侍著皇上坐下，拿來帕子給皇上淨手，又遞上一杯大紅袍。

「皇上近日勞累，也要注意龍體，臣妾瞧著皇上頭上白髮又多了些。」

「朝中千頭萬緒，事務繁多，哪能真正的歇息呢。等西南的事情差不多了，也該讓明王接下這副擔子了，朕真想過幾日清靜日子。」皇上飲下一口大紅袍，便知這是皇后親手所泡。幾十年夫妻，皇后總是不言不語便明白皇上的口味喜好。

「皇上，臣妾此次請皇上前來是有人想見您，事關西南戰事，臣妾不敢做主，還請皇上聽一聽吧。」

皇上此時眼光掃過一旁跪著的睿侯夫人與四娘道：「兩位誥命夫人，難道對戰事有什麼見解不成？」

睿侯夫人見機答道：「皇姑夫可別小看了女子，說不定我這妹妹真能解了您的燃眉之急呢！」

見睿侯夫人連皇姑夫都喊了出來，皇上不由得露出一個笑。「妳呀，被妳姑母慣得無法無天，罷了，看在睿侯乃是朝中肱骨之臣的分上，朕便聽妳們說一說。」

「皇姑夫還不知道，我除了吃喝玩樂，沒有別的長處，是我這妹妹，五城兵馬司指揮檢事何思遠的夫人有事要跟您說，您可別嚇著她。」

皇上還記得何思遠，此次西南定下了由睿侯與他一起領兵，所以對著何思遠的夫人，皇上也願意給幾分面子。

「既然如此，朕便聽一聽。」

四娘抬起頭正視前方，開口道：「臣妾想和皇上做一筆生意，若是可行，西南戰事的全部軍需臣妾都包了！」

窗外的陽光透過縫隙灑在青灰色地磚上，四娘堅定的雙眸直視皇上。

「西南戰事的軍需妳可知需要多少？竟然敢大言不慚的包下所有軍需！妳這女子看著年紀不大，口氣倒是不小，朕倒是知道妳是鼎鼎有名的芳華的東家，只是不知妳芳華到底如何賺錢，能有這樣的底氣來跟朕談生意？」皇上輕撥手中一串「十八子」，語氣中辨不出喜怒。

「稟皇上，芳華生意做得確實不小，但要是說把這些年所得的銀子都拿來供應大軍，那也是不夠的，所以，小女子才說要和皇上做一筆生意，以這筆生意賺的銀子來提供軍需。」

皇上眼中閃過一絲興趣。「說來聽聽吧，妳要怎麼和朕做生意。」

「臣妾想要西南三地的玉脈開採權，如今那些玉脈都在夷族手裡把控著，睿侯與臣妾夫君平定西南時，定是要乘機收服夷族，睿侯他們只管打，打完臣妾與夷族談判便是，定讓他們心服口服的與我一起做生意。所得之利，除了供應大軍軍需之外，剩餘臣妾還可以跟皇上五五分成。」

皇上默默在心裡盤算著，這簡直是無本生意，非但可以解決大軍軍需，也能給國庫賺些銀子。許四娘開採權只是一紙聖旨的事，但她一介女子要如何跟夷族談判玉脈開採？若是這麼好談，也不會幾百年來玉脈都被夷族把控了。

「妳為何要跟朕談這筆生意？以芳華如今的勢頭，讓妳舒舒坦坦過幾輩子也夠了。」皇上問道。

四娘苦笑一聲。「不瞞皇上，臣妾放心不下我那夫君。突厥三年征戰，夫君一身舊傷，歸家之時也只笑著說一切順利。皇上想來也知道，我們剛剛成婚，國家大義在前，臣妾說不出棄大義不顧的話來，夫君也做不出那等事。所以，臣妾想著，一同去西南，若是大軍有什麼需要，臣妾在後方也好調配軍需。懇請皇上認真考慮臣妾今日所說之事，臣妾定不會讓皇上失望！」

聞得此話，皇后在一旁也不由得動容。少年夫妻，正是如膠似漆之時，如今要生生分離，小娘子一心為了夫君，做到如此地步，可見情深。

「即便是朕答應妳此事，但頭一批運到前線的軍糧也只夠一個月所用，後面的源源不斷不知要花費幾許。妳的玉石生意總要等睿侯他們平定夷族後才可以談下來，中間的這些軍需銀子妳從何處出？」

四娘見皇上問得如此細緻，想來心中已經答應了幾分。

「前期的銀子，先從芳華的帳上走，臣妾不會讓跟著我夫君打仗的士兵餓著肚子上戰場。大軍前腳開拔，臣妾便後腳走水路前往西南，輕車簡行，臣妾路程定比大軍要快，皇上只管給我一紙聖旨便是，到達之後，臣妾先從別處想辦法賺些銀子，保證不會中斷軍需，若是做不到，臣妾甘願承擔一切後果！」

皇上考慮良久，終於開口。「朕可以跟妳做這筆生意，只是妳要明白，一旦軍需供應不上，這後果可不是妳一人能夠承擔下來的，妳考慮清楚了嗎？」

四娘重重一個頭叩下。「臣妾考慮清楚了，若是耽誤了軍需，願將芳華所有股份全部交給國庫，便是要了臣妾的命，臣妾也甘願。」

「好！這筆生意，朕跟妳做了！」

隨著皇上開口應下，四娘高高提起的心才敢放下。

「臣妾還有一事懇請皇上答應，此事暫時不要告知夫君知道，也請睿侯夫人和皇后娘娘替臣妾保密。」

皇上面上露出不解。「這是為何？妳為妳那夫君如此設想，還瞞著他不讓他知道，豈不是白費了妳一番苦心？」

「夫君愛重臣妾，若是被他知道，臣妾怕是壓根出不了京城一步。等臣妾到了西南安定下來，他便是知道了也無妨了。」四娘答道。

「小夫妻，還真是情深意重，好，朕答應妳。只是京城到西南路途遙遠，加上西南情勢不明，妳要如何保證自身安全？」

「之前突厥一戰，臣妾夫君有許多戰場上落下舊傷的同袍，退伍之後日子過得十分不好，皇上賞了夫君田莊，臣妾與夫君便做主將他們安排在莊子上做事，也算是給他們一條出路。那些都是有經驗的老兵，臣妾打算把他們收攏一下，算下來也有好幾十個人，帶上他們，想來比鏢局還要保險許多。」

見四娘一條條都考慮得極周到，皇上也不再多說。「如此也好，朕再給妳一支護衛，若是有什麼事情，也好便宜行事。」

見竟然還有意外收穫，四娘急忙謝恩。

解決了大軍軍需的事情，皇上心滿意足的離開了。睿侯夫人急忙去扶四娘起身，在這青磚地上跪了許久，四娘早已經搖搖欲墜。

四娘雙腿疼得麻木，想來必定已經青紫了，藉著睿侯夫人的攙扶，四娘咬牙不讓自己在皇后面前失禮。

皇后見四娘面上一片慘白，忙喚身邊宮女去取藥，趁著此時推拿一二，也好盡快的恢復。

見四娘還要行禮跪謝，皇后急忙止住。「莫要再行禮了，快去偏殿讓嬤嬤給妳上藥，年紀輕輕的，可別落下病根。」

來到偏殿，四娘坐在榻上露出膝蓋咬牙讓嬤嬤推拿，那嬤嬤輕聲說：「何夫人忍耐一二，有些疼，得使勁把瘀青揉開，藥勁吃進去才有用。」

睿侯夫人看著四娘膝蓋上的青紫說道：「妳也真是，也不提前跟我透個口風，竟然直接跟娘娘提出要見皇上，嚇死我了，也不知道妳年紀輕輕的，膽子怎就這麼大！」

四娘露出一個歉意的笑。「對不起姊姊，讓姊姊跟著我擔驚受怕了，只是茲事體大，若是提前跟姊姊說了，怕姊姊攔著我，所以才瞞住姊姊。現今姊姊要打要罵，四娘都無怨言。」

睿侯夫人白了四娘一眼。「說得像我多不知好歹一般，我家睿侯也要去打仗呢，妳擔心妳夫君，我便不擔心我夫君不成？妳這般做事，也是為了給他們更好的保障，我怎能不領妳的情？只是沒想到，妳一個平民出身的女子，竟有這麼大的主意，真是讓我佩服。我現在就是擔心，若是以後何思遠知道，怕是要怪我們幫妳瞞著他了！」

「等以後打了勝仗，他們平安歸來，再怎麼怨我我也認了。勞姊姊幫我一起瞞住，算是四娘欠妳的，以後姊姊若是有事要四娘做，四娘定不推脫。」

從宮裡出來之後，四娘一回府便迅速的收拾好東西，叫上鶯歌和孫小青一起去京郊莊子上，只跟乾娘交代了，若何思遠回來就告訴他芳華最近事多，她得研製新品，所以要在莊子上住兩日。

涂婆婆看著鶯歌扶著四娘，走路一瘸一拐，便知道這是怕何思遠見到四娘膝蓋上的傷問起來，四娘不好解釋。於是便點頭應下，只讓四娘帶夠人，府裡有她看著，一切放心便是。

三月天氣和暖，鶯飛草長，莊子上種下的第一批薔薇都已經結了花苞。一排排泥磚蓋成的房屋羅列整齊，門前院後種了花樹，打掃得極乾淨，遠處的田埂上，佃戶忙忙碌碌，還有幾個小兒嬉笑打鬧，笑聲隨著春風傳出去老遠。

四娘沒有下車，馬車直接駛進莊子上的院子，早有見到何家馬車的佃戶奔相告知莊頭東家來了。

此處莊頭姓馬，乃是何思遠往日軍中一個戰死同袍的父親，今年五十來歲。原在老家時便是個種田的好手，大兒子上了戰場沒有回來，小兒子才十五、六歲，老妻受不住打擊一病去了。接到何思遠的信，老馬看了看破敗的家，因為給老妻治病，家裡的東西當的當、賣的賣，連最後三畝田地也沒了，乾脆一咬牙，帶著小兒子馬二壯直奔京城，投奔何思遠而來。

如今在何家莊子上，老馬因為會伺弄田地，被四娘提拔做了莊頭。他小兒子也是個腦子靈活的，原先在老家跟一個帳房學過幾天算盤，四娘便讓他管理莊子上的帳。父子兩人踏實肯幹，莊子上還分了房子，過得比在老家滋潤。

聽到人說見了東家的馬車來了莊子上，老馬扔下手中的鋤頭，跟兒子交代了一聲便去見東家了。

四娘讓鶯歌搬了椅子在院子裡坐下，陽光極好又不刺眼，曬一曬太陽也挺舒服。

老馬在大門口整了整衣服，然後進院。

「拜見少夫人，少夫人今日來莊子上是要巡視花田嗎？如今頭批的薔薇都已經結苞了，我正打算這兩日趁著天好，先讓人摘一批給廠子裡送去。」

芳華出產的一種花露正需要未開的薔薇花苞，老馬還以為少夫人此時前來是要看看今年的花怎麼樣。

「這些事情交給你我是放心的，你看著安排便是，這次來我是有別的事情。老馬叔，這莊子以前跟著我家夫君戰場上下來的老兵有多少？」四娘問道。

老馬想了想，答道：「回少夫人，上個月剛計算過一次，有四十八人。」

「如今身體還好，能上戰場的有多少？」四娘又問。

老馬聽到此處愣住了，現又不打仗，問能不能上戰場做什麼？

身後的老崔見馬莊頭答不出來，於是跟四娘說：「少夫人何必問馬叔，馬叔又沒有上過戰場。要我老崔說，我們這些都是在戰場上拚過命的，除了真的癱在床上動彈不了的，隨便拎出來一個也能打仗。」

孫磊也在一旁接話。「崔大哥說得對，他們都覺得俺們傷殘了沒用，哪裡知道俺們的好處呢。都在戰場上磨練過極有經驗不說，能在突厥一戰中活下來的，哪裡能沒有幾把刷子！」

四娘聞言，對老馬道：「煩勞老馬叔跟崔大哥幾個一起把這些人都召集過來，我有事情要交代。」

老馬也不再多問，帶著老崔幾人分頭叫人去了。

見他們都走了，四娘轉過身問孫小青和鶯歌兩人。「想來妳們也看出來了，我要去做一件有些危險的事情，如今何思遠即將上戰場，我打算瞞著他先去西南，我要開闢一條新商路。小青，本來讓妳跟著我來京城是打算讓妳在京城大展身手的，如今去西南，我需要一個用得順手的人，能懂我的意思、按照我的吩咐去辦事，妳願不願同我一起？若是不願我也理解，畢竟妳還有弟弟要養。」

孫小青聞言立刻開口。「東家，沒有您便沒有小青的今日，我願意跟著您，不管是去哪兒，只要您需要，小青都在。」

「那妳弟弟虎子要怎麼安排？」

「虎子已經送去學堂，家裡也有下人小廝看著，京城是最安全的地方了，只要他好好上學便是，別的沒有問題。」

見孫小青如此乾脆俐落，四娘點頭，果真是個妥當的，就衝這份果決，孫小青也是個能幹大事的人。

鶯歌在一旁早就按捺不住了。「姑娘去哪兒都要帶上我，我可是要跟緊了姑娘的，多危險鶯歌都不怕！」

四娘笑。「哪都有妳，忘了誰也不能忘了妳，放心吧！到時候我還是女扮男裝，妳依舊是少爺我的貼身丫鬟。」

一頓飯功夫，老崔幾人便領著幾十個老兵來了，院子裡站得滿滿當當。

四娘一眼掃過去，雖然大多穿著土布衣裳，但還能從他們身上看到肅殺之氣。古代醫療落後，在戰場受了重傷能活下來的寥寥無幾，這些老兵們大多是傷了面部或者四肢，頂多走路有些跛，其餘並無大礙。

四娘起身，對著眾人行了一禮，老兵們你看我我看你愣住了，不知道少夫人這是哪一齣？

「諸位兄弟，此次把你們召集前來，四娘有要事相商，還請兄弟們聽我一言。大越朝和西南戰事一觸即發，皇上已經決定派兵出征西南，領軍的依舊是睿侯和何思遠。」

聞得此言，大家議論紛紛。怎麼又要開戰了，這才太平多久，便是要打仗，國庫扛得住嗎？

「諸位都是有經驗的老兵了，也知道戰場凶險，除了要面對敵人的廝殺，更重要的是後勤軍需的供給。突厥一戰才過去沒多久，相信兄弟們還記憶猶新，如今國庫空虛，怕是無法盡全力以供大軍，為了我夫君和睿侯能打好這一仗，平安得勝歸來，我已經向皇上請命，要在西南開闢一條新商路，以商養戰。皇上已經應了，過幾日聖旨便會下來，但我一介女子，要想在西南那樣的亂地經營，就必得護好自身的安全，我想了想，再沒有比諸位兄弟們更有經驗的人選了。所以，我想問一問各位，可願跟隨我去西南？」

四娘話音剛落，便有個一臉鬍子的漢子大聲喊道：「去！怎麼不去！娘的，老子還沒在戰場殺夠呢！以前家裡還有娘和老子要擔心，如今大人和少夫人都給我們安排得妥妥當當，我還有什麼好擔心的！」

「對！突厥人老子們都殺了，還怕什麼南蠻子不成！」

「……」

四娘見大家群情激憤，急忙擺擺手讓大家安靜下來。「跟著我去可不是上戰場的，是怕到了西南人生地不熟的，那些夷族欺生，有你們跟著，保護我的安全，我才能安心的賺錢給咱們大軍買糧食。」

「少夫人放心，有我們這群老兵跟著，雖然都不是什麼全和人兒，但保護您的安全還是綽綽有餘的！若是讓您傷了一根髮絲兒，我就提頭去見咱們何大人！」

四娘向前一步，突然對著大夥行了一禮。「四娘還有個請求，望大家能答應。」

「什麼請求不請求的，您和何大人給了咱們一家子安身立命之處，有什麼您交代便是！」

四娘面露懇切之色道：「此次去西南，我是瞞著夫君的，若是他知道了，萬不會答應我做此危險之事。但若我不去，朝中實在是難解決軍需糧草，我不能讓我夫君在前線帶著戰士們拚命殺敵，還要餓著肚子、衣不蔽體，請諸位幫我瞞住此事，等咱們到西南之後看情況再說，四娘在這裡拜託諸位了！」

剛才說話的大鬍子率先出聲。「咱們在打突厥時也因糧草遲遲不到餓過肚子，連兵器都無法及時供給，兄弟們都嘗過那是什麼滋味，不能再讓何大人經歷一次。少夫人一片心，咱們懂，到時候若是何大人怪罪，便怪罪我們好了。」

「是啊、是啊，咱們護好了少夫人，不讓少夫人涉險便是了。放心吧少夫人，我們都懂。」

「沒想到咱們這一群殘廢還有再幫上忙的時候，說不定到了西南，還能幫著殺敵呢！嘿嘿，整日種田種得老子胳膊腿都發癢了！」

見眾人都表示理解，四娘放下心來。這算是又辦好一件事，剩下就等李昭趕緊聯絡藥材商，把那些口罩、藥材做出來了。

交代老兵們先回去各忙各的，出發之前會提前告知日子。眾人紛紛散去，四娘癱坐在搖椅上，捶了捶發痠的後腰。

莊子裡極安靜，下午，四娘難得睡了個長長的午覺，醒來時已經落霞滿天，看看身邊空盪盪的床位，四娘突然有點想何思遠了。

這個時候，大概何思遠還在忙吧，大軍沒多久就要出發，千頭萬緒事情繁多，何思遠最近累得都瘦了。

睡足了，四娘想起來散散步，但膝蓋又腫又疼，無奈又讓鶯歌揉了一遍藥油，扶著去院子裡繼續躺搖椅。

晚上，莊子裡煮了野雞湯，裡面放了菌子、竹筍，鮮極了，四娘憋足了勁地吃了兩小碗米飯，配著桌上新鮮的野菜，好久沒吃這麼飽了。

喝完碗中最後一口雞湯，四娘滿足的打了個飽嗝。抬頭看夜空，繁星點點，不知名的蟲兒吟唱高歌。

夜裡還是有些涼，鶯歌拿了件披風出來。「姑娘再待一會兒便回屋吧，莊子上夜裡涼，當心再凍著。」

四娘緊了緊披風，聞了聞空氣中新鮮的草木氣息。「若是我的腿無事，真想去田邊地頭溜達溜達消消食。聽老馬叔說，今年莊子上幾百畝薔薇長勢極好，恐怕看不到薔薇花開，咱們就要啟程去西南了。」

鶯歌站在一旁道：「咱們這麼多莊子呢，年年都種花，姑娘還怕沒有花看不成？等大少爺打完仗了，以後每個花季都能來看。」

四娘露出一個笑。「說得也是，等戰事平息了，我都想乾脆搬來這莊子上住。每日過這麼悠閒的日子，朝看旭日晚看落霞，無事採花種田，多好啊！」

「姑娘想得倒是好，只是我看呀，您不是個能閒得住的，再說了，到時候有了小主子，才有您忙的呢！」

看了會兒星空，四娘便回房洗漱了。今天早起累了一天，要早點歇息。

四娘作了一個夢，夢到滿園的薔薇花都開了，馥郁的香氣裡，兩隻梅花鹿一蹦一跳的衝著四娘跑來。

四娘還在想，這薔薇田裡怎麼會有梅花鹿，莫不是誰家圈養的跑了出來？兩隻小鹿跑到四娘身邊，伸出粉嫩的舌頭舔了舔四娘掌心，四娘被那軟糯潮濕的舌尖舔得手心癢癢的，剛想摸一摸梅花鹿腦袋上長出的小巧鹿角，卻被擁入一個熟悉的懷抱中。

四娘分不清楚這是夢還是現實，何思遠怎麼會出現在這裡？剛想開口問一問，卻被略帶著堅硬鬍渣的一個吻堵住了嘴。

夜漫長而寧靜，這個吻如此溫柔，四娘閉上眼睛，貪婪的呼吸著何思遠的氣息。

何思遠彷彿是穿過花田而來，滿身都是薔薇花香，微涼的指尖一路撫摸過，四娘微微顫慄。

「何思遠，你怎麼……唔……」話語破碎不成句，四娘乾脆閉嘴，任由何思遠動作。

第二十八章

睡到了自然醒，四娘翻了個身抱住枕頭，想起昨日奇怪的夢，掀開被子看看自己，小衣都好好穿著呢。此時鶯歌端著水進屋，伺候四娘洗漱。

「我昨夜好像作夢了，夢到了何思遠，妳說奇不奇怪，才一天沒見他而已。」四娘跟鶯歌閒話。

鶯歌一邊打濕帕子一邊說：「哪裡是作夢，大少爺昨天半夜真的來了，衣服都被露水沾濕了，咱們出來也沒帶大少爺的衣服，我說給他烤一烤大少爺也不讓，在屋裡陪姑娘睡了一會兒，今早天沒亮便走了。」

四娘掬了捧水打濕面龐，看來不是作夢啊。真是的，都忙成那樣了，怎麼就非要來這麼一趟，還好是半夜來的，要是白日裡過來，見到自己走路這個樣子，昨日的事情怕是瞞不住了。四娘心虛的想。

不過宮裡嬤嬤給的藥油還真好用，揉了兩回，現在除了膝蓋上還有大片的瘀青外，今日走路已經無事了。

吃過早飯，四娘打算出門轉一轉，也好看看莊子上這些老兵的家人們。

讓鶯歌拿上幾包從城裡帶來的糖果糕點，四娘便出了門。

莊子上的佃戶此時已經在田裡忙活了，家裡只餘些年紀大的老人和孩子，便是老人們也沒有閒著，待在家裡編個筐、擰條麻繩什麼的，孩子們就跑前跑後的幫忙遞個東西。

讓鶯歌把手裡的糖果點心給各家的孩子分一分，分到最後，四娘身後已經跟著一群小蘿蔔頭。

孩子們看東家和善，也不怕生，一個個嘰嘰喳喳的搶著跟四娘說話。

「少夫人，妳要不要吃野草莓，我知道一個地方極多，我帶妳去摘好不好？」

「狗牙子，哪需要你逞能，野草莓在哪莊子裡誰不知道？少夫人想吃說一聲，咱們摘了回來給少夫人便是了。少夫人穿著這麼好看的裙子，污了多可惜！」說話的是個十來歲的丫頭，瞧著潑辣極了。

眼看狗牙子不服氣要和那丫頭吵起來，四娘忙笑著說：「咱們大家一起去摘，要是今天摘得多，我給你們做好吃的如何？」

一群孩子歡呼簇擁著四娘往田裡走，田裡幹活的大人們紛紛看過來。

昨日那個大鬍子瞧見自家大丫頭領著少夫人要往林子裡去，忙小跑著過來。「大丫頭，你們帶著少夫人幹什麼去？」

大丫頭高聲說：「爹，咱們帶著少夫人去摘野草莓，少夫人說摘得多了給咱們做好吃的哩！」

這丫頭嗓門真大，跟她爹倒是有幾分相似。

「少夫人貴人事多，哪裡有時間陪著你們耍，還給你們做好吃的？我看是你們嘴饞了！快散了吧，別擾了少夫人清靜。」大鬍子揮舞著兩隻蒲扇般的大手，把孩子們往回趕。

「是我要孩子們帶我去玩的，大哥別擔心，我好不容易出來一趟，想散散心，孩子們都懂事極了，讓他們陪我半日，你們去忙吧，不用管我們。」四娘忙跟大鬍子說。

「爹，看吧，我沒說謊，少夫人也想去玩呢！」大丫頭看少夫人幫他們說話，底氣更足了。

大鬍子瞪了自家閨女一眼，到底是沒捨得罵她。自家婆娘在自己上戰場的時候難產死了，家裡大丫頭拉拔著個奶娃娃，左鄰右舍地討一口吃的直到自己回來，也虧得大丫頭有這麼一副潑辣性子，不然一個女孩子怎麼能護得住自己和弟弟。

京郊莊子上這片田地連著不高的山，視野極開闊，一畝畝的薔薇花田整齊劃分開，田裡佃戶都揹著竹筐在採摘薔薇花苞。

四娘領著一群孩子走在田埂上，不斷有佃戶和四娘打招呼，和暖的陽光灑在身上，風中傳來早開的薔薇香味夾雜著青草的氣息，身旁的孩子們嘰嘰喳喳，膽大的還在草地裡捉天牛。

不知名的野花在田野路邊開得紛紛擾擾，大丫頭一邊走一邊摘，不多時，便遞給四娘一個編好的花環。

四娘接過來試著戴在頭上，一群孩子連同鶯歌都瞅著四娘愣了神。

「少夫人真好看，說書人講的仙女也就是這樣了吧！」大丫頭粗大的嗓門也收了不少，黑紅的臉部也帶上了些許的羨慕。

四娘扶一扶花環道：「大丫頭手真巧，我老早就想要個花環了，沒想到妳給我編了一個，多謝妳了！」

大丫頭可疑的紅了臉，粗著嗓子道：「這不算啥，少夫人長得好看，便是戴頂草帽子也好看。等夏天扶桑花開了，我再給您編頂更好看的！」

一邊說話一邊慢慢走著，很快到了田邊一片樹林子邊。四娘往前一看，這林子的地上綠草成茵，上面一顆顆鮮紅的野草莓紅寶石一般，密密麻麻。

從沒見過這樣多的野草莓，四娘笑著說：「大家一起摘，摘多點我給你們做果醬吃，酸酸甜甜，可開胃了！」

一群孩子聽見這話都迫不及待的要往林子裡衝，大丫頭一聲喊止住了。「別亂跑，你們進去一陣踩，好好的果子都被踩爛了！咱們都從林子邊開始往裡摘，籃子裡都先墊上草葉子，熟透的野草莓不能壓，一壓就壞了。」

見大丫頭安排得井井有條，一群孩子們也都聽她的，四娘不由得讚道：「大丫頭可真厲害，怎麼大家都聽妳的呀？」

大丫頭不好意思的撓撓一頭粗黑的頭髮。「剛開始他們也不都聽我的，我力氣大，把他們全打趴下，他們便乖乖聽話了。」

鶯歌在一旁笑得肚子都要疼了，這哪是個十歲的姑娘，分明是個山大王。

四娘膝蓋有傷，不能長時間蹲著，鶯歌給她找了個蔭涼地方，讓四娘坐在那裡，隨後也加入了孩子們的摘野草莓大軍中。

古代生態環境好，沒什麼工業污染，見腳下的野草莓散發出迷人的甜蜜氣息，四娘不由得摘了一顆直接放入口中。熟透了的野草莓在嘴巴裡微微一抿便化了，恰到好處的甜味帶著一點點酸，十分清新的味道。

不一會兒，一群孩子帶的小筐都裝滿了，四娘看看這林子裡的野草莓還多著呢，過沒兩天便都熟透爛掉了，不由得有點可惜。

四娘招招手讓大丫頭過來。「我有個生意介紹給妳，能讓妳賺點零用錢，妳願不願意做？」

大丫頭聞言眼睛都亮了，銀子可是個好東西。如今家裡雖能吃飽肚子，但弟弟好久都沒有穿過新衣服了，都是自己小時候的衣服改一改給了他，但自己畢竟是個女孩子，衣服上多少都有點花啊草的，弟弟穿著出門總遭大家嘲笑。剛兩歲的小孩子雖不懂什麼，但也能看出來別人是什麼意思，於是便總待在家裡不愛出門。如果有了銀子，便能買些料子，讓隔壁的婆婆幫忙給弟弟做身新衣服了。

「大丫頭願意做，少夫人要讓我幹什麼您說！」

「我看妳手巧又心細，京城裡的芳華閣總愛做些活動給客人送點東西什麼的，這些野草莓我嚐了極好吃，想來那些大家小姐夫人們都沒吃過呢。妳趁著這段時間是野草莓的季節，多摘一些，編些小巧好看的小籃子裝了，一份份分好送到城裡芳華閣去，我讓帳房按每天送的分數給妳結帳，雖賺得不太多，但也是個辛苦錢。妳覺得如何？」

四娘一是覺得這大丫頭粗中有細，是個能幹的孩子，培養培養說不得以後是個好幫手；另一個，從古到今，富貴人家的人都對鄉野間野生的新鮮東西感興趣，這些野草莓放著也是放著，白白爛在了地裡，不如藉此機會給每日裡去芳華閣的客人一人送一份，反正以往也都是送一些別的小伴手禮什麼的，還不如這野草莓好看又好吃。

大丫頭想了想，這簡直是沒本的生意，野草莓遍地都是，除了這林子裡，還有許多地方都有。讓爹忙完了去給自己砍些竹子來，小籃子她也會編，巴掌大小的，一晚上就能編好幾十個，除了忙一些，累一些，沒有別的成本支出。

「少夫人，大丫頭能做！不過我想著，這麼多野草莓，我一人力量有限，咱們莊子裡的孩子都能摘，讓他們摘，摘來我負責清洗包裝，得了銀子大家一起分，這樣可好？」

見大丫頭不是個自私自利的性子，還想帶著小夥伴們一起賺錢，四娘心裡不由得又滿意了幾分。

「那說好了，這兩日就可以開始了，正好明日你們小青姊姊要去城裡幫我辦些事，馬車捎帶妳一程讓妳認認路，以後妳也好知道怎麼走。」

看著一筐筐裝得滿滿當當的竹筐，四娘起身領著孩子們往回走。大丫頭身上揹著兩個竹筐，依舊走得步步生風，額頭上一絲兒汗也不見。這丫頭果然是個有力氣的，四娘想。

回到了院子，四娘吩咐下人找幾個大盆和竹篾，帶著孩子們一起動手洗野草莓。莊子上幫忙的下人驚奇的瞅著被一群孩子圍著的四娘，從來沒見過這樣的官家夫人，一點架子都沒有，也不嫌農家孩子髒，倒是玩得挺開心。

野草莓倒進裝滿井水的大盆裡，輕輕的洗去塵土，摘掉草梗，鋪到竹篾上晾乾水分。因為陽光好，不一會兒野草莓上面的水分都蒸發乾淨了。

叫廚房裡的僕婦搬了個炭爐子出來，還有一口大鐵鍋和一罐子黃糖，點燃了炭，把鍋燒熱，野草莓放入鍋內，木鏟搗碎，不停的攪拌，避免黏鍋，不一會兒一鍋野草莓便成了糊狀。

在鍋裡加入黃糖，繼續攪拌，隨著黃糖化作糖漿，與紅色的草莓醬漸漸融合，香甜的氣息慢慢傳出來。

手下不能停，直攪到鍋裡的草莓醬極濃稠，水分被熬得差不多沒了，四娘才讓人把鍋挪下來。

一群孩子此刻都沒人說話，盯著鍋裡慢慢冷卻的草莓醬咽口水。四娘甩甩痠疼的胳膊，回頭看到孩子們眼睛發直的樣子不由得失笑。

「鶯歌，數一數多少人，拿碗，再拎一壺水來。」

本來這草莓醬最好吃的方法是抹在麵包上吃，可是此時沒有烤爐，做不出麵包，只能給孩子們沖一碗果醬糖水喝。

見院子裡牆邊還種了一片薄荷，四娘指揮幾個孩子去摘些薄荷葉洗乾淨。幾片薄荷葉鋪在碗底，舀兩勺子野草莓醬放進去，開水一沖，一碗草莓薄荷糖水便好了。

四娘招呼著大丫頭給孩子們分一分，大家排好了隊，小心翼翼的接過散發著香甜氣息的糖水。

給小夥伴們分完，大丫頭小心翼翼的嚐了一口。入口先是濃濃的草莓香氣，帶著些許焦香的甜味，咽下去後口腔裡又遺留著清涼的薄荷氣息。真好喝，這是大丫頭這輩子喝過最好喝的糖水啦！

讓廚下找幾個竹筒來，一鍋野草莓醬分裝進去，四娘對孩子們說：「這都是你們今日辛苦摘來的野草莓，一人分一竹筒，回家自己泡水喝吧。」

孩子們歡呼著接過自己那份兒，糖多貴啊，剛才少夫人往鍋裡放黃糖的時候大家都羨慕死了，這麼多糖熬出來的草莓醬，小小一勺用水沖開就是一大碗糖水，夠喝上好久了。

到了該吃午飯的時候，孩子們都紛紛回家了，只有大丫頭磨蹭著留到了最後。見四娘疑問的目光看來，大丫頭不好意思的問：「少夫人剛熬果醬的時候我看見了，這做法極簡單，我想問問少夫人，我以後可不可以自己熬一些果醬去賣？我想著不止野草莓能熬醬，山裡的野果子想來也都可以，我若是能煮些果醬去賣，也能多得些銀子給我弟弟買東西了。」

「妳只管做了去賣就是，只是這黃糖極貴，妳可有錢去買？」四娘問。

「等我得了賣野草莓的銀子，先拿來買黃糖熬果醬，果醬賣出去了，就有更多的銀子了。我弟弟生下來沒吃過一口奶我娘就去了，身子總長得不大結實，性子也靦腆，不愛出門。我想著給他換上新衣服，再買些小玩意兒，說不定他就願意出門和大傢伙一起玩了，多跑動跑動，身子便能好些了。」大丫頭極認真的回答。

見大丫頭心裡有成算，四娘也不再多說，只又細細囑咐了一回熬果醬時如何控制火候的辦法，又說了裡面若是能再加些什麼東西，果醬味道能更好云云。

大丫頭仔細的記在心裡，對四娘認真的行了一禮。「我爹說，或許過不了多久他便要跟著少夫人出遠門了，剛開始我是不大願意讓我爹再出門的，之前我爹上戰場傷了骨頭，陰天下雨總會疼，加上就是在那時我娘生弟弟難產去了，家裡親戚都欺負我家沒有大人撐腰，若不是我力氣大脾氣暴，我弟弟能不能活下來也不知道。但今日見了少夫人，我想著少夫人對我們都這麼體貼關愛，一定會讓我爹平安回來的，是不是？」

看著大丫頭這雙澄淨的雙眼，四娘不由得也面露鄭重之色。「放心吧大丫頭，我一定把妳爹好好的帶回來！妳爹不在家的時候，若是妳有什麼事就和老馬爺爺說，我會交代老馬爺爺關照妳和妳弟弟，在咱們莊子裡，不會有欺負弱小的人。」

看著大丫頭的背影消失在院外，四娘心裡沈甸甸的難受。

戰爭注定是殘酷的，在戰場上廝殺的每一個士兵背後都有一個家庭，然而這世道再紛亂，只要有權勢有銀子，便能過得好，苦的都是這些平常的百姓家，都是這些無辜的孩子們……

午飯後，四娘和孫小青在屋裡說話。這兩日，四娘讓孫小青把芳華的帳全部盤了一遍，算了算帳上的銀子，還有未收的貨款等。

看著帳上最後那個已經算是可觀的數目，四娘長吁了一口氣。這麼多年的經營，芳華的所有盈利都在這裡了，只是這些不能全部投到軍需裡面去，要留些銀子用來生更多的錢。四娘慢慢盤算著，心裡有了大概的計較。

「小青，明日妳回城裡一趟，幫我往大越朝所有的芳華閣發一封信，下個月起，所有的貨款都要慢慢往回收，凡是大額的支出，超出一千兩的數目，都要報給我知道。咱們得收攏資金，為開闢西南的商路做準備。」四娘交代道。

「可是東家，您不是說要和皇上做玉石生意嗎？這玉石我雖然不懂，但也明白咱們要去了，找有經驗的人看了石頭才能出價，資金收攏這麼早，您是不是有別的想法？」孫小青問。

纖細的指尖篤篤的敲打在桌面上，這是四娘想事情時下意識的動作。

「傻丫頭，我許了皇上玉石生意純利潤的一半分成，還要給大軍供軍需，咱們在玉石上面賺不了許多銀子。妳以為咱們去一趟西南只做玉石嗎？西南那裡的好東西太多了，只要是能賺銀子，什麼不能做？有大軍壓陣，又有這些老兵隨行，皇上還給了我一支護衛，這麼得天獨厚的條件，若是只做個玉石生意，豈不是太可惜了！我呀，要把西南三地能賺銀子的生意都做了！」

孫小青目瞪口呆，東家威武！仔細想一想，西南三地極廣闊，氣候又溫暖，那裡有許多內陸見不到的好東西，只是苦於路途遙遠，路上又不太平，所以很多在西南常見的東西在內地能賣出高價來。若是姑娘藉此機會打通了西南到內地的商路，那真是一條不可預估的巨大商機！

見孫小青吃驚的張大了嘴巴，四娘敲敲桌子。「這些都要慢慢來，現在當務之急，是要咱們手裡有足夠的本錢，如今我也算是同皇上合夥做生意的身分了，想來各地商會只有拉攏咱們的分，只要在西南能做成第一筆生意，咱們的路就會越走越順。所以，眼前要收攏所有能收攏的資金，我要用芳華這些年的盈利，再賺出幾個芳華來！」

孫小青斂斂心神。「我明白了，我再把這些帳理一遍，明天一早就去京中發信。」

「也不知道李昭大哥跟藥材商談得怎麼樣了，這都兩天了，也沒個消息。」

話音剛落，李昭的聲音從院子傳來。「不聲不響的跑來莊子裡，倒是叫我好找。」

李昭進門找了張椅子坐下道：「讓鶯歌趕緊去給我倒杯茶來，渴死我了。這兩日我忙得昏天暗地的，妳倒是躲到莊子上過悠閒日子來了。」

「李大哥怎麼知道我是來過悠閒日子的？我這兩日可是幹了不少事呢，至少咱們去西南這段時間的安全問題解決了。你那裡談得怎麼樣？」四娘問道。

「我跑了好幾家藥材商，最後定了信譽最好的一家，跟我們商貿往日裡也經常打交道。妳給的單子上的藥材，他們可以給最低價，並且可以優先供貨給咱們，我跟他簽好了契約，此時他們應該已經在緊急調運藥材了。」李昭接過鶯歌遞來的茶水一飲而盡，又要了一杯。

「你可有跟他們交代好，要按照我說的，一批製成藥丸，一批碾碎成末縫製到口罩裡？」四娘又確認一遍。

「說了，按照妳的要求，契約上也寫得明明白白。我辦事，妳還不放心嗎？」

「全部交貨之後，你把這些藥和口罩都送到兵部去，就說是芳華捐給大軍的，切記交代清楚這些藥丸和口罩的用法。」

見李昭的確是一副沒有休息好的疲憊模樣，四娘又簡單說了一下接下來的打算。當李昭聽見四娘到西南之後的計劃，疲憊瞬間一掃而光，精神得好像是打了雞血一樣。

「好妹妹，快給我仔細說一說，這事太刺激了，我怎麼覺得跟作夢似的，妳這不聲不響的就打算下這麼大一盤棋，妳可真是既幫了妳那好夫君的忙又不耽誤賺錢啊！」

四娘揉揉太陽穴，把想涉足的產業都跟李昭細說了一遍，越說李昭越興奮。這若是能成，四娘可就真成了大越朝當之無愧的頂尖商人了！也不知道四娘一介年輕女子，這些想法是怎麼想出來的。

李昭不知道四娘多活了一世，眼界畢竟要高出這個時代的人一籌，加上上輩子吸收的知識，四娘腦子裡有許多這個時代人沒有的創新精神，也更善於計劃。

本來覺得把芳華做好就足夠了，賺得也不少，但現在看來，銀子再怎麼賺都不嫌多啊。還真是勞心的命，四娘暗自嘆息！

在莊子上住了三日，何思遠中間又來了一回，依舊是晚上夜深的時候來的。四娘睡得迷迷糊糊，連話都說不出來，總覺得自己到了莊子上後睡得特別沈，一閉眼便能沈入香甜的夢鄉。

何思遠擁著四娘睡上幾個時辰，再在天未亮時醒來，哄著四娘雲雨一回，四娘睡得渾身酥軟，連推開他的力氣都沒有。好在何思遠極自覺，事後會體貼的幫四娘擦身再換上乾爽的小衣，四娘也就隨他去了。

回到城裡後，四娘便開始專心給何思遠預備東西。西南氣候炎熱，厚衣服不用帶，多備上幾身柔軟吸汗的長衫即可，還有四娘好不容易尋來的一身金絲軟甲，再加上一些日常的藥物，裝在一個荷包裡，便於隨身攜帶。

這日，何思遠終於把出發前要忙的事情忙完，也接到了朝中任命的聖旨。命何思遠為征南大將軍，正二品，配合睿侯統領十萬大軍，隨著一起而來的還有四娘擢升為二品誥命的文書。

還有兩日大軍就要出發，何思遠這兩日打算在家好好陪一陪四娘，畢竟此一去，不知多久才能回來。

一早起床，何思遠支著腦袋躺在床上看四娘絮絮交代給他準備的東西，一樣樣分門別類，整齊的擺放在一個箱子裡。

天氣越來越熱了，四娘在屋裡只穿了一身月白色薄紗裡衣，地上鋪了地毯，四娘赤著足在屋裡來來回回。寶藍色地毯上，嫩白的一雙腳發出瑩白的光，腳趾甲上塗了大紅色蔻丹，小小的腳趾一粒一粒的，好想拿在手裡好好把玩把玩。

四娘正在想要不要多給何思遠帶幾雙鞋子，底要納得厚一些，西南多山路，鞋底薄了走路硌腳……

突然被一雙有力的胳膊打橫抱起來，四娘嚇得驚呼出聲，何思遠含住四娘的一隻耳垂，含糊不清的說：「莫要忙了，好好陪陪我，咱們不知道要分開多久，我捨不得妳。」

短短一夜便冒出來的鬍渣，磨擦著四娘臉側的肌膚，又癢又麻。四娘往何思遠懷裡縮了縮。「別鬧了，我還想著把東西都給你準備妥貼，你到了之後就按照我給你準備的用，我總覺得還漏了什麼，只是總也想不起來，腦子裡亂糟糟的。」

何思遠把四娘放到床上，調整了個舒服的姿勢，四娘的頭靠在何思遠胸前，腿搭在何思遠腰間。

何思遠果真拿起了四娘的腳細看，四娘掙了一下沒有掙開，白了他一眼嗔道：「不正經，人家正想事兒呢！」

「娘子別太操心了，也不是第一次上戰場，我心裡有數。昨日剛從兵部領了你們芳華捐的藥材和口罩，兵部侍郎一個勁的讚我有個賢妻，妳可真給為夫長臉！」說著何思遠狠狠的在四娘臉上香了一口。

「我就是擔心你，西南太遠了，有什麼事情要想傳回京城也要好久，仗打起來書信也不便傳遞。再者，我也怕你再受傷，瞧你後背上那些傷疤，我看見便止不住的擔心。」四娘伸出一根手指，戳戳何思遠胸口堅硬的肌肉。

「都說了不用太擔心，此次準備十分周全，明王說這次不會出現上次突厥一戰中軍需短缺的情況了，說是有個大商人會在西南給咱們就近提供軍需、糧食衣服什麼的，應有盡有，妳就安心在家等我回來，閒了去莊子裡住上幾日，很快我就能回來了。」

四娘聽到何思遠口中的大商人不由得有些心虛，他還不知道這個大商人就是自己的娘子呢！

「那你答應我，不要輕易涉險，遇到事情先想一想我和爹娘，我們都盼著你平平安安的得勝歸來，你若是……唔……」四娘話沒說完便被何思遠堵住了嘴。

一邊溫柔的吻著四娘的雙唇，一邊熟練的剝開四娘身上的衣服，四娘羞得直往下縮，卻被何思遠緊緊禁錮住後腦勺，躲藏不得。

一直到了午飯時分，鶯歌如今已經極有眼色的不去打擾兩人，徑直去跟小廚房交代，午飯晚些再擺。

四娘累得又在何思遠懷裡睡了一覺，卻又被體內那個作怪的東西攪弄醒，忍無可忍的抓住何思遠的胳膊狠狠咬了一口，何思遠這才喘著粗氣慢慢停下來。

午飯四娘都是在床上吃的，實在是被何思遠鬧得沒有力氣，連筷子都拿不穩。何思遠帶著一臉討好的笑，一筷子一筷子的親手把飯菜餵到四娘嘴裡。

四月初，十萬征西南大軍開拔，睿侯為主帥，何思遠為副帥。出發那日，皇上和明王在城門親自相送。

四娘站在出城必經的路上等著，驕陽當空，曬得人昏昏沈沈。遠遠傳來馬蹄聲，路上的塵土蕩起，嗆得四娘咳嗽了好幾聲。

昨夜兩人幾乎一夜沒睡，離別前的纏綿總是格外漫長。想著自己瞞著何思遠要跟著去西南前線，本就心裡愧疚的四娘昨日格外縱容何思遠，這廝也頗會順竿往上爬，見四娘不捨得自己要遠行，所以纏著她試了好幾回新姿勢，直鬧得一張床都不成個樣子，今早四娘也不知道是怎麼爬起來的，這會兒還覺得腰痠腿軟，走路都直打顫。

看著何思遠一身銀白色戰甲，騎著馬遠遠而來，平日裡已經夠有銳氣的何思遠披上戰袍更加讓人窒息，那張稜角分明的面龐彷彿是畫卷裡遠古時代走出的戰神一般。

四娘今日特意穿了一身大紅色，何思遠一眼便望到了自家的小娘子，彷彿一支開得正豔的杜鵑。瑩白的臉、緋紅的唇，美得讓人想把她藏起來。

何思遠同睿侯說了句什麼，睿侯打趣般的笑了，讓何思遠快去快回。

打馬來到四娘身邊，長臂一撈，一把扯著四娘一同騎上了戰馬，然後往一側樹林裡奔去。

四娘被何思遠緊緊禁錮在懷裡，到了林中，何思遠掐著四娘的腰，把她調整成面對自己的姿勢。四娘指尖劃過何思遠的眉毛、鼻梁，還有雙唇，何思遠忽然把四娘的指尖含住，舌頭輕輕裹了一裹。

「何思遠，一定要答應我，好好的，莫要讓我擔心。」四娘緊緊盯著他的雙眼，一字一句的說。

何思遠放開四娘的指尖，用粗礪的手指幫四娘擦去鼻尖上的汗珠。「我答應妳，保重自身，儘量不受傷。妳好好在家等我，等我這次仗打完，咱們生他一窩孩子，好好的過安生日子。」

四娘雙手捧住何思遠的臉，慢慢靠近，近到何思遠能在她的眸子裡看到自己的樣子，帶著薔薇香味的唇覆在他的唇上，先是溫柔的吻了一下，然後四娘一個用力，狠狠咬住。何思遠感覺唇上吃痛，挑挑眉，但也沒有掙開。

四娘嘗到了血腥味才鬆嘴，何思遠唇上鮮血和著四娘的唇脂，有一種妖異的美。

何思遠不在意的用大拇指在自己唇上揩過。「就這麼捨不得我？嗯？」說著手在四娘腰間搔了一搔。「乖乖在家等我，不許亂跑。我娘子這麼好看，若是被別有用心的男人瞧上一眼，我就恨不能把他眼珠子挖出來。」

四娘帶著哭腔說：「何思遠，你若是敢讓自己有不測，我就帶著千萬家財改嫁！往日替你守了幾年寡，這次我絕不再守！」

回答四娘的是何思遠寬闊的懷抱，四娘貼著何思遠身上冰冷的戰甲，硌得臉頰生疼。

「我不會讓妳有機會改嫁！妳只能是我何思遠的娘子，這輩子、下輩子、下下輩子，妳都是我的！」

大軍已經浩浩蕩蕩走出好遠，何思遠不捨的把四娘送回路邊，鶯歌拿著帕子擋住太陽，正在翹首以盼等著四娘。

「回吧，等我回來！」說罷何思遠調轉馬頭，不回頭的打馬離去。

看著何思遠的身影消失在路上，四娘抹了把臉，對著鶯歌說道：「走吧，咱們也該準備出發了。」

莊子上的老兵提前兩天就接到了出發日子的通知，已經收拾好行囊和家人說好了。四娘還想法子給老兵們一人弄了一套兵甲，因已經在皇上面前過了明路，也不怕有人盤問，四娘身上揣著皇上給的聖旨呢。

皇上給四娘撥下來的一支十五人護衛隊，此刻也已經到了何府。早上何思遠前腳出門，涂婆婆後腳就開始讓下人把收拾好的東西一箱箱裝車。

孫小青早幾日已經把所有能帶的銀票都裝好了，滿滿一匣子，安頓好了弟弟虎子之後，也到了何府等四娘一起出發。

四娘交代二娘。「我走之後，京中芳華這些事情就交給二姊了，這些日子妳也都已經熟悉了各項事務，若是有拿不定的主意，寧可先放一放，給我寫信就是。其餘的，妳看著來。」

二娘鄭重點頭。「放心吧，我定把芳華守好。倒是妳要小心，幹麼非得瞞著妹夫去西南，離前線這麼近，那裡又人生地不熟的，若是有個萬一，家裡這麼大一攤事可如何是好？」

四娘握住二娘的手。「我有這麼多人跟著，不會出事的。二姊照顧好三姊，幫我看好家裡便是，我到了地方安頓下來就寫信回家。」

中午吃過午飯，李昭點齊了人數，查看過所有要帶的東西，告訴四娘可以出發了。四娘和孫小青換做男裝打扮，一行人上了馬車往天津碼頭趕去。

天黑時分眾人上了船，聽著水聲潺潺，吹著夜風，四娘望著漸漸遠去的天津港碼頭，心內思緒萬千。

鶯歌給四娘披上披風，靜靜站在四娘身後。

李昭從船艙裡出來，走到四娘身邊。「跟妳說件事，我把李氏商貿一半的盈利也帶上了，到了西南，妳做什麼生意都得帶上哥哥我。我是看好了，跟著妳一起做生意肯定發財。」

四娘瞥了李昭一眼。「你就對我這麼有信心？不怕我賠光底，回頭你爹敲斷你的腿？」

李昭乾笑兩聲。「怎麼可能，別的不說，妳做生意的眼光哥哥是極佩服的，換成別人也不敢去想開闢那麼大一片的商路。這做生意跟打仗是一樣的，若是還沒上陣就輸了氣勢，那可不行，便是不為了賺銀子，四娘妳想想，這樣極有魄力的事情，若是由我們親手去做，以後史書上會怎麼寫？光想一想便讓我這七尺男兒熱血沸騰，人生在世，若是不活出一點動靜來，那該多無趣！」

「你只顧著去熱血沸騰了，我問你，你究竟打算何時成家？嬸娘的信都寄到我這裡來了，讓我在京城幫你物色個姑娘，不論家世如何，只要是個身家清白的好姑娘就行，我看定是你躲著家裡不肯回去，嬸娘實在沒有法子了才來找我。」

李昭摸摸鼻子。「這不是沒遇到嘛，說不定咱們去了西南能碰見呢？到時候賺銀子娶媳婦兩不耽誤。」

「你想得倒美，我可告訴你，下次嬸娘再給我寫信我可不幫你打馬虎眼了，我自己就一堆事兒呢，還要讓我去幫你操心終身大事。」

「咱倆誰跟誰啊，好得跟親兄妹一樣，要不妳也不能帶著我一起合夥不是？」李昭那死皮賴臉的勁兒上來，四娘還真是招架不住。

當初跟李昭合作，是看中了李氏商貿的人脈廣、圈子大，沒想到幾年合作下來，四娘發現李昭這人挺有意思的。他沒有古代人的死板，極善於變通，並且能很快的領會接受她許多新奇的想法，舉一反三，完成度出乎意料的好。

現在四娘已經習慣了自己出點子，讓李昭去實施，兩人配合得天衣無縫。所以去西南，四娘一定要帶上李昭，有這麼個能明白自己想法的人在，簡直不要太省心，加上李昭是男子，自己再女扮男裝，有些場合也不適合出面，比如說談生意總要去個什麼青樓酒館的，有李昭陪著，省得自己費事兒了。

船行這一路上，走到一處大的城鎮，四娘總要停船休整兩日。

藉著休整的時機，四娘和李昭便帶著孫小青、鶯歌下船去聯絡糧商，分批購買了大量的糧食。

十萬大軍消耗糧草十分快，算一算日子，第一批運送到西南的糧草消耗完，四娘路上買的第二批糧草也正好送到。

但是四娘一直把糧草的購買量控制在一個合適的標準上，以免大肆購買，引起糧價震盪，若是有人此時乘機哄抬糧價，那平常百姓們就該日子不好過了。

走到安徽境內的時候，四娘一行人所乘的船後面已經浩浩蕩蕩跟著十幾輛運送糧食的大船。

待到了江蘇，四娘吩咐李昭帶人去買絲綢。自古以來南方都產絲綢，四娘打算以絲綢商人的身分，在西南打開自己的商路。

李昭看著一疋疋華光溢彩的絲綢被運送到船上，悄悄問四娘。「妳這葫蘆裡賣的什麼藥？我怎麼有點看不懂。」

四娘把玩著腰間的玉珮，對李昭說道：「你等著看吧，我要用這一船絲綢，敲開西南商會的大門。」

李昭看著四娘堅毅的眼神，不由得嘆息。「我有點後悔了，應該在當初你們一家剛到夷陵落腳的時候就把妳娶了去，妳成了我李家的人，我們李家可就發達了！」

話音剛落，便遭到了以老崔為首的一群老兵殺人般的目光。這是活膩了？當著咱們家何大人同袍們的面挖牆腳？

李昭慌忙解釋。「別誤會別誤會，我在開玩笑，只有你家何大人才配得上四娘，我這麼一介商賈無論如何也高攀不起……」

老崔露出一個猙獰的笑，臉上剩下的那一隻眼睛冒出狼一般的光。「李昭兄弟說話小心點，你知道我那兄弟孟峰為啥說話有點大舌頭不？他舌頭曾經被突厥人割掉，後來縫上了，卻是縫得有點歪了，所以落下個說話含糊不清的毛病，李昭兄弟以後可是要當心。」

見李昭被老崔嚇得臉色都不對了，四娘憋住笑，說了一聲。「別嚇唬李大哥了，我們倆認識多年，跟親兄妹一樣的，剛才李大哥只是在開玩笑。」

老崔衝著李昭齜牙一笑，那隻沒有了眼球的眼眶微微動了動，李昭抖著腿說了聲。

「我去看看他們裝船裝完了沒有，咱們接下來還要緊著趕路呢！」
說罷落荒而逃，身後一幫老兵哈哈大笑，連皇上派的一隊護衛的領頭，叫周濤的都忍不住笑了出聲。
「何夫人，咱們還有五日左右就到雲南了，到了之後您是準備在哪兒落腳？館驛還是客棧？若是在館驛，屬下提前跟館驛打個招呼。」周濤問道。
四娘想了想。「既不住館驛，也不住客棧。這樣，等到雲南的時候，周大哥派個辦事妥貼的兄弟，快馬去昆明給咱們買一棟大宅子，越大越豪華越好，咱們是以商人的身分去的，必要露一露財氣才好，這樣才能讓有心人知道咱們的身家豐厚，以後的生意才好做下去。」
周濤點頭應下，心想這何夫人還真是說話和氣又不矯情。當初陛下把他們十幾個兄弟派發這任務的時候，兄弟們還私下嘀咕，京中的誥命夫人見過不少，都是些嬌滴滴難伺候的，這麼一趟遠門，不知何日才能回京，若何夫人是那種事多又嬌氣的，兄弟們這趟差事還真是憋屈。
如今一看，何夫人辦事索利，也從不難為人，更別提一路上的飲食住行都安排得極妥貼，他們護衛是跟何大人的一眾舊日同袍們統一對待。都是軍人，一幫人很快就混熟了，閒來無事，何夫人還讓他們一起喝個酒聊聊天。

如今四十幾個老兵和十幾個侍衛打成一片，四娘心裡也很滿意。他們這一行人得共同在西南待上許久，若是兩邊互相看不對眼，那可是讓人頭疼。

船行三、四天，終於到了雲南境內。

越往南走，天氣越熱，到雲南的時候，四娘已經換上薄薄的夏衣，眾人下船換車馬，繼續往昆明行去。

四娘特意換上一身看起來就閃瞎人眼的男裝，一眼瞧去只能想到兩個字：「有錢」。腰間別上一把灑金摺扇，連靴子上都綴了碩大的明珠。

周濤牽來一匹英俊的白馬，四娘躍馬而上，笑著對李昭說：「李大哥，今日起我就是東家，你就是掌櫃的，在外你可要做足了畢恭畢敬的樣子。記住了，咱們是京中來的絲綢商人，剛從蘇州採買了一大批上好絲綢，此次來雲南，是因為家母身體需要在溫暖的地方靜養，順便東家我想在此地做絲綢生意。」

李昭騎馬跟在四娘身後道：「記住了，黃東家！」

周濤笑道：「何夫人這一身看起來真是精神，若說是京中哪家小公爺，也是有人信的。」

四娘拿出摺扇，瀟灑的搧了兩下。「以後換換稱呼，在外一致口徑叫我黃東家。咱們騎行兩、三日就到昆明了，讓你的人務必盡快把住處找好，若是買不下來就租，記住我的話，排面一定要足。這些糧食讓人直接運到前線去，等大軍一到，直接交接便是，莫要透露我的消息，只說是按聖上旨意給大軍的糧草，後續還會按時送去，讓他們安心打仗便是。」

周濤領命下去安排調度了，他一退下，老崔便快速打馬跟上四娘。

「少、呃東家，咱們是否要謹慎行事？如此大張旗鼓，會不會招來土匪？聽說西南民風彪悍，其地也不大太平，咱們一行人看起來就像肥羊，若是遇到攔路的該當如何？」

四娘彎起嘴角。「叫弟兄們把兵器都佩戴上，所有人注意動靜，若是真有不要命的土匪來打劫，正好咱們也立立威。」

四娘心裡跟明鏡似的，土匪哪裡沒有，但西南商會的人肯定熟悉，否則他們以往是怎麼運貨的？真有想摸底的土匪露面，四娘正好把動靜鬧大，也好叫西南商會的一眾人知道，她是有底氣、腰桿子硬的，以後談起生意來，也好叫他們掂量掂量。

果不其然，黃昏時分，一行人行至一座峽谷，前方路上齊齊整整一隊人馬攔路而站。

四娘給老崔使個眼色，老崔打馬上前詢問道：「前方何人攔路？」

為首的是個黑壯的胖子，嘴裡銜著根草莖懶洋洋的說道：「我乃這裕水峽的大當家，凡是過路的商家都要交上一筆過路費，保准各位一路暢行無阻。」

老崔心裡暗罵，真他奶奶的遇見土匪了。「不知這過路費要交多少？」

那黑胖子前後打量了老崔身後長長的商隊一眼，心裡暗暗掂量。看這一群人中間的公子打扮得跟畫上的人似的，定是個有錢人家，後面這一車車的貨物，值老鼻子錢了。

「你們人多、貨也多，交上五千兩我想不算貴吧？」

四娘在後面隱隱聽見這黑胖子的話，不由得笑出聲。「五千兩果真不算多，說起來還不值我一塊玉珮的錢。但這錢我得給個明白，請問大當家，誰給你們的消息提前在這裡等我們？」

黑胖子吐出嘴裡的草莖。「哪有誰給我們消息？只要路過我們這裕水峽的商隊，都有這麼一道，別廢話！若是不給，我這些兄弟們手裡的刀可不是吃素的！」

四娘聞言朗聲道：「既然大當家不說實話，那便看看咱們到底誰是吃素的！老崔，莫要客氣，先打一頓再說，若是還不老實，腳筋給我挑了！」

老崔聽得此話，眼露凶光，抽出背後揹的那把大刀，後面隊伍裡的人紛紛騎馬上前，和黑胖子一群土匪對峙。

「你這做生意的，怎麼這般不講理？你要是覺得老子要得多了，咱們可以再談嘛……」那黑胖子一看對方隊伍裡這麼多兵器齊全的漢子，並且一個個看起來都帶著肅殺之氣，瞬間就覺得心虛。

媽的，這還是個硬底子，暗暗後悔不該聽西南商會那會長的話。什麼讓自己給下馬威，弄不好，這一山寨的弟兄們都要折進去！

老崔懶得聽那黑胖子廢話，一揮手，幾十人紛紛殺過去。畢竟是歷經沙場的老兵，哪裡是這些山野土匪可以抵擋的？不到一炷香的功夫，老崔便提著這黑胖子扔到了四娘馬下。

四娘懶洋洋的剔弄著指甲問道：「還是不說嗎？不然爺幫著肅清一下這裕水峽，也好讓以後來往的商隊省省心。」

那黑胖子被綁得結結實實，在地上瑟瑟發抖。「大爺、大爺饒命，我說、我說便是了。」

果然跟四娘所料無差，這幫土匪的確跟西南商會有絲絲縷縷的關係。西南商會每年按時給他們銀子，除了買個平安清靜，若是有別地的商隊前來，商會便讓這幫土匪先敲上一筆銀子，順便探探虛實。

小商隊便算了，交了錢就放行。若是大商隊，便讓他們想辦法弄清楚商隊的底細、來此處的目的，消息傳回西南商會，商會的人也好對著外來的商隊坐地起價。若是不跟著西南商會的規矩條件走，包管他們做什麼生意都賠個底兒掉。

怪不得，西南地大物博，但輸送到內地的商品數量不多。算來算去，能買到西南的香料、木材的，也就那麼幾家商戶，所以西南的東西才會在內地賣得這麼貴。

四娘用腳尖點點那黑胖子。「說了實話就饒過你，回去告訴你身後的人，我乃是京中來的商人，這做生意，我去的地方也不少，也遇見挺多這種排外的各地商會，可是爺從來不怕，你知道為何？」

黑胖子搖搖頭，額頭上掛的汗珠簌簌滴落。

四娘再度冷笑。「說出去不怕嚇死你，爺什麼出身，身邊跟著的是什麼人？瞎了你的狗眼！要銀子爺有銀子，要人爺有人。別的不說，你們這幫烏合之眾，便是再來幾批，爺身邊這些人也跟砍瓜切菜一般！」

那黑胖子瞅著這群凶神惡煞的人，心裡暗自嘀咕，看這架勢，都是練家子。又聽那爺口口聲聲說是京裡來的厲害人物，莫不是京裡哪家權貴的親戚？若是這樣，那還真是不好惹，回頭要趕緊告訴會長，別打這群人主意，這塊骨頭硬得硌掉牙！

「大爺，兄弟們有眼不識泰山，還請您高抬貴手，放了兄弟們。我們也是為人辦事，並不是有意要找大爺的麻煩。」黑胖子也是個有眼色的，急忙求饒。

四娘見想傳達的信息已經傳達到了，也不再跟那黑胖子廢話，擺擺手，老崔解開那黑胖子的繩子，讓他帶人滾蛋。

見那一幫土匪一溜煙的跑遠，李昭問道：「咱們離昆明尚遠，他們會不會還有後手？」

「若是有悄悄尾隨打探消息的，讓手下的人放話出去，就說咱們是明王的親戚，這商隊有明王的本錢在裡面。反正這話也不虛，跟聖上合夥做生意，說起來，以後不還是明王的？」四娘面上露出一個壞笑，扯虎皮做大旗，這次她還真要狐假虎威一番。

第二十九章

餘下幾日，手下來報。果然在眾人打尖休息時有做小商小販打扮的人明著販賣東西，暗裡悄悄詢問商隊的底細，已經交代好的隊伍裡的人便裝作不經意般的透露，這商隊跟未來太子明王有千絲萬縷的關係。

四娘一行人還未到昆明，昆明的西南商會便知道了近日有個大商人，帶著滿滿十幾輛馬車的貨物來了雲南。聽說東家是個年輕公子，穿戴非同一般。這東家還是明王的親戚，所到之處，非豪華客棧不住，非佳餚珍饈不入口。那排場，簡直厲害了！

四娘到昆明那日，眾人果真長了一番見識。

周濤手下已經買好了一處四進的大宅子，說原是前朝什麼王爺的別院，後來幾經轉手，如今正好空置出來，花了八、九千兩銀子買下來，裡面東西都齊全，稍微收拾收拾便能住了。

那宅子如今已經換上了黃府的牌匾，門口幾個身強力壯的家丁一字排開，整整齊齊的等著主子到來。

一身月白色朧紗貴公子模樣的四娘到了門口，家丁急忙接過韁繩，四娘翻身下馬。

先是走到後面豪華的馬車前，丫鬟打起簾子，扶出一位端莊貴婦人，正是涂婆婆。四娘早就交代過今日在昆明露面，定有人在一旁窺探，一定要做足了氣勢。

涂婆婆畢竟在宮裡待過幾十年，要想作出一副貴婦人的模樣簡直不要太簡單。搭上四娘伸出的手，涂婆婆一步步的邁下馬車。她頭上梳著整整齊齊的元寶髻，首飾不多，卻一眼望去就知非凡品可比，加上涂婆婆一副上位者的威嚴氣勢，那一瞬間四娘彷彿看到了宮裡的主子娘娘。

「娘，到地方了，咱們去看看收拾得如何，若是不合心意，讓下人再換個住處。」四娘扶著涂婆婆一邊往門裡走一邊說。

涂婆婆扶一扶頭上的簪子，突然道：「小心著些我的首飾匣子，裡面有皇后娘娘賞的鐲子，若是打碎了，把你們剝了皮賣掉都不夠賠！」

丫鬟從馬車裡抱出一個金絲楠木匣子，小心的捧在手裡，跟著主子進了院子。後面一眾人搬的搬、抬的抬，滿滿當當，好幾十箱東西，有下人搬運時不小心打開了箱子蓋子的，圍觀的人都快被裡面露出的珠光寶氣閃瞎了眼。

這院子果真寬闊，一進院便能看到雲南特有的熱帶植物樹木都打理得挺好。府裡還有座極大的花園，各色花草開得熱鬧，其中一棵藍花楹樹更是壯觀，四娘一眼就愛上了。

待所有東西都入庫擺放好，主院的幾個房間也都收拾妥當了，四娘交代周濤。「周大哥去城裡最好的酒樓叫上幾桌菜，挑好的點，今晚咱們好好嚐一嚐雲南的名菜。」

周濤領命而去，四娘這是準備把一個豪氣的商人演到底了。想了想，跨出府門的時候周濤也作出一副頤指氣使的模樣，隨意的指著府門口路邊一眾看熱鬧還沒散去的人高聲道：「有誰知道這昆明城內最好的酒樓是哪家？我家爺要點菜。」

有個眼皮子活的早就顛顛的跑過來。「小的知道，要說最好的酒樓，肯定是城裡的鳳凰樓，什麼山珍海味應有盡有，要不要小的帶大爺去？」

周濤從懷裡掏出一錠銀子，隨手拋向那閒漢。「拿著，帶爺走一趟。」

那閒漢接過銀子，放在手裡掂量掂量。好傢伙！至少也有四、五兩，這銀子夠一家人幾個月過活了。這黃府主子果真是個大富豪，連下人出手都這麼闊綽！

昆明不愧是春城，四季如春。只是這早晚的溫差有些大，早上還需要穿整齊的春裝，中午便熱得恨不能穿紗。

眾人入府休息了一日，第二日四娘便讓李昭安排人開始出門。

「昆明城內所有賣布料的鋪子，你讓他們都去轉上一圈，只看不買，順便挑挑茬兒。記住，要給他們透露出咱們手裡有江南最時興絲綢料子的消息，這事兒不能讓那些老兵們去做，畢竟他們不像是能買得起綢緞的人，得讓周濤大哥手下的十幾個人去，先換上上好的衣服，喬裝打扮一番。」

李昭知道四娘這是準備釣魚了，當即應下，叫上周濤給兄弟們安排去了。

四娘則悠閒的坐在花園裡那棵巨大的藍花楹樹下曬太陽喝茶，孫小青拿著帳本在一旁憂心忡忡。

「東家，咱們一路走一路買，這帳目上的銀子可不多了。買糧食便花了一半的銀子，還有那一船絲綢，壓著的貨款總有十幾萬兩，再這麼下去，下筆買軍糧的錢要從哪裡來？」

四娘輕合雙眼，感受著早晨的陽光從花樹的枝椏中灑下。「別急，這筆絲綢很快就會賣出去了，接著，其他的生意也該開始了。」

周濤帶著十幾個兄弟們轉悠了一天，城中數得上的布料鋪子都轉了個遍，中午還兩兩分散在城中各個茶樓裡吃了頓飯，邊吃邊大聲聊天。

「你那天看到黃府新搬來的人家沒有？那架勢，可真是讓我開了眼界。」

「怎麼沒看見，那麼長的馬車隊，還有一支好幾十人的漢子護衛，聽說那天他們搬東西時不小心掀開了箱子，裡面的珠寶簡直要閃瞎眼！」

「好歹也是京中來的大富豪，聽說生意做得可大，那個黃東家彷彿是和明王有什麼親故，他娘那匣子裡還放著皇后娘娘的賞賜呢！」

「當真？那可真是厲害了！不過我聽說他們帶的最值錢的莫過於那幾十車的貨物，從江南採買的上好絲綢，全都是今年最時興的料子，除了上覲到宮裡的，全部都被那黃東家給帶到昆明來了。」

「這黃東家好好的京城不待，跑來雲南做什麼了？」

「誒，聽說那黃東家極孝順一個人，他娘身患有疾，御醫說要在氣候和暖的地方住上幾載，這病才會慢慢好。我估摸著黃東家到了昆明以後會在此處長住，恐怕帶著絲綢過來，也是順便做生意來著。」

茶樓裡其他好事的人，紛紛跟這兩位說話的討論起這城中新來的富豪黃東家。

「不知二位有什麼新消息？這兩日黃府可是熱鬧得緊，又是叫酒樓最好的席面，又是招會做道地料理的廚子，聽說只是找個閒漢帶路，一出手便是五兩銀子，這黃府當真這麼有錢？」

「那可不是，若是沒錢，也不能一來便買下那院子了。聽說他家管事買那院子的時候都沒怎麼講價，只仔細看了裡面的家具和擺設，說了句『這院子倒還配得起我家主子的身分』，便一把將銀子付了。」

「嘖嘖嘖，果真是有錢。咱們雲南雖偏遠，但有錢的倒也不少，別的不說，若是那黃東家自己開個綢緞鋪子，生意定是興隆紅火，想來一下子就要把其他絲綢鋪子壓得抬不起頭來了。」

「誰說不是呢，再者人家跟明王有親，官府什麼的這些關係根本不用擔心。官府的路子一走通，這生意做起來簡直不要太順風順水！」

隨著茶館酒樓各色人等消息滿天飛，昆明城裡所有的綢緞鋪子東家都憂心忡忡。城裡突然來了個腰桿子硬的大商人，偏偏還是帶著幾十輛馬車的絲綢來的，擺明了要和昆明如今現有的綢緞鋪子搶生意。

誰都知道西南境內不怎麼太平，人家有本事把江南最時興的綢緞料子都買來就算了，還能平安無事的運到昆明來，這說明那黃東家背後有大靠山，自己的底氣也足。若是放任他在城裡把綢緞生意做起來，這其餘的鋪子難保不會被他擠兌得生意慘淡。

於是幾個大的綢緞鋪子東家一碰頭，此時也不講究什麼同行是冤家，眼看著生意都要被人家給搶了，還是先一致對外的好，幾位東家一起去西南商會找會長去了。

所謂商會，便是保護一地商人的利益的，總是在一處做生意，自己人抱團抱得越緊，才能不讓外人欺負了去。

西南商會會長姓任，五十餘歲，是個乾瘦老頭兒。任會長長得並不搶眼，屬於扔進人群裡也注意不到的類型，只一雙眼睛看起來精光四射。

余記綢緞莊的東家先開口道：「最近城裡消息紛紛揚揚，想來任會長也聽說了，昆明來了個黃東家，是個年輕小子。他手裡拿著一大批江南採買來的最好的綢緞，說是要在昆明城中開個最大的綢緞鋪子。」

任會長不慌不忙的喝口茶。「聽說了，所以你們就都坐不住了？」

「這怎麼還能坐得住？那姓黃的有錢有勢，跟明王還有親故，他的鋪子一開起來，怕是咱們這幾家綢緞鋪子都得關門。被一個外來的小子給擠兌成那樣，咱們西南商會還有什麼臉面？」

「你們想如何？」任會長吐了口茶葉沫子問。

「想讓他這綢緞鋪子開不起來，所以才來找您老給拿個主意。」余東家此話一出，剩下的幾個東家紛紛點頭。

任會長冷笑一聲。「倒是好大的口氣，憑什麼讓人家開不起來？不瞞你們說，那黃東家剛進雲南境內，我便找了裕水峽那一幫人去探了虛實，你們猜怎麼著？」

幾位東家紛紛看過來，臉上帶著焦急和不安。

「裕水峽那幫不中用的，被人家當小菜給包了圓了！還讓他們給我傳話，說是別打他們的歪主意，怕是咱們偷雞不成蝕把米。裕水峽大當家還說，那黃東家身邊的幾十個護衛不像是一般身手，個個凶悍無比，讓咱們當心著點，此人應該真的是跟明王有關係。這樣的硬底子，你們要是硬來，覺得真的能弄得過？」

「那該如何？難道真的就眼睜睜看著他把綢緞鋪子開起來？」

任會長瞇了瞇眼。「急什麼，也不是沒有辦法，硬的不成，難道還不能來軟的？」

余東家帶頭，幾位東家紛紛抱拳對著任會長行禮。「還望任會長幫幫咱們出個主意，事後必有報答！」

任會長露出一副和善的表情來。「聽說那黃東家極年輕，不到二十歲的年紀，連親都沒有成。這樣的年紀，做這麼大的生意，不外乎是家傳從老子手裡接下來的家底子。年輕人嘛，哪裡知道這做生意的門道，只憑著一腔子熱情橫衝直撞，誰說這綢緞生意就一定好做了？有個明白人去跟他說道說道，說不定他便改主意了，這西南地大物博，能做的生意多了，綢緞來錢又慢又壓貨，何必非得盯著綢緞這一項呢？」

余東家聽得似懂非懂。「那他手裡這一大批綢緞怎麼辦，他總不會把這貨爛在手裡吧？算下來也有好幾十萬兩的本錢呢！」

任會長不贊同的瞥了余東家一眼。「說你腦子不好你還不承認，現成的江南好綢緞，別處都拿不來的貨源，又直接給運到昆明城，省了多大的事啊！你們幾家又眼饞人家生意又眼饞人家貨源的，把價錢壓一壓，這批貨你們幾家分了不就是了？」

「妙啊！任會長果然精明！我等皆不如也！」

任會長的一番話瞬間給幾位東家打開了新的思路，只要那姓黃的不開綢緞鋪子，這批綢緞除了他們能吃得下，也沒別的地方銷去不是嗎？若是他們能把這些綢緞收回來，那可是省了好大的勁兒了，其他的不說，這一路上關卡打點還有運費什麼的，可是一筆不小的數目。

「只是，這說服姓黃的改行做別的生意的事該由誰去做呢？」

任會長衝一旁的丫鬟抬了抬下巴，那丫鬟拿起煙袋，給任會長上了煙絲，點上火。裊裊煙霧中，任會長露出一個滿足的表情。

余東家一拍手。「是咱們糊塗了，不管他姓黃的多大的本事，只要是想做生意，到了昆明，就得來西南商會拜山頭。咱們任會長是何人，在生意場上做老了的，任會長一定有辦法讓那姓黃的改了主意！」

任會長點點頭。「還不算蠢到家，算算這兩日，那小子也該上門了，到時候老夫好好跟他說一說，年輕人哪個不想做一筆大生意，賺他個金山銀山的？指望著這些絲綢，什麼時候才能揚名立萬？他若是個爭強好勝的，定會乖乖聽老夫的話。」

余東家心內大定。「如此，我們也不說什麼感謝的話。到時候若是能吃下那一批絲綢，所得純利的兩分都是任會長的。」

任會長一口接一口的抽著煙，揮揮手讓幾位東家退下。京城來的小子，口氣還真不小，他倒是想看看，這姓黃的小子能在西南弄出個什麼動靜來！

黃府，四娘悠哉悠哉的坐在椅子上吃小鍋米線。雲南的名產米線可是歷史悠久，小鍋米線更是當地米線的代表作。

四娘從來都是個愛吃的性子，往日在家自己還能折騰出好些吃食，更別提到了雲南。府裡新招來的廚子果真不凡，一手道地的雲南菜做得極好。

這小鍋米線湯底用的是老母雞加上新鮮松茸燉的，小火煨上一夜，雞肉都煮得骨肉分離，松茸吸收了老母雞燉出來的黃油，湯裡又滿含著松茸特有的清香，一碗雞湯澄黃明亮。

放入煮好的米線，再加上幾根過水的小青菜，撒上秘製的調料，這鍋小鍋米線吃得四娘微微冒汗，渾身妥貼。

李昭同樣捧著一鍋米線大快朵頤，邊吃邊跟四娘匯報這兩日的情況。

四娘喝下最後一口湯，滿足的打了個飽嗝。「備份重禮，釣了這麼兩日魚，咱們也該收線了，明日跟我一起去會一會西南商會任會長。這隻老狐狸，我倒想看看他把西南商會把控得多密不透風。」

西南商會位於昆明城內繁華的地段，偌大的大門看起來頗為富麗堂皇。富有特色的西南裝飾，門口種下的兩棵木瓜樹已經碩果累累。

遞了帖子，有人進去通報了，四娘和李昭在門房坐著等，下人上了茶果點心。

等了大概半個時辰，還沒有讓二人進去的意思，李昭面上漸漸露出怒意來。

「任會長好大的架子，我們東家便是在京城見明王也沒有被晾如此久過！」伺候的人眼見李昭發了火，不慌不忙的行了個禮。「對不住二位，今日任會長在見幾個玉石行的東家，大概是還沒有說完話，勞二位再等等。」

四娘打開摺扇隨意的搧了搧風道：「我嚐著你們這茶果子不錯，不知道是什麼做的？」

「回黃東家的話，此物叫粿粉，雲南常見。黃東家自京城來，沒見過也是正常的。」下人答道。

四娘從荷包裡掏出一個銀錠來。「果子不錯，你有心了，賞你的。」

下人忙不迭的接過銀子，面上瞬間換了一副諂媚的表情。「小的謝過黃東家，您稍坐，小的再去看看會長忙完沒有。」說罷一溜煙的出去了。

見此李昭冷哼出聲。「我還當這任會長多大的計謀，只是讓咱們坐冷板凳，這手段也太低端了些。」

「雖然低端，但是耐不住好用呢。若我真的是傳言裡那個年紀輕輕便繼承了不菲家業，冒冒失失橫衝直撞的小子，恐怕今日就要受不得這氣跟任會長鬧得不愉快了。剛來西南就跟商會的會長鬧翻，以後這生意還有誰敢跟咱們做？」

四娘捏起果子咬了一口，皺了皺眉，扔回盤子裡。這果子寡淡無味，哪裡就好吃了，不就是青稞磨成粉而做的黏糕罷了。剛才四娘那麼說，不過是藉個機會給那下人塞點銀子，有道是宰相門前七品官，商會來來往往都是做生意的，下人也比別家的要勢利一些。

果不其然，那下人見黃東家出手大方，得了好處才又到任會長書房提個醒。任會長哪有什麼玉石行的東家要見？一個人正半躺在臨窗的胡床上，旁邊一個身形豐滿的丫頭伺候著他抽菸呢。

下人進了屋，半低著頭道：「會長，那黃東家還在等著呢，您看是不是繼續晾著？」

任會長抽了口煙，瞇著眼睛問：「可是那小子等不住了？」

「黃東家倒是沒說什麼，他那掌櫃的一副要發火的樣子，直言就說在京城覲見明王時也沒有這樣等過。」下人回答。

「罷了，也快一個時辰了，再晾著倒是要留他們吃午飯了。待我抽完這袋煙，便叫他們進來吧。」

下人應了個是，低頭退下了，走到門口時不經意的一抬眼，瞧見任會長一隻枯瘦的手正順著那丫頭薄薄的衣衫往胸口處揉捏著，那丫頭咬著唇低頭又給任會長裝了一袋煙。

過了一會兒，下人帶著四娘二人一路走到任會長書房，此刻任會長正襟危坐，端著茶碗正在喝茶。

一進屋，四娘便雙手抱拳對著任會長行了個禮。「久聞大名，在下京城黃四，拜見任會長。」

任會長臉上露出個稱得上和善的笑來。「黃東家不必多禮，早就聽說昆明新來的黃東家一表人才，今日一見才知所言非虛，果真是年輕有為。」

「任會長謬讚了，這是我家大掌櫃，姓李，晚輩今日帶著他一起來瞻仰一番任會長的風采。」

「快坐快坐，不好意思，剛才商會有些事情，讓黃東家久等了，實在是對不住。」任會長客氣的解釋。

四娘笑呵呵的回。「西南商會乃是大越朝最大的商會，事情多又繁雜，任會長千頭萬緒，能者多勞，在下便是等等又能如何，任會長不必往心裡去。」

場面話說了幾輪，四娘端起杯子喝茶。

「不知黃東家之前在京中作何生意，如何就到了咱們西南來？」任會長問。

「不瞞任會長，晚輩在京中時家裡什麼生意都沾一點邊，後來先父去世，偌大的家業便交給了我。如今家母身體不好，看了御醫說是最好得去個溫暖的地方療養。要說溫暖，哪裡比得上昆明四季如春？晚輩這便帶著家母來了昆明。」四娘一板一眼的回答。

「黃東家至情至孝，真是讓老夫佩服。老夫聽說，黃東家在江南採購了一大批絲綢，準備在昆明開個絲綢鋪子？」

來了！四娘就等著任會長問這句話呢。

「不錯，晚輩跟江南一個做絲綢生意的世叔關係不錯，正好走到江南時今年一批時興的料子剛出來，除了上覲到宮中的，其餘地方都還沒有流通，晚輩磨了好幾日，我那世叔才答應把所有的新出絲綢全給了我。」

看著四娘一本正經說瞎話的樣子，李昭差點一口茶噴出來。什麼世叔、什麼磨了好幾天？全都是他帶著人去江南鄉下收的第一手貨源，料子當然是好料子，只是沒有四娘說的那麼玄乎，也沒有上覲到宮裡那回事，只不過是今年那些織戶想出的新織法，還沒來得及在市面上售賣，正好被四娘趕上，便壓低了價格，全部搜羅了來。

任會長露出一副語重心長的樣子。「既然黃東家把我看作長輩，我也不忍看你在昆明折戟。實話告訴你，這昆明城中大大小小絲綢鋪子好幾十家，生意做得大的也就是那麼三、四家而已。並且西南雖大，但咱們這裡閉塞，有錢人家沒有傳言中的那麼多，你若真的把絲綢鋪子開起來，這麼大一批貨，怕是本錢都要壓在裡面了。」

四娘果然面上露出急切的表情。「這可怎麼是好？這批絲綢倒是上好的料子，若是在京城，不出兩個月便能搶購一空。西南真的如此沒有購買能力？」

任會長點頭。「實在是不忍心看著黃東家吃虧，老夫這才好意提醒。咱們肯定比不得京城，京城達官貴人到處都是，便是平常百姓家裡也要富裕許多。西南的情況就是如此，黃東家買這批料子花了不少銀子吧？」

「可不是，花了我二十萬兩銀子呢！這麼多銀子壓在這裡，這可怎麼是好？」

看著黃東家急得汗都出來了，任會長心內大喜。還是年輕啊，就是沈不住氣，這不，三言兩語便亂了心神。

「莫急莫急，既然黃東家都到了昆明，老夫也不能讓你一來便吃這麼大的虧。你若是願意相信老夫，老夫給你出個主意，讓你把這批貨盡快處理了，你看如何？」

四娘起身，衝著任會長行了個禮。「還請前輩教我！」

「快快起身，當不得教，只是幫你一把。老夫任會長多年，在這西南眾位東家中還有些面子。這樣，我幫你聯繫幾位做絲綢的東家，讓他們把你的料子分一分，畢竟貨物多，一家吃不下，幾家一起總能分個差不多。你也別把價錢咬得太死，只要不賠錢，便出手吧！銀子回來了，你再看著做些其他生意，總比所有的料子都砸在手裡強，過了兩年也就失了新鮮，更賣不出去了。黃東家意下如何？」

「如此甚好！晚輩在這裡就先謝過任會長了！真沒想到，甫一到西南，便遇到任會長這樣的好人，若不是您，這筆銀子真的要打了水漂了！只是，依您所見，這筆銀子回來了，晚輩做些什麼其他生意好呢？」四娘露出一副誠心求教的模樣來。

任會長捏著鬍鬚笑著說：「這個容易，西南特產極多，大的有玉石生意，小的也有木材、香料等，黃東家若是想賺大的，就做玉石，只是玉石生意水深，一個不注意便容易走了眼。若是黃東家實在動心，老夫也可帶一帶你，不瞞你說，西南最大的玉石行便是我任家所有。祖上傳下來的生意，所幸老夫守得住，做得也還不錯。」

「如是能有任會長指點，那是再好不過，只是當務之急，還是先把這批料子處理了。煩勞任會長和幾位綢緞鋪子的東家說一聲，和晚輩碰個頭，也好談一談這綢緞的價格。」

任會長見這姓黃的果真往自己劃的道上邁出了步子，心內開懷。「黃東家放心，我下午便找他們前來商議，定把你這批料子盡快處理了。咱們今日一見如故，若是黃東家不介意，老夫還想問一句，黃東家和明王是何關係？」

「這……這實在是明王交代過，不讓晚輩在外透露出和明王的關係，不過今日任會長幫了晚輩這麼大的忙，晚輩也不瞞您，我一母同胞的姊姊，是明王殿下的側妃，因生殿下長子時難產而亡，殿下愛重姊姊，於是對我家多有關照。」四娘低聲對任會長說道。

明王殿下確實有個生孩子難產死了的側妃，只不過跟四娘半點關係都沒有，只是借一借明王殿下的大旗，反正離得遠，明王也不知道。

任會長眼中一瞬間放出精光，明王殿下是板上釘釘的太子，他的長子極有可能是未來的小太子。面前這黃東家以後一個皇親國戚是跑不了的，若是運氣好，說不定還能做個國舅爺。看來還是要好生哄著這黃四，至少不能和他翻臉。

「怪不得黃東家有如此身家，有明王殿下做靠山，黃東家這生意還不是做什麼成什麼。以後若是有事，只管來找老夫，能幫的老夫一定不推辭。」

兩人又互相誇讚了半日，眼看著到了中午，四娘這才藉機告辭。

走出商會大門，四娘長吁一口氣。「老東西，累死我了！」

拿出扇子搧了搧風，四娘卻意外的嗅到了一絲奇怪的香氣。剛剛在任會長書房，裡面熏了極濃的迦南香，四娘沒有察覺，這會兒到了外面，風一吹，四娘敏銳的嗅到了一種不同於迦南香的特殊香氣。

拉過李昭的衣袖聞了聞，李昭衣服上也有這種香氣。四娘嗅覺一向靈敏，能聞到極其細微的味道。

李昭不得其解的問四娘。「怎麼了？可是有什麼不妥？」

四娘搖搖頭。「說不上來，任會長屋子裡面有什麼奇怪的味道，只是我聞不出是什麼。」

「咱們回家讓涂夫人聞一聞。涂夫人在宮內這麼多年，見多識廣，說不定便能聞出來這是什麼東西的氣味。」

不會是任會長在香爐中投毒了吧，便是不想讓他們在西南做生意，也不至於一來就要他們的命啊！

黃府，四娘急匆匆到家找到涂婆婆，把外衣換下來讓涂婆婆辨別。

涂婆婆兩指夾起衣袖放在鼻下輕嗅，忽地皺起眉頭，又仔細聞了一番。半刻鐘後，緊皺的眉頭才舒展開來。

「娘，如何？您可知道這是什麼香味？」四娘急切的問道。

「不是什麼毒藥，是一種花的種子。」涂婆婆淡淡的說。

「什麼花的種子點燃後有這種香味？聞起來有種說不出來的古怪感。」

「罌粟花種子，少量入藥可以止痛，我也是往日在宮內聽御醫說起過，先帝有腰疾，疼起來生不如死，御醫曾建議用罌粟種子治療。但此物大量長期使用會上癮，先帝用了半年有餘，最後還是死於逐漸虛弱。」

罌粟！任會長竟然在吸食鴉片！原來大越朝此時已經有鴉片了，只是不知道這東西有沒有大量傳開，四娘之前從來沒有聽說過。

怪不得，任會長不正常的乾瘦，但精神又看起來還好。如此想來，任會長應該已經吸食鴉片很久了。

這事跟四娘他們無關，暫且丟開不管。四娘對李昭說：「這兩日西南商會幾位絲綢鋪子的東家應該會來跟咱們談那筆絲綢的事，李大哥一定要一口咬死進價就花了二十萬兩銀子，他們再壓價，也不能低於十八萬兩。」

李昭嘴角直抽抽。「妹妹，妳可真黑！」

四娘昂起頭。「是他們先想坑咱們的，不怪我黑他們一把。做生意，若是本本分分，自有本本分分的銀子好賺。但要是想著背後下黑手，那必定有報應。」

李昭連連點頭。「妳說得對，便是咱們綢緞鋪子開起來，也不見得就會把他們擠兌得都沒活路了。如今他們背後聯合任會長給咱們挖坑，想低價吃下咱們手裡的貨，那就讓他們吃去吧，就是要當心別噎著。」

不出四娘所料，第二日上午，五位昆明本地的絲綢鋪子東家便來了何府。

余東家帶頭先與四娘問好。「久聞黃東家大名，受任會長所託，咱們來和黃東家談一談那批料子的事兒。」

「幾位東家好，任會長果然是個索利人，昨日剛與我說過要幫我把這筆絲綢分出去，今日幾位東家便上門了，快請坐。」四娘在前廳接待幾位東家。

余東家介紹了幾位一起前來的東家，四娘也介紹李昭給他們認識。

「這位是我的大掌櫃，姓李，具體的事情就讓李掌櫃和各位談。家母到了該吃藥的時辰，我要去伺候家母用藥了。」說罷四娘便回了後院。

看著黃東家的背影消失在後院，余東家幾位對視了一眼。還真是傲氣，這麼一大筆銀子的生意便扔給一個掌櫃處理。不過昨日任會長交代了，這姓黃的確實是有幾分背景，還是不要撕破臉的好。

李昭抱拳對幾位東家道：「幾位請坐，先嚐一嚐我們從京城帶來的茶，看看是否喝得慣。」

余東家端起茶杯喝了口茶。「果真是好茶！李掌櫃，我們幾位今日來是想先看一看貨，若是貨物不錯，咱們再談一談價格如何？」

「幾位東家果真是急性子，也罷，我這就帶各位去後面倉庫看一看，請跟我來。」

李昭帶著五位東家來到緊鄰著黃府的一處院子，這裡是四娘到昆明之後順手一起買下來的，房子都是空的，正好方便存放貨物。

李昭拿出一串鑰匙打開房門，映入眼簾的便是一沓沓整齊擺放的絲綢料子，上面用粗麻布蓋著，避免落灰。

掀開粗麻布，李昭隨意抽出一疋絲綢。「幾位請看這料子，都是用當年的新蠶絲織就，難得的是這織法，是江南有名的織娘新想出的。整疋料子光滑無比，色澤明亮，一個線頭也無。除了第一疋送進宮內做貢品，其餘的料子都被我們東家買來，如今市面上再也見不到這樣的樣式。」

余東家接過料子，對著光線仔細鑑識，大概看了一炷香時間，幾位東家微微點頭。

「料子不錯，不知這價錢怎麼說？」

「實不相瞞，這批料子花了我們東家二十萬兩白銀才全部買下，加上一路上的車船運費，少說也要二十萬兩出頭。若是幾位東家誠心想買，便給個整數，二十萬兩銀子，這些絲綢便全歸幾位東家。」李昭道。

余東家笑呵呵道：「若是放到市面上賣，這批料子當然值這個價。只是如今這料子如此之多，黃東家又著急變現，這價格當然不能按李掌櫃開的價來。」

「不知余東家想開多少價？」李昭問。

「要把如此多的貨物一口吃下，眼前在西南也就咱們幾個東家能做到，這筆銀子如此之多，便是咱們幾個也要湊一湊的。這樣吧，十五萬兩銀子，若是可以，咱們今日就能當場交易。」余東家不緊不慢道。

李昭暗自咬牙，這孫子砍價真夠狠的，一下子就砍掉五萬兩。

「不瞞幾位東家，眼前我們黃東家是想把這批料子變現，好拿銀子做其他生意。只是若諸位把價格壓得如此之低，恐怕我們不能接受。即便這批料子我們賣不出去，退一萬步說，大不了我們再把這批料子運到京中，也就是多出些運費罷了。這樣算下來，說不定我們還能賺一些。」

「李掌櫃有所不知，眼前西南地界不大太平，這麼一大批料子運送回京，路上需要不少人押貨不說，過些時日便是汛期，行船便不那麼妥當了。若換陸路走，那得需要幾個月的時間才能運到京城。老夫做一輩子絲綢生意了，裡面的道道都知道，這料子也就是賣個新鮮，等下一批新料子出來，這舊料子便不值錢了。李掌櫃的說是不是這個道理？」余東家說道。

李昭露出個為難的表情來。「只是幾位東家這價格壓得太狠了，我們東家是萬不能接受的。東家那個脾氣，若是惹急了，大不了盤個鋪子低價拋售，現銀如今雖缺，但也不是沒有辦法，眼看著我們和內務府做生意的那筆銀子就要結算了，等上一個月也不是什麼大事。」

見李昭如此說，余東家又開口。「那李掌櫃覺得，什麼價格黃東家能接受？咱們可以慢慢談。」

「最低十九萬，咱們黃東家畢竟也是經常出入皇宮的人，又和明王關係那麼好，若是傳出去在西南第一筆生意便被人壓得如此狠，東家失了面子，恐怕明王也要罵我們東家窩囊，墮了他的名聲！」

李昭明白這幾位東家是憑著自己地頭蛇的身分，想來壓他們一頭，口口聲聲說在西南除了他們幾位沒人能把這批絲綢吃下，意圖逼得他們壓低價格。他偏不！這批料子如此省事，從江南運到西南路途遙遠，光是包下一艘大船專門來運送料子，也沒有幾個做生意的能這麼大手筆。

再者，他們還真是怕黃東家一生氣不管不顧的開個鋪子，把這批料子低價拋售了，若是如此，那真是得不償失！

幾個東家又湊到一起低聲商議了一會兒，余東家一咬牙。「十八萬五千兩，這是最低價了。這麼多銀子，我們可是把全部能調動的銀子拿出來了，咱們也要給鋪子裡留些流動銀子，不能全都壓在這批貨上面。」

李昭作出一副為難的表情。「這樣，幾位東家回黃府花廳稍坐，我問一問我們東家。」

余東家幾位回到花廳坐著喝茶，等李昭和黃東家商議去了。一個姓孫的東家小聲問余東家。「老余，我說這批料子咱們怎麼分？我們可不像你生意做得大，還時不時的往臨近的暹羅國走貨。」

余東家看了眼孫東家。「急什麼，我一人要十萬兩的貨，餘下的八萬五千兩你們四家分一分，如何？」

幾位東家暗自算了算，還算可行，分下來一人二萬兩左右的貨，也不算太多。於是各自點頭，謝過余東家。

隱隱的瓷器碎裂聲從後面傳來，幾位東家伸長了耳朵聽。

「沒用的東西！我這麼好的貨，你都給我談不下來，還讓人把價格壓得這麼低，傳回京城，我黃四還有何臉面在京城走動？明王殿下還不罵死我！」

「東家消消火，一萬五千兩對您來說還不是九牛一毛，再者說，咱們拿了現銀去做其他生意也是一樣的，反正都有路上這一遭，就當您是路上遊山玩水多些拋費罷了。西南好物極多，任會長不是說要帶著您做玉石生意嗎？玉石可比這絲綢利潤高多了，到時候這麼點銀子算得上什麼？東家說是不是？」

安靜了半晌，黃東家才恨恨的開口。「罷了！不是銀子的事兒，是爺覺得憋屈。既然如此，便和他們簽了契約吧，只是我要今日就見到銀子，否則，爺寧願把這料子送人！」

余東家幾個人低聲交談。「這黃東家果然年輕氣盛，脾氣也太大了些。不過也難怪，人家是明王的小舅子，有這個資本。」

幾位東家紛紛點頭，正說著，李昭頂著一頭茶葉沫子回來了，胸前衣襟上還有一片未乾的茶漬。

「勞幾位東家久等了，我們東家同意了。只有一個條件，今日就要交割，十八萬五千兩，銀票或者現銀都可。」

「這是自然，咱們現在就能寫契約，我這就叫人去點貨。」余東家一口答應。

看著面前滿滿一匣子銀票，四娘淡定的喊孫小青入帳。孫小青呆愣的看著銀票，東家真厲害，說這兩日就能把絲綢賣出去，果真全賣出去了，這也太快了些！

李昭笑著打趣孫小青。「傻了吧，瞧這傻妞兒，跟沒見過銀子似的。」

孫小青回過神來，臉上稍微有些不好意思，心內暗暗對自己說：以後是要跟著東家幹大事的人，不能這麼沒見識的樣子。

一張一張的點好，孫小青開口。「東家，十八萬五千兩，一分不少。」

李昭點點四娘。「妳可真狠，我記得咱們這批貨買下來只用了十二萬兩銀子不到，這一轉手，就賺了六萬五千兩。妳是怎麼想到的，這樣都能把銀子賺回來？」

四娘拈了朵開得正好的茉莉在鼻端輕嗅。「咱們一路上聲勢浩蕩，又放出風聲背後有明王做靠山，這麼一大船的絲綢一在雲南露面，那些做絲綢的東家肯定著急，一著急便會亂陣腳，一亂陣腳就要想點子讓咱們鋪子開不成，恰好任會長也想給咱們下馬威，咱們將計就計便是。我本來也沒想做什麼絲綢生意，拿這個當幌子罷了。若是他們沒想出陰招算計我，我也不會把價格抬得這麼高，如今，倒是歪打正著，買下一批軍糧的銀子有了。」

「東家真高明，這幫眼皮子淺的，只見這絲綢是沒看過的織法，便以為這些真的是宮裡的貢品。這麼急匆匆的把料子買下來，大概心裡還在高興撿了便宜呢！」孫小青道。

「還要多虧了李大哥願意讓我潑一臉茶水，不然那些人也不會這麼著急把料子買下來。我這樣囂張跋扈，委屈李大哥了！」四娘瞇著眼睛對著李昭笑。

李昭沒好氣的撣了撣袍子。「我看妳就是故意的，平日裡做出來的樣子已經夠囂張了，眼睛都快長到頭頂上，今日還要我陪著妳演戲，白白廢了我一身新做的袍子。如今昆明城裡誰人不知，黃東家腰桿子粗，身家豐厚，家裡坐擁金山銀山，還是明王的小舅子！恐怕再不久昆明城內的媒婆都該上門了，這麼好一個女婿人選，誰會放過？」

於他們慶功的同時，余東家幾位把黃府囤的絲綢料子全部瓜分，拉回去入庫整理，第二天便統統把新料子擺上了最顯眼的貨架，並讓夥計們大力的推廣這批料子。

或許是前期新來的黃東家的事跡在昆明城內傳得沸沸揚揚的緣故，賣布的夥計們只要一說此綢緞乃是從黃東家那裡拿的貨，買布的人總會多少買上一疋，所以這批料子銷量勢頭還算不錯。

絲綢賣出去之後，四娘便把此事拋之腦後，算一算時間，大軍也該到西南了。

第三十章

大軍駐紮就在雲貴高原的交界處，一個叫羅平的地方。一進西南，何思遠便明白了四娘為何給大軍準備如此多的藥丸和口罩。

西南天氣炎熱，行軍一日下來，人睏馬乏，戰士們還穿著鐵甲，頭上戴著頭盔，不少人有中暑的情況。此時四娘備的仁丹便派上了功效，嘴裡含上一顆，歇息一會兒便好多了。

睿侯與何思遠見此天氣，不適宜白日急行軍，便在中午的幾個時辰歇息，到了傍晚再開始趕路。

清晨和夜晚在山谷裡穿行的時候，霧氣十分大，能見度僅有兩公尺不到。遮天蔽日的森林裡，不少地方都有沈積多年的厚厚落葉形成的瘴氣，若是吸入肺中，嚴重的話可致死，這時候夾雜著提神解毒藥粉的口罩便派上了用場。

睿侯見此情形，再次感嘆何思遠這娘子娶得值！家有賢妻，可抵萬寶！

到了羅平後，大軍在城外一處地勢平坦位置駐紮，十萬大軍不是小數目，駐紮之處帳篷搭起來，遠遠望去，一眼看不到頭。

主帥帳內，睿侯與何思遠並幾個得力副將在看地圖。他們得到的消息，泗王的五萬多私兵就養在羅平附近的大山裡。就是不知道泗王本人是躲在山中，還是藏在附近的城鎮。

何思遠建議，先派一隊善於打探的斥候分頭進山，把這山裡情形摸一摸，若是能找到私兵的駐紮之地，不管泗王在與不在，先把私兵拔除。沒有了這五萬私兵，泗王就等同於被拔了爪牙的老虎，不足為懼。

睿侯思量片刻，認同了這種安排，並且還派出更多的斥候到附近的城鎮打探，說不定能尋到泗王的蹤跡，另一邊同時與江湖上的人聯繫，看看他們手裡有沒有最新的消息。

於此同時，人在昆明的四娘又讓李昭派人出去買糧食。離西南最近的產糧之地也就是湖北和湖南，此次買糧派出的依舊是李昭手下李氏商貿的人，李氏商貿人脈廣，水路所通之處，都有他們的商鋪在，買起糧食來也方便。

依舊交代好，糧食分開買，千萬不要在同一家糧店買上太多，免得有人藉機哄抬糧價。

眼看著剛到手的十八萬兩銀子又沒了，孫小青又開始整日愁眉苦臉的在四娘身後轉悠。

鶯歌跟四娘打趣。「孫掌櫃真有意思，見了姑娘也不直接哭窮，只皺著一張臉，像苦瓜一樣。」

四娘看了眼不遠處苦大仇深的在撥弄算盤珠子的孫小青，笑著說：「快別折騰那算盤珠子了，等著，我下午就去給妳賺銀子去！」

「當真？東家要去哪裡賺銀子？能不能帶上我？說好了帶我出來是讓我開眼界的，如今整日把我關在屋子裡算帳，東家還不如乾脆請個帳房來算了！」孫小青眼睛都亮了幾分，緊皺的眉頭也舒展開來。

四娘上下打量了孫小青幾眼。

「還好咱們孫掌櫃長得英氣，穿上男裝也像樣，下午換上男裝，我帶妳去見一見西南商會的任會長去。老狐狸盤算著讓余東家幾個瓜分了我的絲綢料子，如今我要尋他去再給我找門好生意！」

下午，四娘這次再給任會長送上拜帖，只等了一刻鐘，便被下人請了進去。

這次一進屋，四娘下意識的大口呼吸了兩下，果真又聞到了罌粟種子的氣味，再次確認了任會長長期吸食鴉片。

四娘帶著孫小青先給任會長行了晚輩禮，笑著開口道：「多虧了任會長，我那一批貨物全部出清，如今銀子已經回流，晚輩真是感激不盡！」

任會長擺出一副慈愛的面容道：「黃東家客氣了，舉手之勞而已。黃東家初到咱們西南，有了難處，商會怎能袖手旁觀。」

任會長又瞧著四娘身後的孫小青問：「今日怎麼沒有見到李掌櫃？前日余東家還與老夫說起，黃東家手下李掌櫃是個能幹的，黃東家調理有方。」

「今日京中明王有信傳來，讓我幫著尋一些名貴木料，說是王府要建花園子，我讓李掌櫃忙此事去了。這是孫掌櫃，沒李掌櫃有經驗，但也能幹。此次晚輩便帶著他一同前來見一見任會長，讓他長長見識，順便有事請教任會長。」四娘回道。

「可是來問老夫接下來做什麼生意穩妥？」任會長笑呵呵的問。

「任會長真是善解人意，晚輩想來想去，拿不定主意。您是極有經驗的前輩，這才來問一問您，還請任會長指教。」

見黃四擺出恭敬的樣子，任會長心內十分滿意。任憑他多大的後台，到了西南，還不是要對自己恭恭敬敬的？

「指教談不上，上次老夫便說了，我余家是做玉石生意的。玉石講究個眼光獨到，只要尋到好的玉脈、找到好的原石，這生意極賺錢。不過這玉石生意水深，萬一走了眼，可是要血本無歸，我勸黃東家還是要謹慎。」

四娘想了一會兒，又問：「若是說做玉石生意也不是不行，找明王借幾個宮裡的供奉即可，那些在宮裡待老了的人，什麼好東西沒見過？眼光極毒辣，反正晚輩生意也有明王的股份，想來明王也不會不幫忙。只是前輩說得也有道理，玉石生意畢竟風險大。」

任會長看四娘左右搖擺，還沒有下定決心，便道：「不如黃東家先做一做香料生意，咱們西南氣候好，產不少香料，名貴的便不說了，那些常見的家家都會用。此生意投資小，路上也容易運輸，不易耗損，黃東家不如先慢慢把香料生意做起來，待積攢足夠的本錢再去做玉石生意，如此更穩妥一些。」

聽任會長這樣說，四娘露出一副惋惜的樣子。「本還想著不如咬咬牙，把京中內務府新撥到帳的一筆銀子拿來做玉石生意，說不定一次便能翻幾番。既然前輩如此建議，那晚輩就聽前輩的，穩妥一些，總沒錯。」

「黃東家孺子可教也，能聽進去老夫的肺腑之言，前途無量啊！」任會長誇讚道。

「上次任會長便幫了晚輩，晚輩想著您總不會騙我，以後若是有什麼事再來請教任會長，您可不要嫌晚輩煩。」四娘懇切的說。

「哈哈哈，只管來，老夫年紀也大了，看到你們這些年輕人便想起我年輕時候。這樣，既然你決定做香料生意，那老夫便幫你引薦幾處出產香料的地方，剩下的事情，你可以直接跟他們談。」

「如此，真是太感謝任會長了，這兩日晚輩設宴，請任會長喝酒如何？」四娘起身抱拳道。

「老夫年紀大了，喝不得酒。黃東家不必往心裡去，若是有事，只管來尋老夫。」兩人說定了事情，見任會長精神有些疲憊，忍不住的打哈欠，四娘知道，這是任會長煙癮犯了，於是極有眼色的告辭，並留下了一份謝禮。

四娘並孫小青的身影剛消失，任會長便急忙喚人，依舊是那個丫頭捧著托盤從裡屋出來，托盤中放著煙管和一個瓷白色鑲紅寶的瓷盒。

點上煙，伺候著任會長吸了幾口，裊裊煙霧中，任會長的臉上露出極享受的神情。

那丫頭拿起桌上剛才黃東家留下的禮單遞給任會長，任會長打開看了兩眼，道：「這小子當真有錢，瞧這禮送的，全都是難得的好東西。」

丫頭一邊幫任會長捶腿一邊問：「方才老爺怎的不讓黃東家做玉石生意，反倒是讓他去做香料？」

任會長又抽了一口煙，臉上露出一個憎惡的表情。「那小子要本錢有本錢、要人脈有人脈，甚至於咱們做玉石行當最重要的玉料師傅他尋來也毫不費力。如此一來，若是讓他做了玉石生意，豈不是要搶了咱們任記玉器行的飯碗！」

「老爺說得有理，只是這香料生意果真這麼穩妥？若是讓他賺足了銀子，過上幾年依舊想做玉石生意，到時候該如何？」

「不必擔心，說起來哪裡有好做的生意？看樣子，那黃四壓根沒有做過香料生意，這香料也分等級，待我給商會裡做香料的幾個東家透個氣，讓他們和出產香料的那些莊子說一聲，只勻給黃四一般品相的香料，香料市場已經被那些做老了的東家們把控，黃四想從香料上賺大銀子談何容易，小打小鬧，黃四在西南的生意也就這麼著了！」

任會長胸有成竹，黃四年輕氣盛，剛一來西南便捆了裕水峽一眾土匪收拾了一頓，還放話要讓他們背後的人小心些，這樣的人，他怎會放任他在西南做大？

但黃四身後有明王這座大靠山，雖然不能直接收拾了黃四，但就這麼溫水煮青蛙的熬著，黃四終有熬不下去的一日。到時候他灰溜溜的收拾東西滾蛋，也怪不到自己頭上來。生意自己指點了，人也引薦了，他若沒本事把生意做好，能怪得了誰？

想到此處，任會長忍不住又讓那丫頭點了一泡煙，一邊吞雲吐霧，一邊在丫頭身上上下其手。

丫頭壓下心中的厭惡，面上露出一個楚楚可憐的表情。老不死的，一大把年紀不中用了，只會在抽這東西的時候凌辱自己。

罷了，再忍一忍，這老東西也沒幾日好活了，待他一死，自己就能和心裡那人一起過快活日子。

聞著這煙的醉人氣味，丫頭也不由得有些情動，只是任會長還沈醉在鴉片帶來的興奮和丫鬟豐滿身子的刺激中，丫頭只能先壓下滿心的春情，只等老不死的完事了，自己好去後院找心上人快活。

回府的路上，孫小青疑惑的問四娘。「東家為何不直接跟任會長說做玉石生意？反正聖上許了東家西南三地的玉脈開採權。」

四娘騎在馬上左右好奇的看路邊擺的小吃攤，雲南的小吃還真是不少，什麼餌絲、餌塊，還有各種油炸的蟲子，四娘不由得想嚐一嚐。

下馬來到一家賣炸蟲子的小攤前，掏出銀子把各色炸蟲子都買了一串，然後遞給孫小青一串炸蝎子。

孫小青看清四娘手中拿的東西嚇得花容失色。「這毒蟲也能吃嗎？難道不會中毒？」

攤主見多了外地人頭一次吃這種東西時候的反應，笑呵呵的解答道：「公子別怕，這些蟲子咱們做之前就先處理好了，一點毒都沒有。您嚐嚐，香著呢！」說罷自己捏起一隻炸蜈蚣扔進嘴巴，嘎吱嘎吱嚼了起來。

孫小青心頭一陣噁心，面色都有些發白，見此四娘也不再逗她，牽著馬慢慢溜達。

「妳剛問我為什麼不直接做玉石生意，咱們手中有聖上的聖旨，這事又不著急，什麼時候做不行？我剛才出言試探，故意說若是做玉石生意，可以請明王給派兩個宮內有經驗的供奉來，妳沒瞧見那任會長聽到此話面色都變了，慌忙告訴我做玉石生意的各種風險？他們任家做玉石生意是做老了的，怎麼會真的帶著我一起做，豈不是在給自己樹敵？那老東西巴不得我去做其他生意，別跟他搶財路。」

孫小青不住點頭。「原來如此，我想著他也沒有這麼大的肚量，真的會不計回報的去扶持別人。可是東家，這香料生意他會不會也不想讓咱們賺錢，背後故意使絆子？」

「他怎麼會真心幫我，有些話聽聽就好。他無非就是幫我介紹產香料的莊子，一邊讓西南做香料生意的東家一起抵制我，把品相一般的香料賣給我，然後再控制市場讓我手裡的貨銷不出去……無非就是這幾種手段罷了，我用腳趾頭都能想出來。」

四娘不在意的咬了一口炸蝗蟲，焦香的肉味夾雜著西南特有的調料味道傳到味蕾，滋味有些奇特，但是並不難吃。

「咱們也是第一次做香料生意，明知道任會長給咱們挖了坑，難不成咱們就一頭跳進去？」見四娘根本沒把這事放在心上，孫小青不由得有些著急。

四娘又溜達到一個賣鮮花餅的攤位前，陣陣玫瑰和茉莉花的香氣從攤子上傳來。讓攤主兩種口味各打包一盒，拿起一塊剛出爐的鮮花餅，塞進孫小青嘴裡。

剛出爐的鮮花餅正是口感最好的時刻，外皮酥脆可口，裡面熱氣騰騰的鮮花和著糖漿，一口咬下去，舌頭都燙得木了也不肯吐出來。

「妳呀，怎麼不想想咱們芳華是做什麼的？芳華每年採購最多的原物料是什麼？」

孫小青被燙得一邊不住吐著舌頭，一邊聽四娘說話。「對啊！咱們芳華的各種產品用最多的就是香料了，姑娘您是箇中高手，什麼品相的香料您一聞就知道了，即便是他們在市場上擠兌咱們，但是從源頭直接拿貨這一項，便能讓咱們賺不少銀子。說不定，那些原本的香料商人，還是咱們芳華的供貨商呢！如今咱們自己找到了香料的源頭，還有他們什麼事？該哭的可是他們才對！」

回過神來的孫小青嚼完了一塊鮮花餅，覺得此餅香甜可口，不自覺地又拿了一塊茉莉味的接著吃。

四娘哭笑不得。「慢點吃，嘴裡燙了泡看妳這兩天吃飯怎麼辦。」自己也拿起一塊玫瑰味的從中間撕開，吹涼之後小口的咬著。

「也不是只能給咱們芳華供貨，妳忘了李氏商貿了？李大哥家的鋪子可是開得比咱們還多，以前沒有做香料生意，是因為李昭大哥對西南不熟悉，沒有可靠的源頭，如今他人都到了西南，又有我這個行家裡手在，這生意他怎麼會不參一腳？如此一來，芳華和李氏商貿聯手，那些想擠兌咱們的香料商人是真的要哭了！」

跟著四娘見識了做生意的手段，孫小青自覺又學到了不少，至少東家這一手扮豬吃老虎的計謀玩得讓孫小青佩服不已，明明也沒有比自己大幾歲，可是東家就是點子多，這可能就是天賦吧！

回到黃府，四娘把帶回來的鮮花餅送到涂婆婆屋裡，乾娘最愛吃甜食，想來這鮮花餅正對胃口。

四娘見乾娘果然吃得香甜，遞上一杯解膩的紅茶道：「今日我又仔細觀察了一下，任會長跟我們說了一會兒話便精神不濟，頻頻的打哈欠，這癮狀看來就是吸食了那罌粟花種子的癮狀。」

涂婆婆吃完一塊鮮花餅，又喝了口茶。「罌粟這東西本就產自西南，只是大多是為了緩解病痛才用的，像任會長這樣吸食成癮的人並不多，一則此物提煉成膏工序複雜，所以價格極高；二則成癮後身體會漸漸虛弱，直至最後瘦得不成人形。我看妳還是派人打聽一番，看看任會長是不是因為病痛吸食的，若不是，怕是有人故意引誘他吸食此物。」

四娘挑了挑眉，看來任會長在西南也並不是德高望重到讓人都打心眼裡尊敬，盼著他倒台的也大有人在！只是這背後的人為何這樣做，能得到什麼好處呢？

這件事目前看來跟四娘關係不大，四娘也就把這事丟到一旁了，而這時李昭派出去的一名手下傳來一個奇怪的消息，說他們在採買糧食的過程中，發現暗地裡也有一批人在大批的購買。這批人行蹤隱秘，但聽口音是西南人士，他們覺得奇怪，所以趕緊傳信回來。

四娘接到這條消息，忙叫來李昭、周濤還有老崔一起商議。

「這個時節，並沒有聽說大越朝哪裡有災情發生，新糧也馬上下來了，除了咱們，怎麼還會有人買大量的糧食？」李昭不解道。

「咱們大量的買糧食是為了什麼？」四娘盯著李昭問。

「當然是為了給大軍提供軍需。」李昭快速的答。

「泗王那裡有一支至少五萬的私兵，也需要糧食！」最先反應過來的是老崔。

「不錯，若真是泗王的人在給那批私兵買糧食，那就說得通了。」周濤面色凝重。

四娘的手指無意識的敲擊著扶手。

「得把這件事傳到大軍那裡，說不定何思遠他們也在找泗王那五萬私兵的線索。李大哥，讓你的人悄悄跟著，不要驚動他們，糧食買了就要送，順著這條路，必能找到那些私兵。」

「沒問題，我的人是做生意的，他們也不會懷疑，只是給大軍傳信這件事交給誰去辦？」李昭問道。

「老崔他們不行，都是何思遠的手下，一旦露面，何思遠就知道我也來到西南。周大哥，你去，就說你們是聖上派來協助給大軍提供軍需的商人的，購買糧食的時候突然發現了此事，覺得有必要跟他們報個信，千萬不要提到我和李大哥，拜託了！」四娘懇切的對著周濤說道。

「何夫人放心，此事交給我，定不會出紕漏。羅平距昆明也就一天一夜的路程，我快馬加鞭，一定盡快把消息傳到軍中。」周濤一口應下。

商議好此事，幾人便分頭行動。

四娘坐在廳內，心裡七上八下，一邊盼望著何思遠他們趕緊找到泗王的藏身之處，這仗也好快點打完；一邊又想著一旦找到泗王和那些私兵，何思遠就又要開始浴血奮戰，刀槍無眼，真是讓人擔心！

不過自己在這裡胡思亂想也沒有什麼用處，還不如找點事做，也好分一分心。

恰好任會長傳來消息，給了四娘大批出產香料莊子的地址，四娘便收拾東西，打算明日帶著孫小青動身去莊子上看香料去。

那莊子距離昆明也就半日路程，四娘盤算著當天來回是有些趕了，不如在莊子上住一夜，說不定還能有其他收穫。

第二日一早，天剛亮一行人便出發了。四娘和孫小青依舊是一身男裝，由於是去不熟悉的地方，為了安全起見，四娘帶上老崔在內的十來個老兵。

騎行半日，中午時分，一片蔥蔥鬱鬱的叢山映入眼簾。此處山勢低矮，並不是巍峨險峻的山形，山腳下還有大片新開闢的山地，上頭種著一些常見的丁香、豆蔻、胡椒等作物。看來，此處便是任會長說的小呂莊了。

放慢速度進了莊子，尋了個路邊玩耍的童子，給了他一塊碎銀，讓他帶路去莊頭家。

小呂莊裡大多數人都姓呂，莊頭叫呂威，三、四十歲的年紀，膚色黝黑，身材壯實，一看就是道地的當地人。

四娘說明來意，並遞上任會長的手書。

呂威接過信，打開掃了一眼，心裡有了數。之前來的幾位西南商會香料東家口中說的黃東家便是面前這位了，於是熱情的讓一眾人進院。

把馬交給老崔，四娘跟著呂威走進這一座農家院。院子面積不小，院牆邊種著一叢芭蕉樹，長得十分高大，寬厚肥大的葉片顯現出一種濃郁的綠色，幾串青色的芭蕉掛在樹上。

院裡一棵巨大的桂樹下，擺著一個大石桌，呂威熱情的讓座。

客套兩句之後，四娘和孫小青落座，呂威的婆娘端來兩碗濃褐色的茶水。「不是什麼好茶，自家採來做的茶團，貴人不嫌棄的話嚐一嚐。」

四娘從袖子裡掏出一錠銀子遞給呂威婆娘道：「咱們早上從昆明出發，還未用午飯。煩勞大嫂隨意做些吃食，不拘什麼，能讓我們十幾人填飽肚子即可。」

呂威婆娘一眼掃去便知這是十兩重的銀錠，笑得眼睛瞇成一條縫道：「遠道而來，便是招待你們一頓也不算什麼，瞧您客氣的。」

四娘認真道：「我們人多，怎好白讓大嫂忙活？再者，談完事再趕回昆明城內恐怕就深夜了，還想跟大嫂借幾間房住，不知大嫂家可還有空房？」

「有的有的，咱們農家地方大，蓋的房子也多。貴人要是不嫌棄，我給您收拾出來幾間，就是條件有限，不能與城裡相比。」

「出門在外，沒有那些講究，如此便有勞大嫂了。」四娘對著呂威婆娘抱拳道謝。

呂威婆娘哪裡見過長得如此好模樣的年輕人，墨藍色衣袍襯著那張俊秀的面孔，一雙鳳眼含笑，讓人看了便挪不開眼，真是個漂亮後生！

呂威婆娘一溜煙的去廚房了，還喊她家十五歲的兒子趕緊去莊子後頭的魚塘裡撈幾條大魚，動手割了好大一塊房梁上掛的自家燻製的火腿，又讓小女兒去外面地裡摘些新鮮的蔬菜來，帶上圍裙，挽起袖子，準備好好的給那年輕俊俏的黃東家露上一手！

呂威婆娘在廚房大展身手，院子裡，四娘邊喝茶邊和呂威閒話。

「任會長說從西南出去的香料，有一大半都是小呂莊出產的，我這是初次涉及香料生意，所以來看一看，想和呂大哥談一談以後的合作。」

呂威拿起茶壺幫四娘又續上水。「咱們小呂莊地理位置適合種植香料、藥材，來的路上想來黃東家也看到了，田裡都是一些常見的，另一頭山上還種植了許多檀木、蘇合香木、龍腦木等。咱們小呂莊的人世世代代都靠著出產香料為生，承蒙鄉親們看得起，他們管種，我幫著給找買家。」

「呂大哥能幹，真是讓人佩服。吃過午飯，呂大哥能不能帶我去瞧一瞧那些香料木材？若是方便，你們炮製香料的工廠我也想去瞧瞧。」四娘問道。

「沒問題，只是山路崎嶇、天氣又炎熱，不知黃東家可能受得住？」

四娘哈哈一笑。「呂大哥小看我了，咱們做生意的，哪會怕辛苦，只管帶著我們去便是！」

不一會兒，呂威婆娘便端上幾盤子菜來，有麻辣酸菜魚、火腿炒筍乾、清炒豌豆尖、香煎洋芋片，還有一大盆魚頭豆腐湯。

呂威陪著四娘和孫小青一起用飯，另給老崔十來人在院子裡擺了一桌。

四娘平時極愛吃魚，先挾了一筷子魚肉，這魚也不知是什麼品種，一點腥味也無，肉嫩刺少，配著醃酸菜，還有油潑過的辣子，四娘吃得滿頭是汗。

雲南自古便出產火腿，這裡風乾好的火腿切成片能直接吃，肥瘦相間的火腿肉，搭配著清淡的筍乾，極其下飯，再吃一口鮮嫩的豌豆尖，正好綜合一下口中的麻辣鹹香。

四娘不由得誇讚。「呂大嫂這手藝真是絕了，我吃著昆明城裡鳳凰樓的飯菜也沒有呂大嫂做得道地！」

正在幫眾人添飯的呂威婆娘聞言笑道：「鄉野手藝，哪裡能跟鳳凰樓相提並論。我聽我們當家的說，曾經跟商會的人在鳳凰樓吃過一次飯，那菜色、那擺盤，好看得都不忍心下筷子呢！」

「飯菜本就是做給人吃的，味道好就夠了，不需要玩那些花樣，我就愛吃這道地的本地菜，呂大嫂這一手菜才讓我嚐到了真正的雲南味！」四娘由衷的誇讚，這些菜是真的好吃，一點不輸鳳凰樓。

「哎喲喲，這還是第一次有人這麼誇我的手藝，黃東家要是愛吃，多住幾天！」被這麼年輕貴氣的東家誇讚，呂大嫂止不住的開心。

「以後有機會再來，呂大嫂不要煩了我才是，便是為了吃這一口道地的雲南菜，我也會常來！」

吃過飯，呂威婆娘又端來一盤雲南本地產的羊奶果。孫小青捏了一個放進嘴巴，牙齒甫一咬破表皮，便立刻被那味道酸得眼淚都要出來了，好不容易咽下一個，再也不敢伸手拿第二個。

四娘倒是覺得這果子味道好，酸酸甜甜，極清爽，一顆接一顆，吃得不亦樂乎。

孫小青捂住腮幫子，牙齒都要掉了，這麼酸，東家吃得面不改色，真是厲害！

歇息夠了，四娘便跟著呂威去看香料。

從一塊塊分割整齊的香料田裡走過，已經快要成熟的肉豆蔻，散發出迷人的香味，呂威邊走邊介紹這些香料的成熟時間、收成後的製作保存方式。

一路走到山腳下，沿著一條小路上山，山倒是真不高，只是一進林子，空氣立刻變得悶熱起來，林子裡還有不少亂飛的小蟲子，不停的往人面上撲。

四娘一邊揮手趕著這些煩人的蟲子，一邊認真的聽呂威介紹哪些樹木是百年老樹、哪些是後來補種的，熱得滿臉通紅，額頭上滿是細密的汗珠，鬢髮濕答答的貼在耳邊。

呂威見這看起來嬌生慣養的黃東家一句抱怨也無，心裡不由得對四娘有了些許改觀。聽西南香料行那些東家說，這黃東家就是個從京城來的二世祖，根本沒什麼經驗，驕縱跋扈，憑著家裡有些家底，還有個什麼王爺做靠山，什麼行當都想插上一手。

今日一路觀察，呂威覺得黃東家是個能吃苦的人，便是那些經常來往的東家們每次來看香料，也總要咒罵幾句這鬼天氣熱得悶死個人，反觀人家黃東家雖熱得衣服都汗濕了，卻依舊面上掛著耐心和煦的笑，直讚種植香料的不易。

下了山，又馬不停蹄的去了炮製香料的工廠，各個環節一個不漏的看下來，直到太陽都要落山了，四娘才意猶未盡的跟著呂威回家。

簡單的吃了頓飯，在院子裡乘著涼，四娘便和呂威談起了生意。

「呂大哥這整個莊子上出產的香料種類繁多，不管是市面上常見的還是稀有的，都能在這裡找到，我有意跟呂大哥合作，不知道呂大哥可否與我說一說這些香料的價格？」四娘搖著扇子問道。

呂威張了張嘴，想起那幾位東家的叮囑，還是說道：「黃東家有所不知，這每年的香料出產都是差不多定量的，咱們常年給香料行供貨，每年年初那些做老了的香料行便會來簽訂契書，常見的香料也就罷了，那些比較名貴珍惜的香料，今年的出產量都被訂得差不多了，您若是想要，我也只能勻一些常見的香料給您。」

四娘露出一個真誠的笑來。「呂大哥，我是誠心想和您談合作。實不相瞞，我也知道我一個外地來的商人，在西南做生意想打開通路不易。西南商會那些做香料的前輩們打什麼主意我也知道，無非是欺我人生地不熟，不懂這香料裡面的道道，呂大哥是個實誠人，不然今日也不會這麼仔細的帶著我看了一日。」

呂威聽到此話，臉上露出些不好意思來。「黃東家真是個明白人，實在是，咱們小呂莊和那些東家常來常往，都靠著他們給咱們的香料往外銷，若是得罪了那些人，我也怕我莊子上的這些鄉親們飯碗不保。辛辛苦苦一年，都靠著這些香料賣出去咱們才能過日子。」

四娘直起身子道：「呂大哥可知道我一年需要多少香料？他們說我是第一次做香料生意，殊不知，我做的另一門生意用最多的原料便是香料。剛才呂大哥說的你們小呂莊一年的產量都還不夠我用，我還要去外面再找一找。」

呂威聞言瞪大了眼。「怪不得，我說起哪些香料，黃東家都能聽得明白，一些許多雲南本地人都不知道的種類，黃東家也都知道，我說您看起來也不像沒做過香料生意的人。」

孫小青此時開口道：「那些人欺生罷了，我們東家十二、三歲便把生意做起來了，豈是他們這些心胸狹隘的人可比的！」

說起來，小呂莊每年出產的香料是不少，但每次和那些老東家們談起價格，總是被壓了又壓，本就是辛苦錢，鄉親們都以此為生，若是不答應那些東家出的價格，他們便聯起手來晾著小呂莊。等到呂威眼看著倉庫裡堆積的香料越來越多，再賣不出去便要生蟲受潮，一年的辛苦便要拋費了，迫於無奈只能被他們牽著鼻子走。

呂威心裡也是憋了一肚子窩囊氣，但人在屋簷下，不得不低頭。西南做香料生意的都是這些人，若是得罪了他們，這些香料能賣給誰去？總不能眼看著辛辛苦苦種出來的東西爛在地裡不是！

四娘看出呂威面上的猶豫，於是又下了一劑重藥。「若是呂大哥願意與我合作，我願和呂大哥簽訂十年合約。這十年內只要是小呂莊出產的香料，能夠保證品質，有多少我收多少，並且保證價格隨著市面上香料的價格浮動有所調整，不會做出壓榨之事。每年年初先給三成定金，香料交接完畢，一次付清餘款，絕不拖欠！」

隨著四娘的話一字一句說出口，呂威彷彿被這條件給驚住了，半天沒有吭聲。

呂威婆娘躲在廊下邊納鞋底邊偷偷聽著當家的和黃東家的談話，此時急得抓心撓肝的難受。這傻子，黃東家開出這麼好的條件，還不趕緊一口應下，傻愣個什麼勁！

要知道，往年那些東家來收香料，不是挑挑揀揀把莊子上出產的香料挑個體無完膚一個勁的往下壓價，就是拖拖拉拉的不肯結清款項，總要呂威一趟又一趟的去城裡挨家催貨款，求爺爺告奶奶的才能把餘款結清。自家男人又從中賺不了多少銀子，還得遭受這份罪，呂威婆娘心疼死了。

如今若是跟黃東家簽訂十年契書，十年內，自家男人再也不用像以前那樣操心了，只管盯著香料的出產品質就行，這省了多大的麻煩！

呂威婆娘一個勁的咳嗽，想提醒呂威趕緊應下。呂威此時被這從天而降的餡餅砸得眼暈，有些不敢相信，緊皺著眉頭不出聲。

四娘站起身對著呂威說道：「今日晚了，累了一天，我也想早點歇著，不如呂大哥好好想一想，或者跟鄉親們商議一二，明日中午我離開前，呂威大哥給我一個答覆便是。再者，我黃四雖年輕，可也是做了許多年生意，說出口的話一口唾沫一個釘，呂大哥儘管放心。」

說罷，行了一禮便與孫小青往房間走，呂威婆娘急忙站起身掛著笑道：「熱水都打好了，我看黃東家身邊的隨從也把屋子收拾乾淨了，屋裡牆上掛了薰蚊子的草藥，若是有蚊蟲點上便是。黃東家早點休息，有事喚我一聲。」

鶯歌早就在屋裡等著四娘了，見四娘一進屋，便把四娘換洗的裡衣找出來道：「姑娘快去洗洗吧，這麼熱的天，出了不少的汗，我瞧著您衣裳背後都結了鹽花了。」

進了屋，四娘在椅子上坐下便把鞋子脫了，走了一天山路，腳底板火辣辣的疼。

鶯歌幫著把襪子除去，一看四娘的腳，眼淚都流出來了。四娘腳底磨出了許多水泡，有的已經破了，露出裡面粉紅色的肉。

「姑娘怎麼不吭聲呢，瞧您的腳，哪裡還有好地方喲！這全都是水泡，您這半日怎麼堅持下來的？」

四娘此時疼得齜牙咧嘴。

「只顧著跟呂大哥看香料了，一時入了神，便顧不得疼了。別哭了，傻丫頭，快幫我把這水泡挑一挑，上些藥就是了。」

鶯歌問呂威婆娘借了根縫衣服的針，在火上烤一烤，對著燈光把水泡一個一個的挑破。然後又去跟老崔要了瓶藥粉，老崔問起，鶯歌便如實說了。

老崔忍不住佩服地跟一個屋子的弟兄們說：「咱們這少夫人還真是能吃苦，滿京城到哪裡找這樣的？一聽說咱們大人要打仗，二話不說瞞著大人便來了西南，想法子賺錢給大軍供應糧草。今日這山路，咱們這些粗人走半日都腿痠，也不知少夫人一個年輕姑娘家怎麼堅持下來的！」

看著黃東家房裡的動靜停了，呂威婆娘慌忙一巴掌拍在呂威後背上。

「當家的，你傻愣著幹啥，黃東家開出這麼好的條件你不答應，是不是傻！」

呂威正在喝水，被婆娘拍得差點嗆著。「妳這婆娘，力氣怎這麼大！容我再想想，這事兒太突然了。」

「想個什麼勁啊？往年你辛辛苦苦一年才賺幾個銀子，還要到處去催款子。如今答應了黃東家，你就不用再操心這些了。兒子也大了，咱們兩口子身體還行，咱們再開上十幾畝山地，都種上香料，勤勤懇懇幹個幾年，賺的銀子足夠兒子娶媳婦、女兒備嫁妝了！」

呂威婆娘是真的動心，農家人，就求個安穩日子，每日裡跟那些滑不溜秋的香料行東家打交道，還不如自己多種些香料賣錢。

呂威咬咬牙。「給我找個燈籠來，我去村裡二叔公家商議商議，這事兒太大了，我一個人做不了主！」

對於往日此時早就進入夢鄉的小呂莊眾人來說，今夜注定是個不眠之夜。

呂威先是喊了其餘幾位長輩，然後敲響了二叔公家的門，眾人就著昏黃的燈光說話。呂威把黃東家開出的條件一一跟幾位長輩說了，聽完之後大家都被震驚得半晌沒說話。

「小威子，這事可是真的？我咋聽著跟作夢似的！」先開口的是二叔公，他是村子裡輩分最高的長輩。

「二叔公，這麼大的事我哪裡敢說瞎話，那黃東家如今就在我家住著呢，說是讓我明天中午前給他答覆，我這不趕緊找您幾位商量商量。」

「這事情要是能成，咱們小呂莊十年內都不用再看人臉色過日子了！說到往日那些東家，恨不能扒下咱們的一層皮來，辛苦一年好不容易打理好的香料，被他們使勁壓價，這股憋屈勁兒的，真他娘的讓人窩火！」二叔公的兒子恨恨的在地上敲了敲煙袋鍋子。

「年初咱們跟往年那些東家們有沒有簽契書？」二叔公想了想問道。

「這麼多年，咱們的香料只有他們這些買家，西南的香料出產都要看他們的臉色，原本都是口頭約定的事，想著今年也定是如此，所以並沒有寫契書。」呂威答道。

「既然沒有寫契書，那就好辦。咱們看天吃飯已經夠難了，為什麼還要看那些癟犢子的臉色？不偷不搶，憑自己能耐吃飯，誰也說不出什麼來！小威子，你明日一早告訴黃東家，這契書，咱們簽！」二叔公一言定下。

「二叔公，若是那些東家來找事怎麼辦？」呂威問。

「咱們小呂莊雖不惹事，但也不怕事的，莊子裡加起來好幾百號漢子，還能真讓他們把咱們給憋屈死？這事情就這麼定了，人往高處走，水往低處流，誰不想過好日子！」

二叔公年紀大了，但威嚴還在，一段話說出來，在場的都不住的點頭。

呂威商議完事情到家已經深夜了，呂威婆娘還沒睡，昏黃燈光下，一針一針的還在納鞋底子。

小呂莊的漢子，整日裡都要上山下田照看香料，極費鞋子。今日黃東家隨從來借針，說是黃東家腳底磨了泡，叫呂威婆娘說，這是沒經驗，上山不能穿底子薄的鞋，山路上都是石頭，那薄底子鞋在城裡走走石板路還好，若是爬山，定是要磨出泡的！

聽到呂威回來的動靜，呂威婆娘急忙倒了一碗冷涼的茶水遞過去。「當家的，談得咋樣？」

呂威一口氣把涼茶喝下。「談好了，明日一早便跟黃東家簽約！」

呂威婆娘喜笑顏開。「太好了！我就說，只要是明眼人，都會答應黃東家！這麼好的條件，不答應就是傻子！」

「快睡吧，不早了，明天還要起來給黃東家他們做飯呢，妳也不嫌累。」呂威一邊脫去外衣一邊說。

「縫完這兩針就睡，快好了。明日一早給黃東家做豌豆涼粉吃，清涼解暑！」呂威婆娘一邊飛快的把這兩針縫完咬斷線頭，一邊絮叨著。

黃東家簡直是小呂莊的財神，有他這福星在，以後他們家就要過上好日子了，呂威婆娘心裡跟吃了蜂蜜一般。

第二日一早，四娘在陽光中醒來，動了動腿，瞬時疼得齜牙咧嘴。

昨日還不顯，只顧著腳底的水泡疼了，睡了一夜，才發現整條腿跟灌了鉛一般，痠疼得要命。

鶯歌聽到動靜，急忙來幫四娘按摩。之前在夷陵，她閒來無事跟著榮婆婆學過幾招穴位按摩，倒是能幫四娘緩解一二。

呂威婆娘熱情的大嗓門在院子裡響起。「黃東家可起了？我給做了豌豆涼粉，在井水裡冰著呢，這天氣熱，吃上一碗，包您舒坦！」

四娘學著呂威婆娘的大嗓門喊：「起了，多謝大嫂，煩勞您給我那份多放些辣子和果醋，酸辣酸辣的才開胃呢！」

「好！今春新釀的果子醋，包您吃了還想吃！」

「行了，黃東家沒醒都要被妳個呱噪的婆娘喊醒了，快擺妳的飯去吧！」呂威責備的聲音傳來，四娘和鶯歌對視一眼，噗嗤笑出聲來。

四娘洗漱後從屋裡出來，此時太陽還不熱，清涼的空氣沁人心脾。

呂威陪著四娘吃了早飯，這豌豆涼粉做得極好吃，特別是裡面的調料汁兒，回味無窮。

四娘問：「這裡面我吃著是不是加了好幾種香菜？這配比真是絕了，我大嫂真是好手藝！」

「誒，鄉下人都這麼吃，祖上傳下來的，家家都會做。」呂威謙虛道。

「什麼家家都會做，滿小呂莊打聽去，看有誰比我會做吃食！他們調的這汁兒味兒不夠，我在裡面多加了東西，還是黃東家嘴巴刁，一吃就嚐出來了！」呂威婆娘端著一碗新鮮的山捻子放在石桌上。

「家裡小子一早上山採的，都熟透了，香甜著呢，黃東家快嚐嚐！」

捏起一顆山捻子放進嘴裡，這其實就是現代吃的樹莓，酸甜可口，四娘吃得停不下來。

「妳去廚下收拾去吧，我跟黃東家有事要說。」呂威衝著婆娘使了個眼色，婆娘知道這是要說簽契書的事兒了，帶著笑回了廚房。

「黃東家，昨夜我跟莊子裡一眾人商議過了，這生意，咱們小呂莊願意跟黃東家做。」

四娘眉開眼笑。「當真？那可太好了！不枉我跑這一趟。」

「一莊子人的生計，自然當真。這是我們今年估摸出來的各種香料的收成，請黃東家過目，看看是不是都能收了。」呂威遞上一張粗糙的紙，上面用不大整齊的字體寫著各種香料的名稱。

四娘一項一項認真的看下去，看完又把紙交給孫小青，示意她盤算一二。

片刻後，孫小青對著四娘點點頭。「東家，這些咱們都能用得到。即便是咱們有些不常用的，李氏商貿也能賣出去。」

「如此，我這便起草一份契書，簽完字就給你們付三成的定金。只不過，我這契書不能只跟呂大哥一人簽，要至少五位小呂莊的人一起，呂大哥看如何？」四娘問道。

呂威自然知道這是為何，黃東家這麼乾脆的應下，小呂莊也不能坑人家。若是只有自己一人簽字，到時候萬一哪家被別有用心的人說動了，這香料交不出來，可讓他以後怎麼有臉面對黃東家！

呂威想了想說：「黃東家放心，我這就去莊子裡找人去，這五位必定是在莊子裡有威嚴的人，說話都管用。若是以後有誰敢起歪心，我們都不能饒了他！」

說罷呂威便急匆匆的出門了，四娘讓鶯歌取來筆墨紙硯，起筆開始寫契書。

契書寫好，呂威也帶著五個人回來了。四娘起身聽呂威一一介紹，耐心的跟大家問了好。

只見這五人中有耄耋老人，另幾位也都是五十開外的年紀，呂威一一介紹說二叔公是莊子裡輩分最大的長輩，說話向來得用，跟黃東家簽契書這事便是這位二叔公親自拍板定下來的，其餘幾位也是昨夜參與討論的人，都是在村子裡說得上話的人。

四娘把寫好的契書逐字唸給眾人聽，見大家都沒有意見，便率先在三份契書上分別簽了字。

呂威帶著五位長輩在三份契書上分別摁了指印，最後一份留在小呂莊，一份四娘帶走，另一份等回城後在官府備案。

呂威小心的把契書上面的墨跡吹乾，然後折了幾折放入懷中。這契書，是小呂莊未來十年的保障，萬不能丟了。

契書簽好，四娘開始認真的問呂威各種香料的交貨時間，好按約定時間收貨。

待一切細目都談好後，孫小青從荷包裡取出幾張銀票，四娘接過遞給呂威。「呂大哥點一點，我讓孫掌櫃大約算了一下，按照今年市面上的香料價格，這是大概三成的定金。」

呂威顫抖著手接過一沓銀票，面值一千兩一張，一共是五張。種植香料這麼多年來，這是第一次還沒交貨便見到這麼多銀子，呂威有點心慌。

「夠、夠的，多謝黃東家！」

二叔公在一旁看著呂威這沒見識的模樣，咳嗽幾聲說道：「小威子，這便傻了？好日子在後頭呢，跟黃東家這麼敞亮的人做生意，還怕沒銀子賺？」

呂威回過神來，忙跟二叔公商議。「這銀子，下午二叔公做主，跟莊子上每家分一分，有些家裡條件不好的，這銀子能救急呢！也讓大傢伙樂呵樂呵，以後卯足勁地給黃東家幹活！」

「是這個道理，你先跟黃東家忙著，我們這些老東西就先回去了，銀子你先收好，下午莊頭集合，到時候再按每家今年種的香料多少分一分。」說罷二叔公便顫巍巍的起身，呂威慌忙扶著二叔公送到大門口。

一路上二叔公絮絮叨叨。「咱們小呂莊這日子眼看就要興旺起來了，還是小威子有福氣啊，我這土埋到脖子的人，也享不了多久的福了……」

又在呂威家吃了頓午飯，四娘一行人準備回去了，呂威婆娘收拾了一堆東西給四娘帶上。

「這些都是山裡常見的東西，不是啥稀罕物，我看著黃東家愛吃，就都整理了些。這羊奶果就這幾日有，再等等便吃不著了，也就黃東家不嫌酸，在咱們這都是懷了喜的婆娘喜歡吃，我給您裝了一籃子，回去放在井裡吊著，能吃好幾天呢！」呂威婆娘邊說邊招呼著她家大兒子往馬車上裝東西。

「大嫂太客氣了，有空您到昆明去玩，一定要去黃府做客，我娘一個人在家裡也寂寞，說不定大嫂去了，我娘能有個聊得來的人！」四娘笑著說。

「哎喲喲，不成不成，我這村裡的婆娘，哪裡能去您府上。說起來，上次去昆明還是我跟我當家的成親前，我娘帶我去置辦嫁妝時候去的，這麼多年沒去了，連路怎麼走都忘了！」呂威婆娘把手搖成了個蒲扇，臉都紅了。

「哪有什麼去不得的，您要是去了，一定要來我府上，我還想吃您做的菜呢！」

「那敢情好，等地裡不忙了，我收拾東西帶我家大小子去給您請安！」呂威婆娘打心眼裡高興，黃東家這麼和氣的人，她這輩子哪曾見過呦！加上黃東家一下子解決了莊子裡十年的香料收成，是要跟黃東家多走動走動！

在小呂莊人熱情的送別下，四娘一行人踏上了回城的路。

——未完，待續，請看文創風903《何家好媳婦》4（完）

2020年9月出版

吃貨出頭天

文創風 880～881

好心的鄰居怕她日子沒法過，推薦了個殷實的男人，建議她快快嫁了，
可她不要啊，人生地不熟的，又不是挑菜買肉，她做不來盲婚啞嫁，
不料她這麼個智慧與美貌兼具之人，最後還偏就看上他那個呆頭鵝！
雖說感情這事本就毫無道理可言，她也不期待他這人對她說啥甜言蜜語，
不過連成親一事都要她主動明示是怎樣？他是擺明了要氣死她嗎？嘖！

此心安處　便是吾鄉／蘭果

砰的一聲，身為白富美的她在空難中香消玉殞，
然後眼一睜，她就成了跟爹返鄉祭祖卻意外翻船同赴黃泉的蕭月，
由於爹死後不久娘便改嫁了，於是蕭家就剩她孤伶伶一個人，
好吧，起碼上天沒安排什麼拖油瓶讓她養育，她是一人飽全家飽，
自古民以食為天，正好她唯一的愛好就是美食，還練就一手好廚藝，
如今若是要擺個小攤子賣吃食，月牙兒還是很有幾分底氣的，
不過是想法子掙錢餵飽自己嘛，她有手有腳的，難道還會餓死不成？
她不敢說自己是個美食家，然而當一名有生意頭腦的小吃貨還是很夠格的，
靠著多年累積下來的實力，所販售的各式糕點那真是人見人愛，
再加上採用饑餓行銷手法，看得到卻吃不到、甚至吃不夠，得有多饞人？
但是她並不滿足於此，攢了點錢後，她找了金主投資，開了間店鋪，
店裡不單單賣糕點也賣小吃，每日門庭若市，財源滾滾來，
接下來她又是買房、又是炒地皮，還找了高官護著，事業更是蒸蒸日上，
可她也曉得一官還有一官高，若能得皇城裡那位天下最大的官護著豈不更好？
所以呀，她的雄心可大了，最終還得把店開進京、出人頭地才行啊！

三生有妻 實乃夫幸／踏枝

2020年9月出版

聚福妻

她萬萬沒想到，重生後最難的不是發家致富，
而是幫自己找個——不怕被剋死的好丈夫?!

文創風 882 1

重生的姜桃只想求個能走跳的健康身子，孰料老天爺開了個大玩笑——
她因命格帶凶被當成掃把星，生個小病就被抬進山上破廟自生自滅。
幸虧她懂得採藥養身，不但救了小白貓作伴，還救下苦役沈時恩。
病癒下山後，她打算靠著前世習得的高超繡藝撫養兩個弟弟，
可伯母們居然說動祖父祖母，打算隨便找人把她嫁了，替姜家解厄？
嫁就嫁，既然嫁誰都是賭，不如設法嫁給在廟裡看對眼的沈時恩吧！

文創風 883 2

成家後，姜桃的日子過得有滋有味，可她的廚藝卻完全走味——
煮的蛋是焦的、菜是爛的，做個飯居然險些燒了廚房啊……
幸虧沈時恩出得廳堂入得廚房，在他支持下，她的繡活生意越做越好，
巧手穿針繡出一家人的富足，孰料懂事聰明的大弟卻鬧出逃學風波，
原來他受她先前的掃把星之名所累，被同窗取笑，連老師病倒都怪他。
唉，古代家長也難為，她定要想出辦法，替無端受屈的大弟討回公道！

文創風 884 3

重新安排好弟弟們跟小叔上學的事，姜桃旋即被另一個消息震驚了——
原來她收養的雪團兒不是貓，而是繡莊東家苦尋的瑞獸雪虎?!
如此因緣下，她與繡莊合作開了十字繡繡坊，卻因生意紅火招來毒手，
見沈時恩帶著小叔解圍，姜桃越發不懂，為何出色的丈夫會淪為苦役？
可沒待她想清楚，便在沈時恩因故出遠門時遇上地牛發威，
且縣城因這突如其來的急難缺糧，她該如何幫助鄉親度過危機呢……

文創風 885 4

沈時恩果然不是一般的苦役，而是受了冤屈的當朝國舅爺！
瞧小皇帝親自來接沈時恩回京，姜桃自告奮勇擔下招呼之責，
結果小皇帝先震驚於她的黑暗料理，晚上又被雪團兒嚇得急召護駕，
隔天她喊賴床的弟弟們起來吃飯，竟一時不察拍了小皇帝的龍體……
如此招呼不周卻弄拙成巧，小皇帝因重溫家庭和樂之感而龍心大悅，
她總算鬆了口氣，這下上京平反夫家冤屈，可就容易多了呀～～

文創風 886 5 完

沈家陳年冤屈得雪，姜桃原以為能輕輕鬆鬆當個國舅夫人，
可該回本家英國公府的小叔卻因長年不在京城，失了父母寵愛，
姜桃氣壞了，如果英國公夫妻不珍惜這個好兒子，國舅府自會替他撐腰！
然而考驗又至，來朝研議邊疆商貿的番邦公主瞧中小叔，帶嫁妝上門，
但兩國素無秦晉之好，生意又談得不順，小皇帝為此頭疼萬分，
她該如何讓朝廷制勝，又幫心儀公主的小叔抱得美人歸呢？

為流浪貓狗加油 和貓寶貝 狗寶貝

廝守終生(一定要終生喔！)的幸福機會

對人來說，貓寶貝狗寶貝只是生活的一部分，
但妳（你）對牠們來說，卻是生活的全部，領養前請一定要考慮清楚——

▲ 活潑親人又愛撒嬌的 小不點

性　　別：女生
品　　種：米克斯
年　　紀：約2歲
個　　性：活潑好動、親人調皮、食量大（不挑食）、力氣大
健康狀況：已結紮，體內驅過蟲
目前住所：苗栗市（國立聯合大學動保社辦）

本期資料來源：國立聯合大學動物保護社

『小不點』的故事：

小不點是去年暑假期間，疑似被人棄養在八甲校區，我們剛發現牠的時候還是小小一隻能單手抱起，也是因為這樣才取名為小不點，現如今已經長成為活潑可愛又好動的大女孩了。

牠從小就很親人、也愛跟人玩耍互動，除了調皮以外不太會製造什麼麻煩，第一次剛進社辦時，就能與安置在學校內的其他狗狗相處融洽，沒有出現攻擊性行為，甚至像個可愛的傻大姊一樣，每次作勢要修理牠時，牠就會瞬間全身趴在地板上裝無辜，偶爾也會耍賴著不走，當三五好友來看牠時，總是露出一副非常享受被大家圍繞的神情呢！

在長期的照顧與訓練下，小不點會在固定場所活動、聽得懂基本指令（在社團裡，我們都會要求先坐好並握手後才可以吃飯），但有時候牠會偷懶，握得很隨便；偶爾也會出現用牙齒輕咬東西或是輕咬我們的手以示撒嬌，甚至一看到親近的人就會興奮的撲上前去鬧騰，種種親人的模樣，讓人想呵斥牠卻又捨不得～～

如果您想要養隻可愛狗狗，讓家中歡笑聲不斷的話，請來電連繫國立聯合大學第九屆動保社長張同學0963667383，或上聯合大學動物保護社粉絲專頁私訊。這麼愛跟人撒嬌的小不點，希望可以幫牠找到一個幸福的家！

認養資格：

1. 領養人須能接受小不點愛玩調皮的個性，且力氣不能太小不然可能牽不住牠。
2. 飼養環境需要有充足的空間給牠跑跳。
3. 須同意簽認養寵物切結書，在這之前可以來學校和小不點相處看看也不錯喔！
4. 須同意送養人日後之追蹤家訪，對待小不點不離不棄。

來信請説明：

a. 個人基本資料：姓名、性別、年齡、家庭狀況、職業與經濟來源等。
b. 想認養小不點的理由。
c. 過去養寵物的經驗，及簡介一下您的飼養環境。
d. 若未來有結婚、懷孕、出國或搬家等計劃，將如何安置小不點？

文創風
902

何家好媳婦 3

國家圖書館出版品預行編目資料

何家好媳婦 / 不歸客著. --
初版. -- 臺北市 : 狗屋, 2020.11
冊 ; 公分. --（文創風）
ISBN 978-986-509-159-0（第3冊：平裝）. --

857.7　　109015072

著作者　不歸客
編輯　黃淑珍　李佩倫
校對　周貝桂
發行所　狗屋出版社有限公司
地址　台北市104中山區龍江路71巷15號1樓
電話　02-2776-5889～0
發行字號　局版台業字845號
法律顧問　蕭雄淋律師
總經銷　知遠文化事業有限公司
電話　02-2664-8800
初版　2020年11月
國際書碼　ISBN-13　978-986-509-159-0

本著作物由北京晉江原創網絡科技有限公司授權出版

定價260元
狗屋劃撥帳號：19001626
網址：love.doghouse.com.tw　E-mail：love@doghouse.com.tw